Aranjuez

GILMER MESA

Aranjuez

RANDOM HOUSE

Papel certificado por el Forest Stewardship Council®

Primera edición: junio de 2024

Printed in Spain – Impreso en España

ISBN: 978-84-397-4376-7
Depósito legal: B-3.032-2024

Impreso en Liberdúplex (Sant Llorenç d'Hortons, Barcelona)

RH 4 3 7 6 A

A la memoria de mi padre Reinaldo *Mesa.*
Al entrañable y contradictorio barrio de Aranjuez.

Este barrio nos parió por cesárea.
Innecesaria guerra que no cesaría,
de Medallo parias «Aranjuez».
Es el idioma de las balas,
breques, precios, cifras, aquí todo se dispara,
las casas se abrazan cuando dormimos.
Tan estrechas, que todos soñamos lo mismo.
Desde temprano martilla el vecino.
Territorio bautiza'o por colonos, habita'o por campesinos.
Mi primer cassetto se lo robé al Comegatos,
Por ser de Aranjuez casi me mata en Santa Cruz un santo
«Aranjuez». Es un monstruo
Si me voy nada cambia, lo combato desde adentro.
Tanto amor me puede matar… sí sí.
Tengo espejos de soldados como Nipsey,
El fuerte sobrevive, Priscos miles.
Somos la sangre nueva que solo se derrama en graffitis.
Entre amores y atracos.
Llueve y hace calor. Podés oler mi rap
como el vapor que sale de este asfalto
«Aranjuez». Estado mental, me da y me quita,
me quita y me da, mi fafá.
Paredes decoradas con graffitis del SEM,
Lomas empinadas que se asoman, vengan a ver.
Corriendo en picada la muerte va en una DT.
No hay parada, moriré pintando a lo Pedro Nel «amén».

Cables de luz con guayos colga'os.
De alguno que sus sueños le apagaron,
vidas de contrabando «Aranjuez».
Barrio bajo, gente altanera,
La calle no es pa' todos, te recomiendo la acera.
La Virgen de la B nos deja jurar en vano,
las estatuas no creen en los humanos.
Deje quieto al sano, respete la vieja escuela.
Si pisan esta escala de valores se resbalan.
Espérame despierta porque voy a volver.
Yo sé que me extrañas en la esquina donde te amé,
Huele a rimas, huele a ron problemas, brandy Domecq.
Crecen espinas en cada jardín en donde oriné.
Solares sin paneles, aquí el que no tiene alias es porque
no lo quiere nadie.
Esclavos del éxito arruinando mercaderes.
Apoye la economía del barrio.
No se duerma en los laureles.
Es el barrio de la A a la Z,
Moriremos con las Timberland puestas
«Aranjuez». Estado mental, me da y me quita, me quita y me da,
mi fafá

«Aranjuez», ALCOLIRYKOZ

Hicimos trampa para perder y así ganamos.

«Los genios de la botella», ALCOLIRYKOZ

1. Los Sanos

Mi papá lleva diez días muerto y me hago las mismas preguntas que me hice cuando murieron mi hermano y mi abuela, ¿adónde irán a parar sus huesos que solo con la tristeza puedo seguirlos?, ¿hasta allá les llegará mi llanto? ¿Qué sentimiento requiere su ausencia para disminuir la incompletud que dejaron? Pesar, aflicción, molestia, ira, culpa, gratitud, amor, ¿todos juntos?, ¿qué hacer para atajar el brote de dolor inmenso que siento adentro? Son preguntas inertes, desesperadas e inútiles, proyecciones de mi mente atribulada que combina la negación con la congoja. Diez días en los que he pasado de la borrachera a la escritura, dos puntas que se unen a través del hilo de su muerte y que me permiten sortear el dolor que amenaza con engullirme y me provee el desacomodo necesario para ejercer estas dos actividades con las que intento tramitar la idea de vivir sin él. Murió el día de su cumpleaños número setenta y cinco, llegando a un plazo estricto, cerrando un círculo exacto de fechas. No alcancé a despedirme de él, cuando llegué al hospital llevaba media hora de muerto, aunque quien dejó de respirar ese día, a quien no conseguí decirle adiós, ya no era mi padre, solo su cuerpo tumefacto y pútrido; él, mi papá, el hombre que me crio, me acompañó y veló por mí toda la vida, había muerto hacía mucho tiempo preso de la demencia, cuando el alzhéimer, un infarto y una isquemia lo dejaron postrado y desorientado en una cama, sin poder moverse y desconociendo paulatinamente a todos y a todo, navegando en brumas de olvido y carcomiéndose en vida. Fue un hombre decente, un buen hijo, un buen padre y un buen esposo, como le dijo mi madre, la mujer que vivió con él cincuenta años y con la que tuvo tres hijos, en su lecho de muerte; murió sin dejar deudas ni fortuna alguna, murió en paz como vivió, y eso hoy en día se puede decir de muy poca gente. A él, a mi padre, le debemos mi familia y yo la llegada a este barrio. Había nacido en una vereda fría de nombre pintoresco, Hoyorrico, fue el mayor de siete hermanos y desde niño prefirió el trabajo a la academia, en parte por las insuficiencias cotidianas donde todo era deseos incumplidos y ganas insatisfechas, y en parte porque la profesora que lo instruyó en los escasos tres años de escuela que cursó estaba más preocupada por el castigo que por la enseñanza como era costumbre en aquella época, se creía que la letra con sangre entraba y mi padre que siempre supo recibir golpes le aguantó tres palizas a la maestra, pero en la cuarta, cuando ella levantó la regla punitiva que solía descargar en las palmas de las manos de los muchachos desobedientes y sediciosos, mi padre hizo una finta y escondió las manos, así que toda la rabia que contenía el golpazo educativo de la maestra vino a dar en sus propios muslos, dejando a la señora roja de rabia y dolor y a mi papá en la calle luego de ser expulsado por desacato; desde ese día con siete años empezó una vida de trabajo puro y duro que solo se detuvo a los setenta y dos años, cuando la demencia y los otros padecimientos lo tumbaron en una cama para siempre; no conoció un solo día de vacaciones y nunca le sobró un centavo pero jamás se quejó, afrontó cada día de su vida y sus menguas con estoicismo de guerrero, lo que, ahora que lo pienso, creo que fue lo que más respeté de él, desde niño lo quise y lo admiré, veía en él una fuerza que cobijaba todo a su alrededor, donde estaba se sentía seguridad, su figura imponía respeto y tranquilidad, no alzaba la voz pero lo que decía tenía claridad e invitaba a la obediencia, pero era sobre todo su fuerza lo que me conmovía, una fuerza que trascendía lo físico; si bien era un hombre forzudo, capaz de levantar tres bultos de cemento de cincuenta kilos cada uno o una vaca díscola de las que cargaba en su camión, tenía otra fuerza que emanaba de su interior, algo así como una determinación que convertía cualquier cosa que hiciera en un suceso, cómo me gustaba verlo realizar cualquier tarea: arreglar su camión, cargar un racimo de plátanos o simplemente hablar con mi mamá; de niño no recuerdo tener una fascinación más poderosa que su presencia, a diferencia de mis amigos del barrio, quienes en los corrillos que hacíamos en la acera donde Jaime después de jugar fútbol o yeimi o escondidijo manifestaban en su mayoría el deseo de tener otros papás, unos porque sus padres eran zafios, borrachos y violentos, otros porque los encontraban lejanos o pusilánimes y algunos más porque no tenían, yo en cambio nunca deseé a unos padres distintos de los que tuve, a mi padre lo admiraba profundamente y a mi madre la he amado todos los días de mi vida y ella a mí, gracias a eso mi infancia fue llena y completamente feliz.

Éramos una familia pobre en un barrio pobre, eso nos sirvió para que no sintiéramos ninguna desigualdad en el entorno, hasta la adolescencia. Al barrio arribé en la panza de mi mamá, siendo el primer miembro de mi familia oriundo de Aranjuez, trayendo un vínculo prenatal con estas calles, lo que explica en parte que tenga al barrio metido en mis venas; mi padre llegó atraído en principio por la necesidad económica, aunque sospecho que todos tenemos otra necesidad más imperiosa y enérgica que aquella: la de encontrar un lugar donde sin saberlo con certeza a la postre moriremos y definirá nuestro paso y el de nuestros seres queridos por este mundo. Lo que pasa es que muchas veces esa necesidad se disfraza de urgencia para esconder sus verdaderos motivos, la suya llegó después de chocarse en su camión y destruirlo, poniéndose en quiebra, quedó con una mano adelante y otra atrás y así llegó al barrio porque un tío suyo que vivía aquí le ofreció una casa derruida a un precio módico y la oportunidad de arreglar su carro a raticos por las noches, después de trabajar todo el día como ayudante y mecánico en un taller que el tío tenía en la misma cuadra de la vivienda; las jornadas eran arduas, empezaban de madrugada y muchas veces se postergaban indefinidamente hasta el nuevo amanecer porque, además de los oficios pactados, el tío le encomendaba tareas domésticas como cuidar marranos de un chiquero que mantenía como fuente adicional de ingresos, hacer mandados y ocupaciones varias, lo que prolongó el arreglo del carro por dos años e hizo que nuestra permanencia en el barrio, que en principio iba a ser transitoria, se volviera definitiva; después de componer el camión la vida volvió a una cómoda rutina, mi padre viajaba cargando ganado y venía una o dos veces por semana a amanecer en casa, mientras mi madre se encargaba del hogar y los niños, que pronto fuimos tres con la llegada de mi hermano menor; sumido en esta dinámica encontré mis primeras impresiones del mundo, un mundo pequeño, limitado por las paredes de la casa y con la familia como única compañía. La casa era una casa vieja de bahareque con paredes robustas y el techo empañetado de boñiga que cada tanto se desprendía y nos caía encima, dejando boquetes como mapas silueteados que denunciaban las cañas que sostenían unas tejas de barro cocido, por donde se filtraban las humedades en que naufragaban nuestros sueños familiares, obligándonos a mantener un movimiento constante de trebejos y camas, esquivando acrobáticamente la lluvia que se imponía en el interior, idéntica al exterior; en una habitación dormíamos mi hermano mayor y yo, en otra mi abuela y mi hermano menor, y a falta de más piezas mis padres habilitaron la sala como alcoba matrimonial cerrándola con un tablón de tríplex que había que descorrer cada día con sumo cuidado a riesgo de hacer un escándalo de mil demonios cuando se caía al piso, que solo en esa parte estaba embaldosado con unas baldosas verdes de arabescos vinotinto porque el resto del piso de la casa era gris cemento patinado en laca que al trapearse adquiría un brillo pobre, de casa pobre; también había un solar amplio y desprolijo en donde mis padres en los momentos de mayores afugias criaron gallinas y un par de cerdos que alivianaron nuestras insolvencias. Era una casa de apariencia pobre y fea aunque con una belleza íntima como el dibujo de un niño al que le falta destreza pero tiene talento porque a las casas como a las gentes nos definen los interiores. Atados a ese sitio están mis recuerdos primarios de la existencia de un padre, una figura descomunal que arropaba todo con su presencia intermitente, su olor a sudor y trabajo que me daba tranquilidad cada que se acercaba y ponía una mano sobre mi cabeza, abarcándola completa, su sonrisa tranquila que contagiaba tranquilidad a mi madre y sosegaba el ambiente de una vivienda que se angostaba de calidez cuando él estaba y se ampliaba de incompletud cuando se marchaba, como le ocurre ahora a mi corazón y mi vida con su ausencia.

En ese entorno vi a mi hermano mayor entrar a la escuela cuando él tenía siete años y yo tres, y desde ahí fijé mi vida en emular su actuar, y en pos de eso salí por primera vez a la acera intentando descubrir qué hacía él cuando volvía de la escuela, y la revelación se dio; la calle era un universo, uno desconocido y desconcertante para mí, que apenas intuía sus dimensiones cegado por los mínimos límites que imponía mi casa, la calle era una aventura, un inmenso patio sin paredes ni confines, su olor era claro y turbio a la vez, como si ese aroma preludiara el oxímoron que sería para mí con el tiempo el barrio, una mezcla rara de amor y dolor, amigable pero atemorizante, como una muerte largo tiempo esperada. Pronto vi que mi hermano se juntaba con otros niños de su edad y quise imitarlo, me fui detrás de él y al notar mi presencia me abrió espacio junto a sus amigos, me recibieron con algo de recelo que después de unos minutos abandonaron. Ese primer día jugaron chucha y yo me limité a observarlos desde la vereda a donde mi hermano me había conducido apenas empezó el juego en el que no pude participar por la marcada diferencia de físico y astucia derivadas de mi edad, al verlos tan contentos y dispuestos para el juego nadie podría adivinar el desenlace que luego tuvieron sus vidas. Durante más de dos años mi experiencia en la calle se limitó a la contemplación de los juegos de mi hermano y sus amigos hasta que conseguí mis propios amigos y con ellos repetimos lo aprendido en las horas de vigilancia constante a los mayores, empezamos por reproducir sus diversiones y terminamos copiando sus trastadas y comportamientos, hasta que nos volvimos un clon de su combo en miniatura, sin embargo, como en mi casa convivía con mi hermano la mayor parte del tiempo, y él había entrado a la escuela, atosigué a mi madre para que me ingresara a mí también y fue tanta mi insistencia que casi la obligué a que hablara con la profesora que había tenido mi hermano en primero para persuadirla de que me recibiera antes de tiempo y logró convencerla. Por eso entré a mi primer curso faltándome dos meses para cumplir los cinco años, era siempre el menor de mis grupos durante los once años que dura en mi país el periplo educativo de primaria y secundaria. Esto sirvió para dos cosas igual de nefastas: que las niñas y señoritas con las que estudié durante ese periodo se abstuvieran de pararme bolas esgrimiendo como argumento, en una etapa en que la edad sí importa y se finge o se miente descaradamente sobre ella, que yo era demasiado pequeño, y que terminé cabalgando entre dos generaciones sin pertenecer por completo a ninguna de ellas, siendo demasiado chico en edad para la de mi hermano y avanzado en conocimiento y deseo para la de mis contemporáneos, lo que me hizo un híbrido discreto paciendo entre ambas, y me permitió arañar de todos los parches sin ser de ninguno. A la larga esto sería muy bueno cuando entre ambos se abrieron boquetes de distancia debido a sus intereses y modos de conseguirlos: los grandes todos terminaron arribándose a la esquina, llevaron una vida áspera en donde jugarse el pellejo convalidaba y sustentaba su renombre, todos vivieron poco y al filo del peligro, fumaban, huelían, bebían y con el tiempo robaban, extorsionaban y mataban para finalmente morir todos a tierna edad y con dureza en el alma, los otros en cambio se decantaron por una vida al margen de la esquina y su influjo, eran buenos estudiantes, obedientes, tímidos y constantemente victimizados por los otros, quienes además los bautizaron por contraposición como los Sanos, que no era exactamente su antónimo, pero servía para crear una postura antinómica que zanjara definitivamente las corrientes que cada grupo había tomado; unos infectos, enfermos de violencia y acritud, los otros sanos pero abusados, padeciendo los efectos secundarios de la misma afección. Esa contraposición que se fue formando con el tiempo en mi cuadra y en mi barrio definió a su vez algunos periodos de mi vida, en la niñez fueron los Sanos mis amigos, pero en la adolescencia quise arrimarme a los Pillos sin éxito hasta que la muerte de mi hermano y la desidia subsecuente por todo lo que tuviera que ver con ese episodio me condujeron de nuevo a los Sanos, que terminaron siendo mis grandes amigos en el final de la adolescencia y en mi vida adulta. Los bandidos fueron una aspiración, los Sanos un refugio, aquellos murieron de una vez, con contundencia, estos de a poco, gastándose la vida en morirse cada día, consumiéndose en una suerte de inmanencia mortal perpetua, agonizando sueños irrealizados y esperanzas extintas, viviendo en perenne postrimería, como todo el mundo. Durante mucho tiempo pensé en llamar esta novela «Los Sanos», porque era de esa orilla de lo que quería hablar, de aquellos que no orbitaron su vida en derredor de la esquina, pero a medida que avanzaba en la escritura entendí que nadie escapó del influjo de ese vórtice, debió ser la época, pero entre más lo pienso y lo escribo más entiendo que esa esquina y este barrio nos definieron sin importar en qué borde estuviéramos, todos sin excepción fuimos arropados por el tórrido manto de ese lugar. Esas posturas aparentemente antagónicas en mi vida no lo fueron, ambas se complementaron y se sustentaron mutuamente y crearon los antecedentes de lo que soy como habitante de esta ciudad y de este barrio tan contradictorio y abigarrado como yo mismo, una mezcla de rabia, energía, esperanza, violencia y ternura, desconocer esta mixtura de nuestra realidad, enfilarse en el maniqueísmo con que los poderes pretenden clasificarnos es cooperar con la banalización de dos mundos enfrentados, cosa que conviene tanto a los poderosos; los que murieron, muertos están, y sus historias nos perseguirán por siempre, los otros sobrevivimos un poco más, pero todos hacemos parte de algo más general aunque igual de vacío: la muerte, la única soberana que reina desde siempre, el pasado es la muerte del tiempo y de cosas: de gente y amores, de sueños y esperanzas acumuladas que cada uno va juntando para llegar con un arsenal de muertes a la muerte propia que se alimenta de esas muertes, vivir es alimentar de muertes a la muerte, aquellos que murieron jóvenes defraudaron a la muerte, la enfermaron de hambre; quizás los Pillos sí fueron el reverso de los Sanos, por llegar afanados a la muerte propia sin dejar que se les murieran las cosas, las gentes y los cuerpos de a poco como nos viene pasando a nosotros, padecían de afán y juventud, de eternidades efímeras y glorias pequeñas, expusieron su rebeldía gritando balazos desde la trinchera de la imposibilidad de ser alguien en una sociedad despectiva. Yo vengo de un barrio y una época que defraudó hasta a la muerte queriendo homenajearla, los otros, algunos almacenamos la rebeldía por miedo a la muerte, la dosificamos en cuotas tan cómodas que pasamos la vida entera pagándolas, crecimos para transformarnos en todo lo que despreciábamos en la adolescencia, gente proba, seria, con familia y responsabilidades, con deudas y mal genio; los años en vez de sosegarnos nos trajeron novedosos apuros, desilusiones, fracasos y congojas que serán heredadas a los hijos que hoy no conocen el peso de la historia que les tocará cargar hasta que tengan a sus propios hijos, a quienes cargarán del lastre infinito de ser adultos, y hay otros que en el colmo de la contradicción encontraron en el odio un paliativo para sus frustraciones y lo ejercen con vehemencia y holgura contra todo y todos, es extraño verlos hoy simpatizando con ideales beligerantes cuando tuvieron la guerra tan próxima que su tufarada aun los despierta en noches abrasivas, al final creo que más que simpatía es acomodo, un acomodo de huérfanos, adoptados por un padre despótico, un padre maltratador pero padre al fin que toma la figura de un caudillo cualquiera que ejerce el poder a la manera de un mal padre, imponiendo el maltrato como único trato: en un país de malos padres y malos tratos el maltratador es rey, nunca educó, ni acompañó, ni propició, ni otorgó nada a sus hijos, pero los castiga cuando estos intentan conseguirlo, los tilda de necios, indispuestos, desobedientes y malos hijos, creando una familia de hambrientos rabiosos que muerden al vecino o al amigo que obtuvo un mendrugo de pan, o de famélicos corpóreos y mentales que se contentan con las sobras del banquete principal al que nunca están invitados; estos últimos son los hijos de nadie, los huérfanos que aceptan a cualquiera como padre, establecen vínculos sospechosos con personajes en los que se sienten representados, pero no es más que una invención mendaz, pues dotan a estos oscuros intérpretes de lo que a ellos les falta, su debilidad la vuelven fortaleza en el otro, su pobreza, riqueza, su estupidez, inteligencia, su pusilanimidad, beligerancia, su muerte, inmortalidad, qué pequeño es el hombre cuando necesita de estas fábulas primitivas para subsistir en su pequeñez creyéndose enorme por interpuesta persona; los políticos lo saben bien, son hábiles en descubrir incapacidades y raquitismos intelectuales los hijos de puta, se empoderan o fingen estas cualidades opuestas a lo que es el hombre raso y mayoritario, y así manejan al pueblo bruto los actores protagónicos de la historia concreta, les dan de comer migajas, los hacen parte de proyectos ampulosos pero vacuos, y sobre todo les venden la muerte como proyecto de vida y eso en una sociedad arisca y resentida es un ideal, a falta de ideas triunfan los ideales, ideales de muerte lisa y llana y de otras muertes iguales o más pérfidas que esta, la de la inteligencia, la del decoro, la del afecto y finalmente la de la esperanza, les endilgan odios como forma de participación con movimientos que dictan consciencias y edifican morales tan endebles como sus discursos, quitando cosas que sus seguidores nunca echarán en falta, porque no les importan, queman libros que no leen, coartan libertades civiles que ellos no tienen, agradecidos profundamente de vivir trabajando todo el día en oficios miserables en donde los explotan, prohíben cosas que ellos no hacen, vetan el amor ellos que no aman, critican la lealtad los desleales y maldicen la amistad desinteresada los que no tienen amigos sinceros, pero eso sí, premian la viveza entre vivos, imponen la denuncia entre felones e impulsan el asesinato entre asesinos; son cínicos vendedores de humo que saben alimentar la mente del crédulo diciéndole que puede alcanzar lo inalcanzable, o haciéndole creer que lo que alcance el líder es por extensión un logro de ellos; ir a la finca que no tienen, ingresar al club que los desprecia, estudiar en las universidades que no pueden pagar y trabajar en las empresas que no les pertenecen, pero están afiliados al partido, es solo un acto de sainete, todas las instituciones son corruptas, mienten y no tienen empacho en hacerlo, todo lo esconden aduciendo que es secreto, que no pueden decirnos, secreto del sumario le dicen, secreto de confesión o secreto profesional, y la ley ampara estos desatinos, estamos solos y abandonados en un país sin padre donde cualquier caudillito de mierda se vuelve el protomacho que representa a ese padre ausente y recio que en el fondo desean, como lo hacían mis amiguitos de la cuadra cuando éramos niños.

Ahora que mi padre ha llegado a su fin, de nuevo me lleno de muerte ajena, me tapono las fosas nasales con su olor, un aroma a pasado añejo, a fotos antiguas, a cosas idas, un olor que impregna todo y no me deja respirar en libertad, trato de apartarlo pensando en aromas limpios y actuales pero su vaho se impone y pugna por permanecer; escribir sobre su vida y el pasado es la única manera que encuentro de acostumbrarme a su fragancia, que nunca he sabido si es un perfume o un hedor. Su muerte es la mutilación de un pedazo de mi corazón, en realidad, cada muerto y cada muerte que he resistido son trozos arrancados, pero la suya deja un huraco en crescendo que no se detiene, y relatar estas historias es una manera de entorpecer su avance, de dilatar su afán, todas las historias aquí contenidas son prórrogas que le pido a ese boquete, porque necesito empañetar con recuerdos esa herida que me consume como una humedad a una casa vieja. A mi padre lo abandonó la memoria, lo dejó solo cuando más la necesitaba para tener de qué asirse en su recta final, le tocó llegar limpio de ayeres, con la soledad del recién nacido que nace de una madre muerta en el parto sin el cordón umbilical del pasado que lo hizo posible; no quiero que me pase eso, que se me borre su recuerdo, antes de que su vida se deshaga en terrones dentro de la mía, cuando mi olvido imponga su estatuto y todo lo que fuimos se pudra en el tiempo infinito del que se compone el olvido, y no seamos más que personajes anodinos de una obra que nadie fue a ver; mientras eso pasa aquí están Jaime y don Enrique, mi querida Marianita, Leonor y su amoroso desprecio por todo, los Monos, esos luminosos hermanos, Walter y el Chino cuyas muertes siguen doliendo, los Piojos, con su pobreza de reyes, y Wenceslao y Byron, todos sanos, todos fatales y fatalizados, cargando el sino contrario de los que han construido su vida a destiempo, a desuso, a desatino y a despecho del destino. Escribo estos textos para mejorarlos a todos en el recuerdo, para mejorarme yo de esta angustia presente de ya no tenerlos, he vivido en replay, repitiendo las escenas que más quiero y adelantando las que me molestan, como en el cine, así en la vida, cada quien ve la película que quiere según su apremio y el mío es contar aquello que quise ser y no fui o quizás aquello que fui y no quise ser. Algunos escriben para alimentar su vanidad, otros lo hacemos para ofrecernos enteros, a veces en sacrificio. No quiero perder estos recuerdos, tengo miedo del olvido, no de que me olviden sino de olvidar, mi padre se murió sin recuerdos y yo temo heredar la desmemoria que lo condujo vaciado al vacío eterno, con la urgencia del que siente avecinarse la locura o la muerte necesito contar un poco de su historia, que viene siendo también un poco la mía y un poco la de este barrio, porque este barrio es mi padre y mi padre era este barrio donde vivió y sufrió, tuvo a sus hijos y perdió al mayor a manos del barrio y finalmente murió como mueren las partes de un cuerpo enfermo. Con su muerte se fue otro pedazo del barrio añejo que quiero y extraño tanto como a él.

2. Jaime y Marianita

Jaime nunca fue de los Sanos, antes bien su inminente conversión en bandido fue lo que propició su suerte y la de su hermana Mariana. Ambos eran hijos de don Enrique, un despedido de Colanta que una vez cesante se dedicó a capitanear el hogar mientras preparaba una demanda contra la empresa que, según él, injustamente prescindió de sus servicios y que años después de la tragedia de Mariana supe había ganado agenciándose un montón de plata; él despachaba a los muchachos para el colegio y a su mujer doña Alicia para el trabajo en una policlínica, donde ella era la enfermera en jefe y en donde lograba ganar el sueldo para mantener económicamente a la familia, e incluso le sobraba para ciertos lujos que al resto de muchachos no podían darnos en nuestras casas; ellos tenían las mejores bicicletas, nuevas y bonitas, también fueron los primeros y durante mucho tiempo los únicos en tener un Nintendo en la cuadra. Apenas despedía a su familia, don Enrique se dedicaba a los oficios domésticos, barría, trapeaba y lavaba la ropa, y concluidas estas funciones se aplicaba con dedicación de devoto a su verdadera afición: absorber ingentes cantidades de alcohol, empezaba con cervezas una tras otra mientras arreglaba el almuerzo, aprovechando que siempre estaba solo en casa puesto que no le gustaba beber frente a sus dos hijos, una vez listo el alimento, bebía la última cerveza del día mientras ojeaba el periódico más amarillista de la ciudad al cual estaba suscrito y que todos los días traía historias crudas e inverosímiles para cualquier parte del mundo, menos para esta en donde lo imposible es cotidiano, y que el hombre consumía casi con la misma fruición que desplegaba con la bebida; recibía a sus hijos cuando venían del colegio, les servía el almuerzo y conversaba con ellos sobre el diario, a lo que ellos respondían seguros de que su padre no les paraba bolas porque aunque no tomara frente a ellos los dos notaban la disminución constante de las botellas de cerveza en la nevera y sentían su tufo alcohólico apenas traspasaban el umbral de la cocina; finalizado el almuerzo don Enrique los dejaba ocupados en sus tareas para el siguiente día o entretenidos en algo y tomaba una siesta que se extendía hasta el final de la tarde cuando después de darse una ducha recibía a su esposa con la comida caliente y hablaban un poco de todo, luego él se iba para la cantina de Lucio a beber media de aguardiente que pagaba su mujer, en tanto ella se tiraba frente al televisor a consumir golosa las telenovelas de la noche, cuyas historias cursis y almibaradas la hacían sentir miserable con la vida romántica que llevaba, y la embutían en un túnel de desesperanza bien parecido al fracaso por las cosas que soñó en su juventud, pues la aventura salvaje de amor brutal e incontenible con los hijos y la rutina poco a poco se fue tiñendo del gris melancólico de la costumbre y en el beso diario de despedida al aire en que terminan las relaciones de jóvenes bestiales e irracionales cuando se convierten en esposos y padres que sufren una suerte de transfusión afectiva al trasladar el afecto que entre ellos amaina para nutrir el que entregan a sus hijos; no era vieja pero ya no era joven y veía cómo las miradas de médicos y pacientes que antes se posaban en sus nalgas y su cara habían pasado a la siguiente generación de enfermeras y el morbo y la ansiedad con que la observaban dieron paso a la reverencia y el respeto por ser la jefe, sus pupilas le decían doña Alicia y la adoraban pero no suscitaba envidias como antes sino acatamiento; en su esposo solo quedaba un rastro tenue del tipo viril y apuesto que había sido, se le venía cayendo el pelo a raudales y le había crecido el abdomen, además desde que lo echaron del trabajo la sombra pesada del fracaso lo había cubierto afeando su semblante y aunque era útil en la casa y respondía con los oficios, su actitud hacia ella se había vuelto tímidamente hostil, cada que tenían que enfrentar algo relacionado con el dinero, él se ponía a la defensiva y se malhumoraba, así que ella entendió lo sensible del tema y dejó de traerlo a colación en parte porque el hombre había sido amplio y responsable cuando tuvo un buen sueldo fijo y en parte porque no quería trastocar su rutina que, si bien no la complacía, al menos no la atormentaba, y tener como compañero a un borracho consuetudinario pero manso le permitía tener tiempo para ver sus telenovelas y soñar con las vidas amplias que nunca conoció; en cuanto a don Enrique, a los tres meses del despido su hombría y su carácter se vinieron abajo, encontró en el aturdimiento alcohólico un sostén pasajero para su debacle que en poco tiempo se volvió permanente como su desempleo, bebía con la disciplina y el rigor de un trabajo, con lo que pronto desistió de mandar hojas de vida a trabajos que estaba seguro las desechaban sin mirarlas y se empecinó en la demanda como enérgica y afanosa forma de esperanza igual que el condenado con una apelación; su mujer empezó a verlo con otros ojos, al principio sintió rabia que fue trasformando en tristeza y finalmente en lástima, que es el peor de todos los sentimientos en que muta el amor porque desvirtúa todo lo que alguna vez fue encanto en la otra persona, trasmuta en sobrados lo que fue pasión y convierte la madera fecunda del deseo en viruta inservible y fútil que se lleva el viento del desprecio y la desgana. Desde que ella notó el esfuerzo antinatural que hacía su marido para pedirle la plata del diario, cómo se le arrugaba la cara al proferir el monto y cómo después de recibirlo quedaba hecho un guiñapo, empezó a dejar la plata encima de la nevera aprovechando una entrada suya al baño o una salida al patio para extender la ropa, y sin hacer énfasis, casi con desgano, le decía al despedirse Ahí queda para la comida, mi amor, en lo que él tragaba una saliva espesa como el rencor que sentía aunque no sabía contra qué, y fue aprendiendo a no pensar en su fracaso cada que ella repetía la frase, se fue adaptando a ser un amo de casa como le decían entre risas sus hermanos en las visitas que congregaban a toda la familia en la casa materna cada mes, y ella encontró la fórmula para no verle la expresión con que reclamaba el dinero y que le partía el corazón y le dañaba el día laboral; a los dos hijos los querían en serio y de verdad, aunque se veían poco, apenas unos minutos en la mañana antes de despacharlos para el colegio y acaso unos cuantos más a la hora de la cena en encuentros afanados y de memoria, en los que se hacían preguntas sobre el día por cumplir de ambos lados, sin escuchar las respuestas; a ellos como al resto de nosotros les tocó ser criados entre la casa obligatoria y la calle marginal, mamando de sendas tetas y aprendiendo de los dos lados, aunque más seducidos por el entorno libertario e infinito del asfalto, donde todos los días eran una aventura. Después de compartir una cena en familia recién despuntada la noche, cada uno cogía para su propio lado e interés: doña Alicia, a sus telenovelas, los hijos para la calle y don Enrique rutinariamente para la cantina de Lucio, donde bebía todos los días sin excepción una media de aguardiente, estimada dentro del monto que su mujer dejaba encima de la nevera y que le bastaba para emborracharse porque, a pesar de beber diario sin falta, tenía muy poca resistencia al trago, con cinco aguardientes estaba listo, ebrio hasta las ñatas, los hacía rendir dejando los seis restantes de la media como exabrupto, o como decían entre los borrachines habituales del sitio, por compromiso con la causa, para llegar rendido de rasca a su casa y no tener que enfrentar el desinterés de su mujer. Continuamente esos últimos tragos lo sumían en un sopor que lo obligaba a dormitar sobre su antebrazo en la mesa en donde se apostaba siempre, la del rincón contrario a la puerta de entrada, hasta pasadas las diez de la noche cuando en los marcos de las puertas de cada casa iban apareciendo las figuras de nuestras madres con idéntico tono y el mismo matiz en la voz para gritarnos Para adentro, carajo, que ya está muy tarde, la madre de Jaime se asomaba al balcón de su casa y con un gesto mínimo le indicaba a su hijo que era hora de ir por el papá a la cantina y traerlo a rastras, él siempre miraba con desconsuelo, a veces me convidaba, supongo que para escudarse en la compañía de un amigo y esquivar los ojos inquisidores de los vecinos, que es para lo que servimos en momentos de angustia, para apoyar las vergüenzas que al otro le cuesta cargar solo; caminábamos con desgano a la cantina, después de despertarlo y reconvenirlo, llamaba la atención de todos los habitués del bar y de los pobladores que seguían con chismosa mirada el trayecto hasta la casa, la permutación de roles en donde el padre parecía el hijo recibiendo un regaño en silencio y Jaime descompuesto parecía un padre malhumorado, a mí, sin embargo, lo que siempre me cautivó fue el hecho de que cuando don Enrique despertaba en la cantina y levantaba su mirada viendo a su hijo molesto, esgrimía una sonrisa franca, de alegría original por ver a su muchacho al lado, supongo que en su manía alcohólica sentir a su hijo cerca, así estuviera enojado, le servía de aliciente y le hacía pensar que no estaba solo en el mundo con su fracaso, en medio del gesto afable que el otro respondía con aspereza y mala cara lo llamaba higo, con g y no con j, no sé por qué lo hacía, nunca se lo pregunté, pero esa modificación lingüística obraba iras cáusticas en Jaime, que apenas lo escuchaba decirle así se precipitaba a corregirlo Hijo con j, al menos hable bien, home, usted no es así, y lo levantábamos entre los dos para conducirlo a la casa en un viaje manso y pausado que don Enrique interrumpía cada tanto para darle una pitada al cigarrillo que encendía apenas se levantaba de la mesa mientras se despedía de sus compañeros borrachines con un gesto de la mano al aire; el señor era un ebrio, indudablemente, pero muy amable y buena persona, por eso no me gustó lo que le pasó, pero en un barrio como el nuestro con tan poco que hacer y con tanta maldad agazapada, hasta las bromas y los juegos conllevan perversidad y sevicia en su concepción y desarrollo.

La cantina de Lucio quedaba en la casa adyacente a la esquina, diagonal a donde se mantenían los Pillos, siendo estos los primeros en percatarse de todo lo que allí sucedía; un domingo de mitad de año don Enrique comenzó a beber desde temprano sin hacer la pausa obligatoria de entre semana para atender a su familia, su esposa descansaba y por costumbre no cocinaban, pedían un domicilio o encargaban cualquier comida rápida, un pollo asado, una pizza o hamburguesas, se trataba de un paréntesis compensatorio al reiterativo menú cotidiano, pasado el mediodía después del almuerzo el señor de la casa se despedía de todos con la efusividad que la prenda le brindaba y se iba temprano a ocupar su mesa en la cantina, empezaba jugando un «apuntado» que pasaba con cerveza para no caer rendido por la borrachera y que casi nunca ganaba pero servía de preámbulo amistoso y alegre para pedir su media de guaro y aplicarse a beber con la eximia soltura que le daba su mínimo aguante, dormitaba un poco sobre la mesa y se levantaba temprano para dirigirse a su casa haciendo eses pero sin ayuda; era también el día de descanso para Jaime que al no tener que estar pendiente de su papá se dedicaba a jugar con nosotros escondidijo, yeimi o el malvado romilio, despreocupado y contento, pero ese domingo los compañeros de juego de don Enrique no aparecieron en la cantina y este solo pudo jugar dos tandas de «llegando» con el dueño que no jugaba muy bien, ante la aburrición de un juego soso se pasó al guaro, adelantando los procesos de su embriaguez, se bebió de largo su media sin dormir los minutos recuperadores y apenas entrando la noche salió del bar, cuando en la esquina contraria se aglomeraba todo el pillerío de la cuadra, el señor no daba pie con bola y en un montículo de grama tropezó y su cuerpo fue a dar a tierra, tal vez fue por el golpe o quizás por la borrachera, pero no quiso pararse, antes bien se acomodó y se soltó a dormir lo que no había podido en la mesa del bar, y los Pillos, que a pesar de su obrar de hampones son sumamente solidarios con la gente del barrio, corrieron hasta donde había caído pensando en auxiliarlo en caso de haberse hecho daño, pero al comprobar que solo era el sueño del alcohol lo que lo mantenía en el suelo, en la mente de alguno de ellos brotó la idea, clara, poderosa y oportuna, y le dijo al resto Vamos a echarle al viejo una sábana encima y le rociamos salsa de tomate para que parezca un chulo, los demás se miraron riendo y se disolvieron en busca de lo requerido; en cinco minutos don Enrique estaba cubierto por un mantón blanco y los muchachos le esparcieron salsa de tomate encima y se retiraron a su esquina de siempre, en breve la gente se arremolinó a su lado y el chisme se hizo, yo estaba con Jaime y otros amigos en la manga donde Chela jugando turra cuando vimos aparecer corriendo y con caras de susto a Pepe y a Clarens que hacían parte del complot, al encontrarnos le dijeron a Jaime a boca de jarro Hermanito, su papá está tirao en la esquina en medio de un charco de sangre, el muchacho les pidió que repitieran lo dicho mientras la cara se le volvía de cal y su gesto revelaba un espanto soberano, la repetición de la frase lo congestionó de lágrimas y salió corriendo en la dirección que le indicaron, nosotros lo seguimos a prudencial distancia, un segundo después estábamos frente al cuerpo cubierto por la manta ensangrentada, Jaime se paralizó, solo fue capaz de llevarse la mano a la cara y enjugarse las lágrimas que brotaban a borbollones, en menos de un minuto que para él debió ser la eternidad consiguió las fuerzas para acercarse al cuerpo, se agachó y con una mano temblorosa levantó la punta de la sábana para contemplar el rostro que se figuraba destruido por los disparos, pero al descorrer el trapo se llevó el mayor susto de su vida que pronto se convirtió en su peor desengaño y en la rabia más profunda que he visto experimentar a un ser humano, cuando su padre alertado por el bullicio y la presencia de extraños abrió los ojos y con su sonrisa lela le dijo desde el piso Higo, qué bueno que estás aquí, higo, Jaime cayó de espaldas por el espanto y en un segundo entendió la charada, se levantó del suelo poseído por la ira traslúcida en el gesto torcido de su boca antes de proferir en voz baja pero llena de inquina ¿Cuál higo, viejo hijueputa?, levántate a ver, malparido, y agarró a su papá a patadas mientras le decía toda clase de insultos inundado por las lágrimas que esta vez brotaban de lo más profundo de su rencor, fue tal la paliza que le estaba dando que los mismos Pillos desternillados de risa tuvieron que intervenir y apartarlo del cuerpo magullado de don Enrique, que resistió la tunda doblándose sobre su costado en posición fetal, mientras los Pillos en medio de carcajadas sostenían a Jaime para detener su ímpetu y yo me embotellaba en un esfuerzo sincero por contener la risa y no herir a mi amigo, y contemplé en su expresión que algo adentro de él había cambiado, que algo muy profundo se había roto para siempre, sus ojos reflejaban una mezcla mala de rabia, indignación y dolor, pero más al fondo casi imperceptible para alguien que no haya contemplado de cerca al desengaño se notaba una renuncia irrevocable, se veía cómo la humillación se iba transformando en maldad, después de un breve lapso se soltó a la brava del abrazo en que lo tenían sometido y escupiendo al piso se dirigió a su casa en silencio. Desde ese día nuestras vidas y nuestra relación cambiaron, él empezó a buscar cercanía con la esquina, pasaba por allí saludando a los bandidos y se quedaba cerca, revoloteando, haciéndose notar, hasta que un día se compró un bareto e intentó fumárselo sin saber cómo, a la vista de todo el mundo, atrayendo la atención de todos porque cada que le daba una pitada su cuerpo ingenuo en humos se la devolvía en un incontenible ataque de tos que lo retorcía hasta las lágrimas, él, terco, se empecinaba en meter de nuevo el humo y el cuerpo volvía a refutar, así estuvo unos cuantos minutos hasta que uno de los bandidos se allegó a donde estaba y le dijo Pelao, usted nunca ha fumado, ¿verdad?, no sea güevón, y le explicó cómo se fumaba y se quedó con él un rato, cada vez se le veía más cerca de los contornos del combo, le empezaron a encomendar mandados y vueltas pequeñas, perfilándose como un óptimo aspirante a pillo; como ocurría con todo el que empezaba esa metamorfosis, su actitud cambió, se fue haciendo más hostil y adoptando lenguaje y maneras más rudas. En tanto yo, el día de la broma a su padre fui hasta su casa tarde en la noche para ver cómo seguía y me abrió su hermanita Mariana para decirme que Jaime estaba encerrado y que no quería hablar con nadie, le dije que bueno y cuando me aprestaba a dar media vuelta y devolverme por donde había llegado algo adentro me hizo decirle a la niña ¿Y usted cómo está?, fue extraño porque hasta ese momento ella no había existido para mí, se sonrió al contestarme que bien y entablamos una conversación fluida y cordial de más de dos horas en las que nos conocimos más y mejor que en los cerca de doce años que llevábamos viéndonos casi a diario sin observarnos, porque fuimos vecinos de toda la vida y habíamos nacido con apenas un par de semanas de diferencia siendo ella la mayor de los dos, desde esa noche mis visitas a esa casa cambiaron de objetivo, mi interés se volvió Marianita, verla, conversar con ella, cada que se acercaba la hora de ir se me hacía un nudo en la garganta y se me abismaba el estómago, y solo lograba componerme después de verla y hablarle; su hermano notó mi interés y aunque al principio le chocó un poco, pronto se fue olvidando del asunto imbuido cada vez más en sus aspiraciones bandidezcas, al punto que ya casi no hablábamos, a lo sumo me levantaba una ceja o la mano cuando entraba o salía de su casa mientras yo le hacía visita a su hermana en la puerta. En mes y medio le pedí oficialmente a Mariana «la arrimada», que era la manera como se conocía en el barrio en esa época de términos confusos —cuando todo tenía otros códigos más enrevesados pero también más inocentes— a la legalización del noviazgo, lo hice trenzando una cabriola durante una balada en un baile de garaje en la cuadra, en donde no solo conseguí hacerme a mi primera novia sino juntarme de nuevo con los Sanos, que eran sus amigos y a quienes había conocido en mi niñez, pero había abandonado por interesarme en otros rumbos y otras amistades. Fue un viernes de principios de marzo, ella me invitó y yo fui más por verla lejos de la entrada de su casa que por verdadero interés en sus actividades, pues esos bailes los organizaban los pelaos sanos, los que no tenían nada que ver con la esquina ni frecuentaban los sitios de nosotros, la manga donde Chela o la calle de la Soledad, donde nos parchábamos los sábados en la noche a escuchar salsa, fumar y hablar bobadas de muchachos, porque era un parche rudo en donde la presencia de una chica ni se podía insinuar, además de que ninguna mamá hubiera dejado a su hija acercarse a nosotros, tampoco hubiera podido pues estábamos en la época en que las mujeres representan espanto y aversión para los chicos, los Sanos en cambio siempre fueron alejados del agite pero cercanos a las mujeres, sabían cómo y qué decirles y sus amistades mixtas nos repelían, se nos hacían muy blandas, algunos eran scouts, otros deportistas, y todos sin excepción eran buenos estudiantes y medio engreídos por ello, sin embargo para nosotros solo eran los agüevados a los que había que poner en ridículo siempre, cuando no atacarlos directamente como les ocurrió a muchos en el colegio donde fueron víctimas constantes de tandas de coscorrones que se conocían como «gorriadas» o de cascadas simples y llanas porque se tropezaron con algún aspirante a bandido o no le soplaron en un examen, yo intentaba ser del combo contrario inmerso en el encanto y fascinación que ejercían mi hermano y sus amigos, aunque justo por él nunca pude pertenecer a ese grupo y me quedé en el brumoso terreno de los que rondábamos la esquina aguardando con ansiedad el momento de validar nuestra hombría con algún acto temerario y empezar a pertenecer en serio a la banda, pero la espina del cariño que me despertaba Marianita me hizo tragarme la repulsa y acudir con ella al baile que hicieron sus amigos, allí conocí a Walter, a quien años después conocerían en la ciudad como el pastor López, que era el dueño de la casa y el encargado de poner la música, unas edulcoradas baladas en inglés que se bailaban tan lentamente que daba sueño ese movimiento soso y reiterativo, en las que se aprovechaba la luz parcial del sitio, amenguada a propósito para darles besos a las niñas y hablarles al oído, como yo no estaba acostumbrado a eso, Mariana me indicó cómo debía comportarme para no desentonar, también me presentaron a John Wilson, a quien yo conocía por ser hermano de un compañero mío del colegio, pero que me negaba a saludar por considerarlo un «boqueco», una suerte de apócope de bobo grande, que era como le decíamos a los grandotes que jugaban mal al fútbol y que poníamos siempre de arqueros, este no era del combo, pero había acudido esa noche como yo por invitación de una muchacha, y al Chino, un muchacho achinado que parecía tener un leve retardo mental porque a toda comprensión llegaba tarde, pero era divertido con su sonrisa lerda instalada a perpetuidad en la cara, también estaban esa noche en el baile Byron, un joven inteligente y amable en el trato, Hamiltong, que en ese momento nadie conocía como Mambo, apodo al que llegaría a los pocos días cuando su vida diera un vuelco total hacia la desgracia, y Toto, un chiquitín hermano de una de las niñas más lindas y más pobres de la cuadra llamada Dina y que siempre estaba en esos parches para vigilar a su hermana, forzado por su madre, una señora aterradora, la única capaz de alterar a mi padre, al que nunca antes ni después escuché putear a una mujer, que le dijo vieja hijueputa el día en que descubrió el nefando castigo al que sometía a su hijo menor por cualquier estupidez o trastada infantil: lo obligaba a vestirse con las prendas de su hermana y lo mandaba a la tienda bajo el atisbo pávido de toda la cuadra, el niño caminaba desde su casa con la mirada rota y el alma en reproche, sin detenerse ni contemplar a nadie, germinando infiernos en su interior durante esas marchas de humillación, que hasta los Pillos consideraban desmesuradas como escuché comentar en varias ocasiones, haciéndolo tristemente célebre en la cuadra. El niño, de tanto acompañar a su hermana como albacea menor, terminó por hacerse amigo de los Sanos, lo que sin proponérselo le salvó la vida el día en que llegaron a su casa a matar a su hermano mayor que se había puesto a robar en el barrio acosado por las afugias, y los Pillos no le perdonaron la heterodoxia, en una época en que el barrio era territorio vedado para crímenes de ese tipo, se podía repasar todo el historial delictivo e inventarse otro nuevo pero nunca en el barrio, era un código que todo el mundo conocía y respetaba, pero el muchacho desesperado un mal día entró a la casa de la tía de un Pillo y se robó una cadena y un dinero, y la ley implacable de la calle se las cobró, entraron a su rancho de noche y le vaciaron una pistola mientras dormía tirado en un colchón en el piso que siempre compartía con su hermanito menor, quien por suerte esa noche estaba acompañando a Byron, que se había quedado solo en casa y lo había invitado a ver películas de Freddy Krueger, aunque hablando con él muchos años después, cuando ya se había convertido en un bazuquero asiduo y contumaz, me decía que más le hubiera valido quedarse en su casa y morir al lado de su hermano porque nunca pudo superar su muerte y eso a la postre lo arrastró al precipicio destructivo y evasor de la droga. Esa tarde conocí a todas las niñas sanas de la cuadra, las que sus madres cuidaban de los predadores de la esquina, las que eran lindas sin aspavientos, las que sus familias prefiguraban como mejores y más aptas para un mañana venturoso y elevado, y por eso les vigilaban las amistades y las reuniones; algunas no sobrevivirían intactas a la rudeza del barrio y serían atacadas en el nefando revolión, otras tendrían que huir, sacadas a la fuerza por sus familias para que no corrieran un destino fatal como el caso de mi primera novia, y unas cuantas terminarían enredadas con los Pillos, como Clara, convertidas en viudas jóvenes con el cuerpo y la vida estropeadas; cuando entré esa noche a la fiesta los concurrentes me miraron con recelo, conocedores de mis incipientes aspiraciones y mi aprensión por lo que ellos representaban, sin embargo gracias a la influencia de Mariana y al apremio del tiempo, me fueron dejando de lado, más interesados estaban en aprovechar cada segundo para entrelazarse con las muchachas que les gustaban que en rencillas puntuales, fuera como fuera habría tiempo de zanjar luego, o ni siquiera, porque después del baile todos sabíamos que cada cual volvería al lugar que le correspondía, encarnando en un antagonismo tan antiguo como los hombres y que desde siempre los ha distanciado a punta de clasificaciones, los buenos y los malos, el maniqueísmo histórico que reduce todo a la simpleza de dos esquinas contrarias y dos tonos únicos, cuando la realidad nos demuestra con hechos cada vez más radicales que la vida está llena de grises de diferentes tonos y que nada es como parece, ni se puede encasillar, y los buenos engendran maldades más tóxicas que las que operarían por definición en los malos y viceversa; así que después de esa noche mi relación con los Sanos se transformó, seguimos estando en márgenes inversos temporalmente, pero ya no los veía como tontos, incluso empecé a saludarlos en el colegio y en la calle, y dado que mi amigo Jaime empezó a frecuentar la esquina junto a mi hermano y a los muchachos un poco mayores, y yo tenía vetado ese territorio por mi edad y por el parentesco familiar, me fui alejando de los aspirantes a bandidos y me dediqué a Mariana; todos los días la visitaba en la puerta de su casa, con ella nos dimos los primeros besos y jugué mis primeras suertes en el amor, nunca antes había experimentado el abismo en el estómago ni la ansiedad por ver a alguien, también sufrí los primeros tropiezos de los celos la noche en que antes de acudir a su entrada me crucé por casualidad con Patricia, una niña vecina, hermana de un bandido amigo de mi hermano, al que ella estaba buscando, y en su pesquisa me detuvo para preguntarme por él aprovechando para extender el saludo que llevábamos días sin darnos, después continué mi camino, solo para encontrar a Marianita distante e irritable, contestándome con monosílabos, hasta que apurada por mis preguntas me dijo que la respetara, que ella no iba a ser plato de segunda mesa de nadie y que si tanto me gustaba esa niña me quedara con ella, yo que siempre he sido demorado para comprender las increpaciones me quedé aturdido sin entender a qué se refería, hasta que caí en la cuenta de mi comportamiento anterior con la vecina y tuve que pasarme el resto de la visita ratificando exclusividades, posicionando prelaciones y jurando amores eternos, que solo al final de la noche encontraron reposo cuando me hizo prometerle que hablaría con Patricia y le diría que ella y yo éramos novios oficiales, recelos que no vi como inmoderados sino como la confirmación del amor grande que nos teníamos que es la manera como esta sociedad de desqueridos y excedidos nos ha enseñado a demostrar el afecto, obligándolo y alardeándolo, pero mi embeleco duró poco. A los cuatro meses de noviazgo oficial me notificó con llanto en los ojos que sus padres habían decidido mudarse del barrio, la noticia me tomó por sorpresa, no podía entender, le pedí que me repitiera mientras le retrucaba porqués, ella decía que por su hermano, que sus padres estaban muy preocupados porque le habían encontrado un fierro debajo del colchón y al inquirirlo les dijo que se los estaba guardando a los manes de la esquina, y les habían llegado con el chisme de que Jaime estaba fumando mariguana y que era cuestión de días para que estuviera por ahí robando o delinquiendo, de manera que habían decidido irse para otro barrio alejado del mundo del hampa, un barrio sin pillos ni asesinatos constantes, para salvar a su hermano, mientras que yo me negaba a la realidad con argumentos que ni a mí me parecían válidos, le decía que en todos los barrios había pillos y muertos, que además ellos tenían algo que ninguno de nosotros poseía, una casa propia, y ella llorando me decía que su mamá había rentado una casa en Belén que al parecer era un barrio bien, y que la casa de Aranjuez la iban a alquilar para ajustar el arriendo nuevo y los había escuchado decir que no importaba si se morían de hambre pero como fuera se iban a ir del barrio y que el trasteo era ese fin de semana, nos despedimos con tristeza en la piel y amargura en la mirada. Quedé devastado con las desmesuras propias de nuestras tragedias adolescentes, por primera vez en mi vida sentí el vacío cortopunzante de la pérdida que me iniciaba en el dolor que se me avecinaría unos pocos años después, busqué una acera donde sentar mi frustración, y después de pensarlo un rato, aturdido fui en busca de Jaime, lo encontré en la esquina rodeado de sus nuevos amigos, me miró con desgana cuando lo llamé con la mano, salió del círculo que formaba con su corrillo y acercándose me dijo hosco Qué querés, home, ¿no ves que estoy ocupado?, le dije Parcero, ¿me acaba de decir Marianita que se van a trastear?, Ah sí, me respondió, los cuchos andan azarados conmigo, dicen que me estoy metiendo en problemas, quieren irse del barrio, pero es una güevonada porque voy a seguir viniendo, así como hacen Lleras y Anderson, hasta que corone algo grande y me pueda venir a vivir solo por aquí, yo lo observaba en silencio y veía en su mirada algo que apenas ahora, casi treinta años después, cuando yo mismo la veo en el espejo, logro entender: la mirada de la orfandad, Jaime estaba perdido en el mundo, porque era un huérfano con el padre vivo, además se le había instalado esa actitud hostil de lucha incesante y voraz que había visto tantas veces en mi hermano por ser alguien, por convalidar su existencia en un mundo atrabiliario y discrepante, una rabia sorda manifestada en lo afilado de su atisbo de soslayo, le había crecido la mirada esquiva, aguzada y filosa de la esquina que trastocaba su cara angelical, me miraba esquinado desde esa mezcla extraña de superioridad y humildad que ostentan los que están a las puertas del porvenir, enfrentando el abismo o la cumbre sin saber qué camino coger, me dijo Yo me voy a ir con los cuchos porque no quiero vivir de arrimado de nadie, pero cada ocho días voy a venir por aquí, hasta que me plantee, estuve hablando con el patrón, le dije que me pusiera a voltear que necesito billete para vivir solo, en el silencio que siguió entendí que mi suerte estaba echada y que Mariana al igual que Jaime se iban a ir para siempre, pero le seguí la corriente y le dije Vos sabés que mi casa es tu casa, si querés quedarte cuando vengás, mi mamá no dice nada y dormís con Alquívar y yo, ¿y qué te dijo el patrón?, la desilusión le trepó al rostro antes de contestarme Que no fuera güevón y aprovechara que mi familia tenía cómo sacarme de aquí y que me volviera juicioso, que yo no tenía madera de pillo, se quedó en silencio un momento y luego con rabia en los ojos me dijo Pero le voy a demostrar a él, a mi papá y a todo el mundo que lo que tengo es güevas, se remascó los dientes antes de continuar más tranquilo Y fresco que yo te cuido a mi hermanita y podés ir a visitarla cuando querás, vos le caés muy bien a mis papás, le dije que gracias y que seguro iba a visitarlos, nos despedimos cada uno cargando su fracaso a cuestas, él se devolvió a la esquina y yo me dirigí a mi pieza a rumiar desventura fumándome un cigarrillo que le robé a mi papá y que me supo a gloria amarga, enarbolaba las banderas del dolor en volutas grises que chocaban contra el techo alto en donde se desbarataban como mi cariño por Mariana, dándole al sufrimiento el efecto de una mala película haciéndome sentir el ser más doliente sobre la tierra, volviéndome actor de mis impúberes sentimientos, ennoblecidos estos hasta el heroísmo; el sábado temprano, todos los amigos de Mariana y yo, como novio oficial además de amigo de Jaime, nos encontramos en su casa para ayudar con el trasteo, don Enrique dirigía las operaciones desde la cocina mientras se aplicaba a la cerveza que pronto cambió por el guaro porque le gustaban heladas y la nevera fue de lo primero que empacamos en el camión de mudanzas, doña Alicia, que había pedido ese día libre, apenas lo vio dicharachero y desacertado le dijo que parara con el trago o no iba a llegar despierto a la nueva casa y él le hizo caso, Jaime, que solo se preocupó por empacar y marcar sus cosas y una vez las montó al carro se dedicó a molestar con comentarios burlones a los amigos de su hermana y a mirar mal al papá que ya había empezado a llamarlo higo delante de todos, en un descuido de la gente me llamó a mí solo, pues era el único amigo que tenía a mano aunque nuestra relación ya no fuera la de antes. Fuimos agazapados a la terraza en donde sacó seis cervezas al clima que se había trasteado de la cocina, las tomamos acompañadas de medio paquete de cigarrillos que yo le había cogido a mi hermano, y fue la última vez que hablamos largo y tendido; me dijo muchas cosas que no recuerdo exactamente, aunque sé que todas giraban en torno a lo grande que iba a ser, quería conquistar las cumbres de la delincuencia y ser respetado y temido como los patrones del barrio, o más, se figuraba como la mayoría de los muchachos de la cuadra un futuro venturoso en el crimen, lleno de plata y de lujos, carros, motos, fincas y mujeres para colmar esos espacios, pero en el fondo tenía un vacío enorme como el de todos que pretendía llenar de artículos, réditos y obediencias, precaria aspiración con la que nos llenaba la cabeza nuestra exigua realidad; si algo hicieron bien los bandidos en nuestra ciudad fue que nos endilgaron su modo de vida y su desparpajo como aspiración hasta hacerlo cultura, dejaron ese brote que fue convirtiéndose en maleza e inundó todas las capas de la sociedad hasta hacerse paisaje, tejieron con su ejemplo un manto con el que todos nos cubrimos desde esa época y para siempre, volviéndonos una colectividad deseante, impenitente, que vuelve cualquier forma de ascensión social la única razón de la existencia, sin importar a quien tengamos que empujar, tumbar, embadurnar o quitar del medio para conseguir esa promoción. Terminamos dándonos un abrazo Jaime y yo y brindando por el porvenir con las últimas dos polas, antes de bajar y emparapetarnos en el camión que nos conduciría a su nuevo barrio, fue la primera vez que salí de la cuadra sin mi mamá y también fue esa mi novel incursión en un barrio menos popular que el nuestro, hoy sé que solo fueron unos cuantos kilómetros pero ese día me parecieron miles y que su posición social es la misma clase media que Aranjuez, solo que mejor disimulada, con un número mayor en el estrato, que es la manera como el sistema nos hace creer más o menos pobres, compitiendo entre nosotros, cuando en el fondo somos las mismas cifras huecas y descartables con que juegan los verdaderos dueños de los guarismos universales, porque como dice un gran amigo mío «Hay cosas para ricos o para pobres, no para todos», solo que las de los pobres los ricos las pueden tener y no quieren, y las de los ricos los pobres las quieren tener y no pueden, pero en esa época la novedad se traducía en mejoramiento imponderable; la casa era un tercer piso con balcón, grande y bonita, descargamos y pusimos las cosas siguiendo la disposición que dictaba doña Alicia porque don Enrique, apenas apeados del camión, volvió al guaro y en media hora estaba noqueado en el sofá. Al terminar de acomodar las cajas y demás cosas adentro de la casa, doña Alicia nos mandó a Marianita y a mí por un par de pollos asados y tuvimos tiempo de prometernos amores eternos y continuas visitas que terminaron siendo una sola, incómoda hasta la náusea porque me demoré casi dos meses en juntar la plata para el pasaje y para un peluche que le llevé de regalo. Aunque hablábamos de continuo por teléfono, con el correr de los días sentía que su trato se agriaba un poco conmigo, lo que atribuí a la lejanía sin sospechar siquiera las verdaderas razones, pero cuando llegué a su casa la encontré más esquiva y afanada que en nuestras llamadas, me recibió el regalo sin la alegría que yo esperaba y que habría valido las penurias y ahorros que me costó conseguirlo, hasta que después en medio de un nerviosismo extraño me llevó a la sala y sin preámbulo ni tacto me soltó que terminábamos, que nuestro amor era imposible por la distancia y un montón de excusas que yo no supe entender hasta que tocaron la puerta y ella palideció de golpe antes de decirme que quien tocaba era su novio; me quedé impávido, sin saber qué hacer, sentí una mezcla extraña de rabia y ridículo, durante un segundo me debatí entre partirle la cara al nuevo amor o salir corriendo de allí con la pena entre las patas, y al fin de ese agónico momento ganó lo último y salí sin despedirme, chocando con el hombro al sujeto que aguardaba en la puerta con una sonrisa imberbe en la cara y sin saber quién era yo, no quise mirarlo bien para no compararme, arranqué raudo de vuelta a mi barrio y a mi vida de naciente despechado, decidí caminar hasta que me dieran las piernas y en el camino encontré una cantina escondida y de mal aspecto en donde conseguí un aguardiente doble que me tomé de dos sorbos mientras me inventaba ofensas que no sentía como tales y descubría en mi primer desamor una excelente excusa para beber. Faltarían algunos años y otros tantos daños para entender que la malquerencia es una muerte en vida, y que es peor porque el asesino y la víctima siguen vivos y cocinándose en odios implacables y mortales idénticos al amor que se tuvieron, pero era joven y encontré en el desprecio una forma de dolor dulce que incentivaba mi apetito vital; en pocos días el rencor se fue volviendo olvido hasta que no pensé más en Marianita ni en Jaime, no supe qué pasó entre él y su familia, pero nunca los volvimos a ver en el barrio ni volví a saber de ellos, hasta el día en que un año y medio después de su partida sonó el teléfono de mi casa y al contestar escuché a Jaime, me saludó escueto como si nos hubiéramos visto el día anterior, aunque su voz sonaba bronca y distante como si hablara desde una lejanía muy remota, inaccesible, no me dio tiempo de adaptarme a la sorpresa cuando me contó de golpe y casi sin respirar que su hermanita había muerto. Me helé, le pregunté si estaba borracho o trabao o si estaba charlando, él, haciendo un esfuerzo por manejar el quiebre de la voz por entre la distorsión de la línea telefónica, me contó que Mariana se había suicidado, y sin dejarme inquirir nada se soltó a contarme: el novio que yo había conocido se llamaba Daniel y era dos años mayor que ella, al mes de pasarse empezaron a charlar en el colegio, el muchacho era compañero de curso de Jaime y por él se conocieron, se volvieron novios casi al instante y a los tres meses Marianita anunció en la casa que estaba embarazada, para sus padres fue una desilusión tenaz, la niña acababa de cumplir trece años y estaba en séptimo de bachillerato, don Enrique con la noticia se amargó del todo entregándose por completo a la bebida, descuidó hasta las más simples funciones domésticas por estar tirado en el sofá todo el día pasando canales y dándole al guaro, pues en ese barrio no pudo encontrar una cantina amigable y sus borracheras se trasladaron a la sala de su casa en donde sus hijos lo encontraban al llegar del colegio tirado en calzoncillos babeando el reposabrazos del mueble y con media botella de guaro a punto de caérsele de la mano, doña Alicia se entristeció con la noticia y durante el embarazo se le escuchaba llorar a cada rato encerrada en el baño, aunque con el tiempo se fueron acostumbrando y después de los seis meses las cosas retornaron a una aparente normalidad; el muchacho quería responder por el bebé y hacía parte de lo que se considera en esta sociedad pacata y elitista una buena familia, sus padres eran profesionales y tenían una agencia de viajes que les permitía vivir cómodamente, sin embargo, el embarazo sumió a Marianita en un torbellino de emociones encontradas, no había empezado a disfrutar el enamoramiento cuando ya estaba encinta, transformándose de suave y amorosa en intensa y celosa hasta la exasperación, el muchacho era un adolescente común y corriente, a veces se olvidaba de ir a visitarla o se entretenía jugando fútbol o viendo un partido con los amigos, y la niña se hacía un cúmulo de furias e increpaciones, le inventaba romances y lo trataba de mal padre y abusivo, llegó a herirlo en una ocasión en que se demoró jugando videojuegos donde una prima, al llegar a la casa de Mariana, ella lo recibió con las uñas en alto como puñales que envainó en el rostro del contrito muchacho, que reconoció este episodio como la gota que colmaba el vaso de su paciencia y decidió que por más papá que fuera de la creatura no tenía por qué aguantarse esos abusos, le comunicó que desde ese momento él se haría cargo de la responsabilidad con el bebé como correspondía, pero que no tendría nada que ver con ella, la decisión del muchacho y el consejo de doña Alicia hicieron entrar en razón a Mariana, que fue hasta la casa de Daniel a pedirle perdón y él también siguiendo el consejo de sus padres terminó aceptándola por el bien del hijo que iban a tener, pero creo que en el fondo de su corazón ya no sentía por ella nada distinto a la conmiseración, se mantuvieron unidos como un matrimonio viejo de adolescentes hasta que tuvieron a una niña a la que llamaron Daniela y fue la luz que iluminó los hogares grises de ambos abuelos y alegró las vidas de todos, excepto la de Marianita que apenas recuperada de la dieta retornó con más fuerzas a los celos endemoniados y la paranoia manifestados en un genio de mil diablos que no podía contener, una noche de viernes después de haber volteado toda la semana con Mariana y Daniela, Daniel se quedó dormido cuando regresó del colegio, agotado con los chequeos de rutina, donde le habían recetado a ella unas sondas para que amamantara más y mejor, que lo hicieron recorrer todo el centro en su búsqueda, y congestionado con los exámenes de mitad de año, la siesta que tomaba de media hora antes de ir a donde su hija se le alargó a cinco horas y al despertar salió corriendo para donde Mariana, pero ya era tarde, las calenturas de su genio atrabiliario habían hecho estragos en la cabeza de la muchacha, al llegar se encontró con una bestia bravía que le hablaba entre llanto de infidelidades y destrozos y le decía que le iba a quitar la niña, el muchacho que traía el genio negro por el mal sueño y el cansancio le contestó que comiera mierda y lo dejara en paz, ella respondió golpeándolo en repetidas ocasiones en la cabeza y la cara, el pelado no aguantó más y la empujó contra la cama antes de salir de la pieza, bajó los tres pisos a los saltos y dio a la calle, apenas estuvo en la acera un grito llamó su atención desde el balcón, al levantar su cabeza escuchó Te odio, perro hijueputa, me voy a matar por vos, antes de ver a Marianita lanzarse al vacío por el lado contrario a donde estaba y estrellarse contra el piso con un ruido seco y torvo que lo dejó atónito de sorpresa. Jaime me contó después cómo había sido el velorio y el entierro, y me obligó a jurarle que no le diría a nadie esta versión pues le habían hecho creer a don Enrique, que ese día estaba en mi barrio visitando a su madre y al resto de los familiares, que Mariana se había caído del balcón en un descuido, porque no sabían cómo reaccionaría el viejo ante la verdad y ya estaban hasta el borde de destrozos para sumar uno más, antes de despedirnos trató de explicarme por qué me había llamado a confiarme ese secreto, pero yo ya no le escuchaba bien, dejé de oírlo sumido en el desconcierto por la noticia y recordando a Marianita como la niña afectuosa a quien besaba en las escalas de su casa de Aranjuez, sin más problema que las borracheras de su papá y las amistades de su hermano, colgamos al cabo de diez minutos y nunca más volvimos a hablar, solo vine a comprender su afán por detallarme lo sucedido y el desespero en su voz tres meses después cuando yo perdí a mi hermano e intenté pasar la pena hablando con quien quisiera escucharme hasta que advertí que las penas nunca pasan, solo se estancan en una quietud lóbrega cebada en silencio porque ellas son en sí mismas estridencia ensordecedora, grito total y acuciante que no debe contaminarse con otras voces, como la mudez cálida de la pena por la ausencia de mi padre que de nuevo instala su grito en mi oído para ser escuchado en la soledad en que me dejó. La muerte de mi primera novia me dolió además de por lo que habíamos sido en esa edad en que el desamor no es tal y las heridas no son con puñales voraces sino con agujas de inyección, por cómo pude ver que la muerte se empecina en su deseo y triunfa; esa familia se fue del barrio esquivando la posibilidad real de que la esquina matara a su hijo y encontraron el sacrificio de la hija. Mi papá me contó muchos años después que se encontró a don Enrique de casualidad, un día que lo recogió en el centro para una carrera, estaba muy borracho cuando se montó en el taxi y se demoró en reconocerlo, después hablaron de todo, del barrio y de sus hijos y antes de bajarse él le dijo Cómo es que se me cae la niña, hombre, Rey, muerte hijueputa, nos vinimos del barrio huyéndole y la hijueputa nos alcanzó. Al final ese padre que nunca supo del suicidio de su hija entendió una verdad más importante y universal, que la muerte es caprichosa, perra y mala en sus actuares, que cuando afila su guadaña se lleva lo que tenga por delante sin importar qué se haga para evadirla, porque somos los juguetes con que embolata su tenebrosa perpetuidad inmortal.

3. La llamada

El sonido del teléfono me despertó a las 7:34 a.m., entredormido observé el nombre de mi hermano en la pantalla y me levanté de un salto, él rara vez me llama y menos a esa hora, lo que indicaba que había ocurrido algo grave en la casa de mis padres, al contestarle me encontré con su gélida voz de siempre, imperturbable me dijo A mi papá le dio un infarto, estamos saliendo para Urgencias, me quedé callado un segundo por la impresión, al cabo del cual intenté decirle que ya salía para la casa de ellos, ubicada a dos cuadras de la mía, pero él me cortó tajante No hay tiempo, ya estamos saliendo, vaya a las Urgencias de Córdoba y allá nos vemos, cuando le iba a preguntar por el estado de mi papá, colgó, me paré de golpe, me eché agua en la cara y me vestí con la ropa del día anterior que había dejado tirada al pie de la cama, encendí un cigarrillo y cogí las llaves de la moto antes de salir atribulado con la noticia palpitándome aún en los oídos, cuando llegué al hospital me encontré a mi mamá en la sala de espera hecha un manojo de nervios, la abracé y entre llanto y llanto me dijo Reinaldo está muy mal, no era la primera vez que me encontraba con mi madre en una sala de espera de un hospital, hacía más de tres años que mi papá había iniciado la espiral horrenda de la demencia que se lo estaba tragando. Empezó con pequeños olvidos, casi parecían descuidos, al manejar no recordaba para dónde iba y se quedaba horas dando vueltas por la ciudad sin saber a dónde dirigirse, después fueron extravíos de los recados que nos dejaban al teléfono o de los quehaceres diarios, hasta que un Día de la Madre en que nos fuimos los cuatro miembros de la familia a almorzar a Las Palmas, él iba manejando y de repente frenó en seco entre dos carriles y después de diez segundos que parecieron horas se quedó lelo mirando al frente y nos dijo Yo creo que se me olvidó manejar, la alerta cundió, mi hermano, mi mamá y yo nos miramos desconcertados sin saber qué decir, ante el aturdimiento me bajé del carro y le dije Venga, Rey, yo manejo que usted lo que está es cansado, él se dejó llevar mansamente a la silla trasera con la mirada perdida. Durante el trayecto que faltaba para el restaurante no volvió a mencionar palabra, yo lo buscaba por el retrovisor y notaba en su cara que algo muy adentro de él se había fugado, sus ojos traslucían la angustia del que ha perdido algo valiosísimo, preciado pero secreto, y no quiere que nadie se entere de su ruina, pero su esfuerzo por ocultar la inquietud solo logra precipitarla a la superficie y hacerla visible para los demás, fue el Día de la Madre más triste de nuestra historia, los cuatro compartiendo una mesa llena de soledades, cada uno cavilando por su lado sobre lo que estaba pasando e intentando desviar la atención con temas vanos y dispersos en el discurso, hablábamos de cualquier cosa con tal de tapar con palabras la realidad que se nos había hecho palpable de golpe. Desde ese día en adelante todo fue debacle, mi padre cada vez estaba más desacertado, no volvió a manejar, un oficio que había ejercido por más de cincuenta años, y la falta de actividad aceleraba su deterioro, un hombre como él, que había empezado a trabajar a los siete años sin detenerse nunca, porque fue de esa generación de hombres bravíos de campo que aprendieron solo a trabajar como mulas sin descanso desde chiquitos, sin vacaciones y sin conseguir nunca más allá del sustento diario, hombres que nunca se quejaron y que encontraron en el trabajo rudo su sostén y hasta su diversión, a los cuales este país goza produciendo porque sabe que con ellos tiene garantizado el trabajo bruto y barato, por eso no los educa, no los alienta, ni los impulsa, antes los frena, los ata a trabajos miserables y condicionados, haciéndoles creer que deben estar agradecidos porque no se están muriendo de hambre, pero sí lo están, solo que les dosifican el hambre en porciones mezquinas y los mantienen a punto de desfallecer sin conseguirlo del todo, salvados del borde del colapso por el enjuto jornal que porta entre sus pliegues una nueva promesa de mejoramiento que nunca se cumple, hasta que llegan a la edad en que mi padre empezó a colapsar, sin haber hecho fortuna ni nada valioso con su vida, sin pensión, sin ánimos y sin pretensiones, apoyados en los hijos que fue lo único que alcanzaron a hacer y que en este país cicatero son la única recompensa de los padres y su jubilación; después del almuerzo del olvido, mi hermano y yo decidimos que era hora de que mi papá dejara de trabajar, los dos nos habíamos graduado de sendas carreras y ambos trabajábamos, yo hacía algún tiempo vivía solo, de manera que me encargaría del mercado y las cosas varias de la casa, mientras que mi hermano, que vivía con ellos, pagaría el arriendo y los servicios, de todas maneras los aportes que mi papá venía haciendo en los últimos años eran mermados y no alcanzaban para casi nada, pero lo mantenían ocupado y activo, manejando un carro particular que yo había comprado para ir a trabajar y que viendo cómo le iba de mal manejando taxi, que no le alcanzaba para liquidar el salario diario y nosotros teníamos que cubrírselo las más de las veces, decidí dejárselo a él para que lo «chiviara», que es como se conoce en esta ciudad al transporte informal, y que los listillos de las estadísticas tasan como empleo genuino, justificando con números la ineptitud del sistema; mi papá se apostaba afuera del Comfama y hacía carreritas pequeñas en el mismo barrio, lo que si bien no representaba ganancia amplia, lo entretenía y le hacía creer que seguía trabajando y aportando para la casa como lo había hecho toda la vida, y lo más importante, no trastocaba la rutina diaria de tantos años, que es lo único que garantiza una convivencia armónica entre un matrimonio viejo como el de mis padres; pero en cuanto dejó de trabajar la vida se les hizo confusa, mi padre se levantaba temprano, y después de hacer los mandados para el día —pues en mi casa nunca se mercó para el mes, ni siquiera para la semana, porque los sueldos de mi padre siempre fueron diarios y nunca se acostumbraron a nada distinto, ni siquiera ahora que les daba la plata del mes y podrían mercar de una vez para los treinta días haciendo rendir más el dinero y evitarse correrías y acarreos diarios, mi mamá se empecinaba en sostener que así le rendía más la plata, yo sospecho que ese ritual lograba ocuparlos al menos un rato cada día y eso en una vida quieta de viejos es invaluable—, mi papá se quedaba sin nada que hacer el resto del día y se ponía a ayudar a mi madre en los quehaceres de la casa, y lo que al principio parecía un gesto de solidaridad y apoyo terminaba siendo un desastre a manos de quien nunca en su vida había realizado el más mínimo oficio doméstico, carecía del orden, la disciplina y el tacto que a estas labores atañen, por lo que terminaban embrollados en soberanas discusiones porque al trapear no escurría la trapeadora y dejaba la casa anegada, o lavaba los platos con jabón de baño, o colgaba la ropa al derecho y no al revés como le gustaba a mi madre, yo los visitaba al menos una vez al día y siempre los encontraba sumergidos en galimatías de órdenes incumplidas y reclamos por negligencias ordinarias sobre cualquier nimia labor, yo le decía a mi mamá que entendiera que mi papá de seguro la estaba pasando mal, que necesitaba estar ocupado, que le delegara funciones básicas que no implicaran un método particular y ella me decía por lo bajo Me va a enloquecer su papá, pero no, el que estaba enloqueciendo a pasos acelerados era él, no lo decía pero se le notaba el desacierto, no es que antes fuera ducho en las funciones domésticas, nunca lo había sido, pero sus disparates obedecían al olvido, no a su falta de destreza: empezaba cualquier función y la dejaba a medio camino porque no recordaba lo que estaba haciendo y empezaba con otra tarea diferente que su mente menguada y sin orden le dictaba que hiciera y no volvía a acordarse de la primera, lo supe con certeza una mañana en que me quede viéndolo extender una ropa en la terraza, subió con el atado de ropa recién lavada y la descargó en un muro, puso en los alambres lo que se llevó en la mano y se quedó parado frente a un bluyín extendido mirando con los ojos fijos en la nada, después agachó la cabeza como buscando algo en su interior y al no encontrarlo miró a los lados confundido y se fue a la huerta a husmear unas cebollas y dos tomateras que tenía sembradas, y nunca más volvió sobre el atado de ropa.

A la media hora salió mi hermano del recinto de Urgencias y se nos unió en la sala de espera. Mi madre y yo le preguntamos por el estado de mi papá y sin dejarnos terminar nos dijo que le había dado un infarto agudo al miocardio y que al parecer tenía obstruidas tres arterias, mi mamá se puso a llorar con mayor efusión mientras yo le preguntaba qué seguía, nos dijo que tenían que dejarlo en observación y que habían pedido una ambulancia para trasladarlo a un hospital con médicos y equipos especializados en enfermedades cardiovasculares, pero que se tardaría al menos una hora porque todas estaban ocupadas, le pregunté si lo podíamos ver y me contestó que sí pero solo dejaban pasar a uno, le dije a mi mamá que entrara y ella me cedió su puesto porque no quería que mi padre la viera llorosa y triste. Me les despegué y entré a la sala de Urgencias buscando al hombre que me produjo y que solo una vez en la vida me dio algo parecido a un consejo: yo tenía doce años y me fui con él en su camión destartalado a un viaje hasta Montería en unas vacaciones —era lo más parecido a vacacionar que teníamos en la casa, acompañar a mi papá en su trabajo—, íbamos hasta una hacienda en la costa, cargábamos ganado en el camión y nos devolvíamos de inmediato, era una excursión de un día para otro, pero para un muchacho inquieto y encantado con la calle como yo en esa época parecía un viaje de meses, salimos de Medellín y todo el camino me debatí entre el mareo y el aburrimiento, llegando a Barbosa habíamos agotado los temas entre un padre serio y austero en el trato y un hijo tímido y callado, repasados los tópicos del colegio, los amigos y los deberes de ser una buena persona y salir adelante, que era siempre la manera en que mi padre cerraba las conversaciones, pero esa vez al acercarnos a la loma del Hatillo se volteó y me dijo, señalando lo que parecían las ruinas de una fábrica, En ese sitio trabajó su abuelo durante treinta años, esa frase dicha por llenar el silencio incómodo, no sé por qué impulso raro, permitió que se le soltara la lengua y empezó a contarme de su infancia en Hoyorrico, una vereda de Santa Rosa de Osos que yo conocía bien ya que cada diciembre nos llevaban donde la abuela, que aún vivía allí, a comer natilla fría y arepas de chócolo gordas y heladas que terminé detestando porque ella nos obligaba a comerlas, so pena de no darnos comida de verdad si no aceptábamos esas porquerías, me contó esa historia que relaté antes sobre cómo había abandonado la escuela a los siete años, sin saber leer ni escribir bien, porque se cansó de que la maestra le pegara con una regla de madera en las manos ante la más mínima indisciplina o la menor rebeldía, y su padre después de zurrarlo le dijo que si no iba a estudiar tendría que trabajar, y eso hizo desde el siguiente día y para siempre en su vida, empezó arriando leña, el único trabajo que podía hacer un niño de siete años en un pobladito como el suyo, se levantaba a las cuatro de la mañana y se internaba en el monte para juntar palos y chamizos hasta volverlos un atado, cuando juntaba cuatro atados, que era todo lo que podía cargar, salía y los llevaba hasta su casa y repetía la operación tres veces hasta tener doce atados de los cuales vendía la mitad y dejaba la otra mitad para el consumo diario en su casa, y por las tardes lidiaba marranos en el chiquero familiar y atendía la huerta de la casa. En esas bregas estuvo un año largo hasta que un médico de Medellín consiguió una finca cerca de Hoyorrico y anunció que necesitaba trabajadores, mi padre fue de los primeros en ser seleccionados por su energía y pujanza, empezó siendo peón y en cinco años llegó a ser el mayordomo de la finca con escasos trece años, en ese tiempo aprendió a lidiar otros animales, a plantar y recoger cosechas y a sortear trabajadores díscolos y montaraces, incluso creó una especie de incubadora para criar unos polluelos a quienes se les murió la madre, se inventó un artilugio con el motor de una licuadora descompuesta que diera vuelta a los huevos y les puso un par de bombillos alrededor que los calentara y logró sacar las crías, el aparato hacía años estaba inventado, pero él no lo sabía, es decir que a su manera fue pionero de tamaña tecnología, me lo contó sonriendo y sin aspavientos como todo lo que decía; él de verdad solo se enorgullecía de haber trabajado sin descanso todos los días de su vida y de la mujer y los hijos que tenía. Su destino parecía ligado a las fincas y la vida de campo, hasta que su labor incrementó la producción de la finca al punto de que las cosechas sobrepasaron la capacidad de las mulas cargueras e hicieron necesaria la contratación de un camión de los llamados 3½ para trasportar las cosechas hasta el pueblo, cuando mi padre vio arribar el vehículo a la hacienda la cabeza le voló en mil pedazos, se quedó extasiado contemplando su desplazamiento, nunca nada lo había arrebatado de tal manera, ni el trabajo, ni un buen animal, ni siquiera las mujeres que a la edad que tenía es lo que a todos los hombres nos trastorna el juicio, cuando el conductor se apeó, mi padre casi lo atropella con la pregunta en vilo ¿Me puede dar una vuelta en ese carro?, el hombre al verlo tan entusiasmado le inquirió por el mayordomo, mi papá le respondió que era él mismo y el hombre sin creerle desconfiado de su aspecto juvenil le dijo que no jodiera que venía a recoger la cosecha, mi papá se empoderó de su cargo y en un santiamén despachó los asuntos del cargue y descargue, así que el chofer al ver la obediencia de los peones comprobó que era verdad que el adolescente era el jefe y con una sonrisa le dijo Si quiere damos una vuelta ya mismo antes de irme, a mi padre le brillaban los ojos cuando se montaron y arrancaron, el corazón que hoy le falló bombeó toda la alegría que había acumulado en años de vida pobre y trabajada, sin dejarse ver tuvo que enjugarse una lágrima furtiva que se le escapó de lo puro contento, todo en el carro le gustaba, el sonido, el diseño, su fuerza, lo intrincado de los mecanismos que lo hacían posible; al volver del recorrido su vida se convirtió en una obsesión por conseguirse un carro, soñaba dormido y despierto con eso, se sentaba en el borde de su catre y con la tapa de una olla se hacía el que manejaba, en cualquier tiempo libre que tuviera caminaba los tres kilómetros que lo separaban del único trazado vial que comunicaba Medellín con la costa y se apostaba a su vera a ver pasar carros, en poco tiempo aprendió a distinguir las marcas, los modelos y sus características, estaba enfermo de ardor automotor. La vida que es tan perra a veces se conmueve con los deseos auténticos y pone al deseoso en la vía de su destino, valiéndose de tretas calculadas y precisas que los más optimistas llaman casualidades y que no son más que la manera con que esta condena al ser humano a morir por sus deseos; un día que estaba en la orilla del camino remascando una arepa fría con panela vio que a menos de cien metros un camión estaba varado y que el hombre que lo conducía parecía encartado tratando de sostener la tapa del motor con una mano, mientras con la otra hurgaba en su interior, de manera que se aprestó a ayudarlo, y el hombre, que se llamaba Orlando, agradeció la ayuda y mientras se desvaró entablaron una charla sobre sus oficios y gustos que terminó con una invitación para que lo siguiera en ese viaje porque iba para Cartagena, que allí trabajaba en una empresa que requería personal urgente. Mi padre al principio declinó el envite porque aunque deseaba viajar y coger mundo, la idea de servirle a un patrón con horario fijo y capataz no le sonaba en absoluto, pero cuando el hombre le dijo que, si se decidía, en los momentos libres le podía enseñar a manejar, no necesitó más, con esa sola promesa bastó para que se olvidara de su promisoria carrera como mayordomo campesino y abandonara trabajo y familia, en media hora estaba listo con un costal al hombro y dos mudas de ropa que era todo lo que tenía, y en camino al desconocido futuro; me contó ese día en el carro cuando pasábamos por los llanos de Cuivá que esa lejana tarde, mientras atravesaban esos mismos paisajes, iba sonriendo. En Cartagena estuvo tres años, trabajando todos los días de sol a sol cargando barriles de concreto pesadísimos para la construcción de una presa por un salario mínimo, pero en las madrugadas y en las noches de vez en cuando el hombre que lo encaminó a su destino le hacía el favor de entrenarlo en el manejo de volquetas, fue trabajoso porque a Orlando le implicaba levantarse supertemprano o acostarse muy tarde, por lo que muchas veces se hacía el bobo, pero finalmente cumplió su promesa y le proporcionó a mi padre trece clases después de las cuales le dijo entre risas Rey, usted ya se defiende con los carros, ahora le toca arriarse el bulto solo, siga practicando cuando y donde pueda y déjeme dormir, así que mi padre, que tenía la fiebre de los bisoños y quería estar sentado al volante todo el tiempo, le rogó al capataz para que lo transfiriera a ser ayudante de volqueta porque sabía que a estos les daban lo que en lenguaje de choferes se conoce como «caimaniadas», es decir pequeños chances para mover los carros, lo complicado de la petición era que en ese oficio se ganaba la mitad del sueldo de lo que ganaba un cargador como mi papá, pero él le dijo al capataz que no importaba, estaba seguro de que después de unos días, en que se practicara bien, iba a convertirse en chofer y así lo hizo, a la vuelta de cuatro meses ascendió a chofer con volqueta asignada, la manejó hasta que después de dos años de retostarse al sol, con los hombros y las manos peladas de cargar y manejar, logró juntar cinco mil pesos que valía la cuota inicial de un camión y fue donde el doctor Alquívar, el gran jefe de la empresa y una figura tan admirada por mi padre que a su hijo mayor le puso ese mismo nombre, condenándolo a una vida de burlas y confusiones mayúsculas, el doctor después de escuchar el entusiasmo con que mi padre le hablaba de su sueño de tener un camión propio lo dejó partir con una bonificación de mil pesos por buen trabajador, que sirvieron para pagar las tres primeras cuotas del camión mientras consiguió un encargo fijo. Cuando se montó en su flamante International 180 y lo arrancó me contó aquella vez que le temblaban las piernas más que cuando conoció a mi mamá, que es otra historia que relataré en otro momento, nunca antes había sentido tanta felicidad, era un camión verde oscuro que fue el único que tuvo en su vida, su única posesión material, y que cuando yo lo conocí no era más que un amasijo de chatarra vieja y destartalada que producía más gastos que ganancias. Su primer viaje fue a Necoclí, lugar al que muchos años después, teniendo yo seis años, en un viaje a cargar ganado con él y mi madre, me llevaron a conocer el mar, y de ahí en adelante su vida fue viajar conduciendo su camión, todo lo que había soñado se le estaba haciendo realidad y aquel día de nuestra charla me decía que era un hombre afortunado porque gracias a su carro en un viaje a Ituango había conocido a mi mamá, con la cual nos había tenido a nosotros que éramos su mayor alegría en la vida, mientras lo decía le daba golpecitos al volante como agradeciéndole a su cacharro, mientras yo sorprendido entendía que esa tartana de carro en que nos desplazábamos había sido nuevo alguna vez y había constituido la máxima aspiración de alguien a quien yo quería y admiraba tanto, pensé en preguntarle a mi padre qué había salido mal para que fuéramos los más pobres del barrio y su carro el más feo de los que cabalgaban en la carretera, pero no fui capaz, viéndolo sonreír de lado, orgulloso de lo que era en la vida, de pronto separó los ojos del camino para mirarme de frente y decirme la sentencia que no entendí en su dimensión total y que en su momento me pareció una obviedad, pero que ahora con cuarenta años y con el hombre que la profirió acostado en una camilla con el corazón colapsado cobró una importancia y una significación capital: sin dejar de sonreír me dijo «No se le olvide nunca mijo que un hombre tiene que hacer lo que tiene que hacer como hombre», en ese escueto aforismo sintetizaba lo que había sido su forma de estar en el mundo: un «hombre», así, genérico, era para él y los de su clase aquel que respondía a lo que le tocara sin miramientos, que daba la cara a los problemas haciendo lo que tuviera que hacer por los suyos, echándose al hombro la responsabilidad de sus actos y la de los suyos. Años después pude comprobarlo cuando me choqué en un taxi que él había adquirido después de quebrarse por ene vez con su camión, y que me prestaba a ratos los domingos para que me hiciera los pasajes de la semana para ir a estudiar, en ese entonces yo no era muy ducho en direcciones y un trío de personas me pidió que los llevara al barrio

Las Palmas, les dije que si me indicaban cómo llegar los llevaba y ellos me fueron dirigiendo y me hicieron meter por Girardot, al llegar a la esquina que cruza San Juan me detuve al lado de una volqueta y arranqué amparado en ella, y mientras yo cambiaba el dial del pasacintas porque había empezado «Gitana» de Willie Colón, y estaba harto de escuchar esa canción que hasta el día de hoy me asfixia con su tono chillón y festivo irritante, la volqueta frenó en seco mientras yo sin percatarme seguí derecho, lo próximo que recuerdo es el estruendo de la embestida de otro taxi que me arrojó contra una casa, la que terminó por destruir con el impacto el lado del carro que no se había estropeado con el choque del taxi, el resto fue confusión y sangre, gritos de gente herida que salía trastabillando del carro y yo aprisionado por el volante contra mi pecho, como pude me zafé y sin saber qué hacer corrí hasta una casa en donde una pareja de señores se asomaban a contemplar lo que había pasado, y les pedí prestado el teléfono, mi padre acudió en veinte minutos y se hizo cargo de todo, echándose la culpa del accidente cuando fue interrogado por el oficial de tránsito, sin embargo uno de los pasajeros delató el timo y le dijo al interrogador que ese señor no era el chofer sino que era yo y me señaló, mi padre sin inmutarse un ápice le dijo al oficial con calma Sí, señor, así fue, pero ese muchacho es el hijo mío y nadie me lo toca, si quieren háganme a mí lo que quieran, pero a él lo dejan quieto, yo les pago con la poca plata que tengo los daños hasta donde me alcance y les voy pagando el resto a cuotas o me cobran todo con cárcel, pero con mi hijo nada, si no les parece díganme a ver cómo hacemos porque más fácil me hago matar que dejar que alguno de ustedes le toque un pelo a mi muchacho, el oficial observó tal determinación en su gesto y su voz que hizo caso omiso del comentario del sapo, y mientras continuaba llenando los papeles del accidente como si mi padre hubiera sido el chofer le dijo Tranquilo, señor, en la audiencia podrá decir eso mismo, pero hoy nadie le va a hacer nada a usted ni a su hijo, ese día lo volví a ver enorme, colosal como lo contemplaba cuando yo era un niño y todo en él sobresalía, tan distinto al enjuto cuerpo al que ahora me arrimaba. Al verme esa mañana en Urgencias esbozó una sonrisa lela, perdida entre contemplaciones de objetos y gente que no entendía ni conocía, al cruzarse con mi mirada fue como si encontrara una palabra familiar en medio de un escrito en una lengua desconocida, me le arrimé y le tomé la mano, él me apretó y sentí su tacto helado, le froté la mano entre las mías buscando darle calor y me dijo Mijo, ¿por qué estamos aquí?, ¿esto es la casa de quién?, le respondí poniendo la mejor voz que pude No, pa, estamos en un hospital, te dio una vaina ahí en el corazón, una bobada, él me miró e hizo una mueca con la boca como de preocupación, yo continué Pero fresco, vamos para otra clínica donde te van a quitar eso, vas a estar en una pieza sola y en una cama buena, él me dijo No, mijo, vámonos ya para la casa, le expliqué que no se podía y que lo mejor era aguantar tranquilos, no volvió a hablarme hasta pasados un par de minutos cuando volvió a preguntarme Mijo, ¿dónde es que estamos?, no pude responder nada, me quedé mirándolo, viendo cómo su mirada se perdía en un limbo de incomprensiones y desvaríos.

Nadie está preparado para ver enloquecer a su padre, no puedo contemplar su locura sin enloquecer yo un poco, pero mi locura es de rabia, de dolor y de impotencia y esa mezcla engendra amarguras que no logro conjurar, quisiera partirme el cuerpo y dejarle un pedazo que le ayude a cargar sus dolencias, que le repare sus daños, ¿para qué habitar un cuerpo estable cuando no sirve de soporte para los cuerpos de los que amamos?, quisiera ensanchar mi mente para que quepan sus recuerdos junto a los míos y así él no los pierda; no lo sabe y nunca lo sabrá, pero su locura me está enloqueciendo de impotencia, no es algo que se elabore, es elemental, casi telúrico, que me lleva a pensar imposibilidades para embolatar la angustia, pienso en sus amigos que murieron sin perderse en sus propios olvidos como Wenceslao, o si él pudiera decidir si quisiera haberse muerto con su cabeza intacta o llegar a este punto, nunca lo sabré porque no se lo pregunté, y ya no puedo hacerlo porque no tiene con qué responderme, es extraño cómo necesité tenerlo a las puertas de la muerte para darme cuenta de que debí preocuparme por saber cómo hubiera preferido morir, nunca nos damos cuenta de las cosas importantes hasta que dejan de serlo, ya qué me puede importar el cómo cuando me urge el cuándo, y solo quisiera que al final de sus ojos le llegara un mínimo destello de los míos que le hiciera saber cuánto lo quiero, por eso me le acerco y sin decirle nada pongo mi frente encima de la suya.

4. Las campanas

La primera vez en mi vida que vi una guitarra de verdad tenía quince años, me la enseñó Byron, el hijo de Wenceslao, quien era buen amigo de mi padre y un pintor tremendo de los que quedan pocos. La relación de ellos dos era extraña porque no parecían padre e hijo sino un par de amigos; apenas nacido Byron, su madre enfermó, murió y los dejó solos en el mundo, así que Wenceslao sumido en la pena se dedicó con fervor a la bebida y a su hijo, al que crio medio prendo y sin experiencia; por ser artista y vivir como tal nunca toleró en el hijo ortodoxia alguna, no fue bautizado en la iglesia de San Isidro como nosotros, sino en una quebrada, y en vez de cura fue asperjado por su padre, y tuvo por nombre el de un poeta y no el de un protagonista de una telenovela como la mayoría de los chicos del barrio, aprendió a leer solo en su casa de la mano de su papá antes de entrar a la escuela, a la que llegó tarde con casi nueve años, quería desentrañar los secretos que su padre decía se escondían en los libros por gusto y no por obligación como el resto de muchachos de la misma edad y condición, impulso harto difícil de comprender en una sociedad como la nuestra, en la que cualquier iniciativa educativa y de crecimiento personal apunta y tiene como objetivo primordial conseguir dinero para sobresalir y no el simple y encantador deleite del conocimiento por sí mismo, el cual es mal visto y criticado; cuando lo conocí como uno de los Sanos el día de mi primer baile de baladas con mi inaugural novia era un muchacho extraño, y tiempo después entendí que la extrañeza era la libertad que en esa época y edad no supe entender; para todos, incluidos sus amigos los Sanos, Byron era un raro, que es como la sociedad llana y procaz llama despectivamente a lo que no entiende, a lo que no se adapta a los códigos estipulados vaya a saberse por quién y en los que todos coincidimos como normalidad. Le gustaba el rock cuando todo el mundo en el barrio era salsero, y no le importaba ni cinco centavos el dinero y la ostentación que a nosotros nos deslumbraban y nos hacían endiosar a quienes lo tenían: los bandidos de la cuadra. En principio para mí no era más que un nerdo, pero pasado el tiempo y los daños, cuando busqué compañía en personas distintas y bien alejadas de la esquina, encontré en él y su padre a mis amigos, gente tan encantada de la vida que lograron lo que ningún otro pudo: devolverme un poco las ganas de continuar; su padre primero fue amigo del mío, aun siendo tan distintos, ambos eran tangueros de la vieja guardia, de aquellos para quienes ese género representaba una filosofía más que una música, que encontraron en sus letras la profundidad y el amparo para enfrentar una vida llena de baches, siendo yo muy niño los recuerdo sentados en la acera de la casa escuchando tangos sin conversar, sin mirarse siquiera, llenos de las palabras cantadas, como atendiendo a una lección que prorrumpía amplificada una grabadora destartalada, atentos a lo que los cantores decían, comunicándose apenas con gestos de aprobación cada que acababa un tema y brindando mientras empezaba el siguiente, con el tiempo se alejaron porque mi papá abandonó para siempre la bebida después de que yo, a la edad de seis años, le produjera un problema de mil diablos con mi mamá por haberme tomado al escondido un guaro que dejó servido en la casa en su última borrachera, privándolo de una de las pocas cosas distintas al trabajo con que lo vi disfrutar, con Wence siguieron siendo amigos de la cuadra y cada que se veían se saludaban, aunque nunca más se juntaron en esa suerte de misa pagana que se inventaban cada tanto, improvisando una iglesia en su acera o la nuestra, para beberse la sangre de la música hecha guaro en su liturgia de dos feligreses tangueros. Como una compensación generacional, mi adolescencia me hizo amigo de Byron porque de niños solo tengo un recuerdo borroso de su presencia y, con él, de su padre, que me hizo ocupar el puesto que el mío había dejado vacante hacía años, así empecé a frecuentar su casa para conversar con ellos, escuchar música y a veces beber, eran reuniones magníficas porque su padre sabía mucho de música y yo acababa de descubrir que esta era mejor que la vida, más noble y solidaria que cuanto había visto y vivido, en esas charlas su padre nos descubrió las increíbles letras de Discépolo, Manzi, Gorrindo y tantos otros poetas suburbiales que él consideraba el parnaso del arrabal, nos mostró cómo todas las letras portaban un mensaje poderoso encriptado en el arcano lunfardo que nos enseñó a desentrañar, y nos reveló a sus vocalistas preferidos: Gardel, por supuesto, el feo Edmundo Rivero y el más grande de todas las voces tangueras, salido de otro planeta, el colosal rey de los silencios, Roberto «el Polaco» Goyeneche. Wence muchas veces se quedaba con nosotros escuchando tangos mezclados con rock argentino, que era el favorito de Byron; en una de esas veladas lo escuché hablar por primera vez de las campanas. Siempre que se nos acababa el trago se imaginaba formas de agenciarse dinero que nos permitiera perpetuar la farra indefinidamente, su fama como pintor había decaído por sus incumplimientos y desafueros etílicos, había pasado de vender cuadros en galerías más o menos importantes de la ciudad a precios considerables y de tener agente a granjearse el día a día haciendo retratos de niños en el parque de Aranjuez los domingos o, lo que era peor para él, a ser contratado como pintor de brocha gorda con la sencillez que caracteriza a los habitantes de estos barrios que simplifican un oficio con el nombre y al saberse sus dotes como pintor le encomendaban trabajos de tipo genérico, como pintar una casa o un letrero, cosa que al principio lo ofendía pero que con el tiempo terminó resignado a su destino de pintor general de cualquier cosa para salvarse del borde de la inopia en la que vivía y realizaba estos encargos con desgano y descreídamente, pero los hacía. Una tarde de regreso de uno de esos trabajos ingratos, en el que el cura le había encargado pintar un mural de un pesebre en la parroquia de San Isidro, se sentó junto a nosotros a terminarse una media de guaro que traía empezada y con despecho en los ojos nos dijo ¿Saben qué, muchachos? Yo sé qué nos podría sacar de esta pobreza tan hijueputa, y se quedó mirando al horizonte, su hijo le dijo entre risueño y extrañado Yo también, papá, ganarnos la lotería, Wenceslao lo miró sonriente para decirle No, mijo, la solución es robarnos las campanas de la iglesia de San Isidro, su hijo y yo nos miramos y soltamos una sonora carcajada al unísono, Byron le dijo Home, pá, vos sos muy charro y estás muy borracho, el viejo la tomó con calma y escurriendo la botella en su boca nos dijo Ni borracho ni charro, las estuve mirando bien y yo soy capaz de hacer unas iguales en icopor para reemplazarlas y también sé a quién vendérselas a buen precio, cosa que a mí me pareció una divagación divertida de borracho como muchas que le había escuchado anteriormente, aunque esta vez en su mirada había algo real, la fe intacta del que ha sido un resistente, dejó la botella vacía en el suelo y continuó ¿Saben qué es lo mejor?, si se piensa bien la vaina se puede hacer, lo único que me falta es cómo transportarlas, el hijo fingiendo interés le preguntó ¿Y cómo vas a hacer para desmontarlas sin hacer ruido?, ¿y cuando las vayan a tocar qué?, el viejo se demoró un momento para contestar, como si en su cabeza tuviera todo resuelto, No hay problema, esas campanas no se tocan nunca, los vecinos demandaron al cura por despertarlos a las seis de la mañana los domingos para ir a misa, él mismo me contó, y desmontarlas es fácil si tengo ayuda, y nos miró convidándonos con la mirada, yo me apresuré a contestarle alargando la charada Yo meto, Wenceslao miró pícaro y me dijo Listo, mijo, le cojo la caña, solo tengo que pensar cómo trasladarlas hasta donde el comprador, ultimar algunos detalles y metemos de una, dejó el tema ahí, hablamos un poco más de todo y de nada y al rato se acostó, arguyendo que era muy aburridor trasnochar sin beber, yo aproveché su retirada para imitarlo y me fui a mi casa; la vida siguió iterativa y sin mucho sentido como venía siendo desde hacía algunos años, cada tanto los visitaba y bebíamos guaro cuando había con qué y si no nos hacíamos unas mezclas infamantes de vino barato con confites de menta que sabían a demonios pero emborrachaban eficazmente, otras veces nos parchábamos con los Sanos a ver partidos de fútbol y tomar cervecita o simplemente para hablar de cualquier cosa que nos ayudara a pasar el rato; en los barrios populares contemplar el paso del tiempo es casi un oficio, sobra el ocio y juntarse en el desocupe sirve para hacer menos tediosas las horas, hablar, mirar y compartir cualquier cosa que se tenga rinde frutos poderosos en el largo plazo, pues crea amistades totales que trascienden el tiempo y el espacio y mantienen unida a la gente aun después de que cualquiera haya encontrado algún destino para su vida, o al menos un trabajo transitorio, siempre volvemos a la cuadra a compartir con holgura las mismas horas de contemplación y vagancia y así se nos va la vida en estas calles, tratando de derrotar a la muerte a punta de persistencia en el afecto.

Un día cualquiera, Byron, que hacía poco había ingresado a la universidad pública a estudiar Antropología, nos contó a Jairo el Piojo y a mí, que estábamos en la acera de mi casa, que tenía una banda de rock con otros muchachos de su facultad, venían ensayando hacía días, tocaban covers de rockeros en español porque no se le daba el inglés a él que era el vocalista, iban a tocar en un bar de un amigo el siguiente sábado y nos quería invitar, nosotros le dijimos Claro que vamos, y nos despedimos porque se iba a ensayar, antes de irse sacó de su mochila un libro de poemas y ofreciéndomelo me dijo Este sí te va a gustar, antes me había mostrado libros que yo le recibía por amistad pero que no leía nunca, o empezaba a leer y perdía el interés pronto, cuando me tropezaba con una metáfora elaborada o una palabra ampulosa, este libro, sin embargo, era distinto desde la tapa que era vieja y ajada, mostraba un nombre raro: *Trilce*, y su autor César Vallejo, muchas cosas que decía no las entendí, pero me gustó su musicalidad, la manera en que planteaba palabras para que fueran tomando forma, independiente de su significado que yo no comprendía, era como jugar con las oraciones, como esos deportes de los que uno desconoce las reglas pero disfruta viendo los movimientos de los atletas, lo leí de un tirón y volví al poema que más me gustó, «Masa», que después supe no hacía parte de ese libro sino que lo habían metido ahí al final entre otros del mismo autor en esa edición pirata, y que hablaba de la muerte de un hombre, pero de una manera tan íntima y exuberante que no me pude zafar de él y me lo aprendí de memoria, y aún hoy lo recito cada que los tragos me traen a la memoria las imágenes de Byron y su padre. El bar resultó siendo un cuchitril de mierda al frente de su universidad, llegamos a las ocho Jairo, Walter, el Chino —que se nos pegó—, Wenceslao y yo, Byron estaba al fondo en lo que haría las veces de escenario, desde allá nos saludó, nos sentamos en una mesa intermedia desde donde podíamos contemplar nítido el espectáculo, pedimos guaro y cervezas para lubricar la conversación, y a las nueve y diez empezaron a tocar, Byron rasgó los primeros acordes de una canción hermosa, «Brillante sobre el mic» de Fito Páez, en una versión acústica y sabrosona, su padre apenas escuchó su voz se trasformó, su cara relucía de orgullo y absoluta felicidad, y mientras nosotros brindamos al aire por nuestro amigo que se veía imponente detrás de un micrófono, Wence estaba tan embelesado que no tocó el aguardiente que tenía servido enfrente durante la primera tanda de canciones, una sonrisa rara señalaba la mueca del que siente que la vida ha valido la pena a pesar de lo jodido, pero ver eso en un padre era extraño, en nuestros barrios las que se encargan de los gestos cariñosos y reivindicativos son las madres, ellos en cambio suelen ser responsables y trabajadores pero secos en el trato, lo que les garantiza el respeto debido, y no cabe culparlos, fueron criados en una sociedad que desprecia el afecto masculino y sus manifestaciones, los hombres a lo sumo lo demuestran con actos y tratos alejados que por rebote caen en uno, pero hay que estudiarlos de cerca y con la pátina del cariño que de antemano se sabe que le tienen a uno y entenderlos como la máxima expresión del afecto que nunca pudieron demostrar, nuestros padres fueron castrados en su expresividad por la misma sociedad machista y altanera que castiga con burlas y rechazos cualquier síntoma de debilidad y enseña que querer es la más grande de ellas, sociedad desquerida y criminal como ninguna, en la que mi padre nunca pudo decirme que me quería y cuando ya viejo lo hizo me lo dijo usando la tercera persona, como blindándose con eso, salvaguardándose de sí mismo, porque sonaba como que el que quería fuera otro distinto a él, siempre me decía «Uno los ha querido mucho a ustedes, cómo no los va a querer», pobre mi viejo, tan temeroso de su amor, por eso era raro ver a un padre pletórico de orgullo y alegría por su hijo, Wenceslao no despegó un momento los ojos de su vástago durante la hora larga que duró el toque, aplaudió a rabiar cada una de sus intervenciones y apenas se tomó dos tragos, cuando terminó el concierto y Byron llegó a la mesa a saludar, su padre lo abrazó hasta asfixiarlo, al soltarlo sus ojos estaban llenos de lágrimas; desde esa noche Wenceslao estaba feliz, con la felicidad sincera del que ha cumplido en la vida, mientras que a Byron cada vez lo veíamos menos por el barrio, ocupado con las clases, los ensayos y con una novia que se había conseguido en la universidad y que terminó siendo corista de su banda, a veces lo veíamos pasar encartado con su guitarra en un hombro y un morral gigante en el otro de camino a sus quehaceres, nos saludaba desde lejos y los muchachos y yo nos alegrábamos al verlo, comentábamos sobre lo raro que nos seguía pareciendo, pero con rareza y todo hacía parte del combo, y era bacano que estuviera enrollado en lo que quería. Una tarde que logré juntar lo necesario para una botella de guaro y dos paquetes de cigarrillos y decidí visitarlo para que nos la tomáramos escuchando música, me recibió su padre y me dijo que pasara, que su hijo no había llegado, apenas le mostré el trago se alegró, sacó dos copas y nos sentamos a escuchar tangos y hablar, cada que sonaba una canción que yo desconocía me explicaba su procedencia, su autor y mencionaba al intérprete y la orquesta, yo sabía de su amplio conocimiento tanguero, pero esa tarde-noche entendí que hay gente para la que la música no es un divertimento ni una afición sino una definición, son en tanto música, son un devenir música, Wence devenía tango, no podía distinguirse en dónde acababa su vida y empezaba una canción o viceversa, él siempre decía que su vida era un tango, su obra también era tanguera, y hablando con él entendí que la música nos determina, nos resuelve y nos concreta cuando la escuchamos con la devoción del creyente, trascendiendo la naturalidad del simpatizante y que su compañía abriga y protege y nos ayuda a ser la mejor versión de nosotros mismos cuando entramos en ella con respeto y humildad, él entendía las letras como mensajes trascendentales que la vida y el destino le enviaban, cifrados en las voces de esos cantores enormes, me decía que de no ser por la música él se habría perdido en el dolor cuando murió su esposa, y que su obra se habría apagado de no ser por su hijo y el tango, que a ambos les debía el haber podido continuar pintando, que su obra contaba eso, pero que, como no pudo apagar su impulso en las telas gracias a ellos dos, había terminado apagándose él y se dejó llevar a la tristeza y al alcohol y que esa mezcla tan tanguera había sido la culpable de su deterioro pero también del ímpetu que tomó su obra y su vida; me mostró unos lienzos en los que me iba explicando lo que decía, pinturas poderosas que mostraban a su hijo recién nacido en valles desérticos y una soledad infinita en donde al fondo se percibía al pintor, que observaba todo desde una atalaya, el motivo se repetía en varios cuadros, que eran hermosos y tristes, vigorosos y agónicos, dejó las telas a un lado y sirviéndonos otro guaro me dijo Hermano, ojalá Byron se encuentre en la música, que la escoja como camino, sería hermoso, una recompensa a tanta tristeza, la música lo va a salvar, no de sufrir, de eso nada nos salva, pero sí le va a dar la fuerza para resistir la vida, para aguantar los malos trances sin volverse un resentido ni una mala persona, ya tiene en qué descargar sus dolores sin hacerle daño a nadie, y eso es más de lo que muchos pueden tener y lo único que yo como padre puedo desear para él, que tenga a la música en su vida me deja tranquilo y feliz, y yo le dije A mí la música también me parece increíble, el arte supremo, pero la profesión de músico es difícil e ingrata, vivir de eso da mucha brega, el viejo sonriendo y mirándome con una mezcla de desconsuelo y sabiduría me contestó Ay, mijo, se puede vivir de muchas maneras y entiéndame bien la obviedad, se vive viviendo, solo eso, con hambre o llenos a todos nos amanece el siguiente día, lo importante es saber por qué se vive, el cómo viene con los vaivenes del tiempo, el dinero va y viene y de verdad con la edad lo he comprobado, eso que al parecer es tan importante para la sobrevivencia carece de sustancia, yo nunca tuve plata pero tampoco estuve tan achilado como ahora, y cuando tuve gasté y ahora que no tengo aguanto, pero mi esencia siempre ha sido la misma, vivir viviendo a tope en cada cosa, aplicarme al máximo en los buenos y en los malos momentos, disfrutando todo, las alegrías y las tristezas hasta agotarme y eso quiero para Byron, del resto, de transitar los días con las pequeñas necesidades no hay que preocuparse porque como sea pasan, con abundancias o escaseces igual pasan, y más en este país donde todos terminamos comiendo mierda, lo único que podemos hacer es escoger en qué vasija queremos servirla, y el arte y la música son los recipientes más nobles que conozco. Habíamos pasado la media botella entre canciones y charla cuando abrieron la puerta y entró Byron con su novia, después de saludar se sentaron con nosotros, nos pusimos al día de las informaciones puntuales, de pronto Byron con una mueca de desánimo nos contó que a la banda la habían invitado a un festival en la ciudad de Buenos Aires, que les daban hospedaje y comida pero tenían que conseguir los pasajes y no iban a poder ir, Wenceslao se levantó como picado por una avispa y le dijo ¿Cómo que no van a ir? Eso es impensable, una oportunidad de esas no la pueden desaprovechar y para Argentina menos, cuánto diera yo por conocer la tierra del Polaco Goyeneche, de Gardel y la de los músicos que a vos te gustan, vas a ir como sea, Byron lo observó desde su silla y sonriendo con desaliento le dijo Sí, viejo, sería una chimba, pero no alcanzamos a juntar la plata, los tiquetes son muy caros y es dentro de un mes, el papá sonriendo entusiasmado le contestó No, mijo, un mes es mucho tiempo, con seguridad juntamos la plata, espere y verá, y volvió a sentarse con un brillo especial en los ojos, el resto de la noche se mostró desconcentrado, con la mente en otro sitio, en una hora larga nos volteamos lo que quedaba en la botella, yo quería seguir e intenté hacer ánimos en mis contertulios para comprar más trago, pero entendí que Byron y su novia querían estar solos, y Wenceslao divagaba en terrenos que no estaban a mi alcance, de manera que encendiendo un cigarrillo me paré y me despedí con un abrazo para ambos y fui a la esquina a tomarme un par de polas con el Chino y Jairo que estaban en la tienda.

A eso de cuatro semanas estalló el escándalo, cuando a las diez de la mañana de un jueves de agosto una patrulla de la policía recogió en su casa a Wenceslao y se lo llevó preso, acusado por el cura del barrio de haberse robado las campanas de la iglesia de San Isidro y haberlas reemplazado por unas de cartón pintado; yo me había conseguido un trabajo temporal armando tarimas que me consumía casi la totalidad del tiempo, y por eso no había vuelto a verlos ni estuve cuando lo apresaron, pero los muchachos me contaron que cuando lo montaron esposado a la patrulla iba sonriendo, y cuando por fin terminé mi inocuo trabajo y pude averiguar por él, Byron estaba en Argentina y en la casa no había nadie, y los vecinos me dijeron que a Wence ya lo habían trasladado a Bellavista y que podía recibir visitas los domingos, entonces hice las vueltas y el siguiente domingo después de una fila de tres horas y de una requisa infame pude entrar al patio quinto de la cárcel para saludar a mi amigo, que al verme se puso muy contento y sonriendo con picardía, después de sentarnos en unas bancas de cemento, me dijo Yo sabía que ibas a venir, primero porque me estimas y segundo porque no te ibas a aguantar la curiosidad de saber cómo me robé las putas campanas, y se rio con ganas, le entregué una coca con comida, tres paquetes de cigarrillos y algo de plata que había juntado mientras le decía Pues, la verdad, hermano, que sí, vos sos muy figura, me acuerdo el día que dijiste que la mejor manera de salir de pobres era robarse las hijueputas campanas, pero a lo bien creí que estabas borracho y era por joder, pero mirá, a la final sí lo hiciste, muy figura a lo bien pero bueno después me contás, lo importante era traerte este líchigo y saber cómo estabas; sin dejar de sonreír me dijo Estoy rebién, aquí me tratan al pelo, nadie se mete conmigo y yo no me meto con nadie, como me ven viejo saben que no represento peligro alguno, además por ahí están el Gurre y Calidad que me distinguen del barrio y saben por qué caí y que soy sano, antes me cuidan y gracias a ese par de malparidos aquí me dicen Campana, pero todo bien, me dan comida de la de ellos y hasta cigarrillos, solo me hace falta el trago porque no hay forma, lo único que se puede tomar es un destilado de papa horrible que hacen aquí mismo y que a lo bien ni yo que he sido el más alcohólico del mundo logro pasar, ¿y mi muchacho cómo anda? Pues, Wence, hermano, le dije, la verdad solo sé que anda de viaje, la gente en la cuadra dice que se perdió por la jodedera de los tombos y del cura, pero no sé, yo andaba trabajando hasta hace poco, supongo que bien si está paseando, él me dijo No está paseando, está de gira, se fue con la plata de las campanas, me alegra, debe estar feliz y si él lo está, yo también, y destapó la coca que empezó a comer con disfrute, entre bocados me dijo Hermano, la verdad saber que el pelao está tocando por allá me convence de que no me equivoqué, la cagada fue que me pillaran, y se volvió a reír con ganas, yo lo secundé; como las visitas duraban apenas una hora que solo alcanzó para comer, desatrasarnos de su vida en la cárcel y enunciarme por encima el robo, me dijo antes de despedirnos Pero como sea me robé las hijueputas campanas. Los guardianes empezaron a sacar a los visitantes, nos dimos un abrazo, le dije que volvería a visitarlo cada que pudiera, así que en las siguientes tres visitas, mientras degustaba la comida que hacía mi mamá, me contó la historia completa: desde que su hijo planteó lo del viaje se dedicó día y noche a pensar en el robo, la necesidad de cumplirle el sueño aportó la determinación que le faltaba a su plan, había pensado en el robo en verdad como algo posible de hacer pero no por él, que ya estaba viejo y el brete era difícil, empero cuando oyó decir a su hijo que no viajaría por falta de dinero, el proyecto pasó de ser una fantasía a una posibilidad real y urgente, entre más lo pensaba más factible lo veía y se le volvió una obsesión. Pasó todas las horas de cada día de la siguiente semana tomándose una cerveza eterna y destemplada en la tienda del frente de la iglesia y entendió que era mejor emprender la subida a la torre por la cuadra contraria, desde un solar que circundaba la parroquia, y una vez conquistado el botín sacarlo por ahí mismo, luego pasó a la construcción de los bronces falsos. Su idea original del icopor se vino abajo cuando intentó moldear a escala una réplica en miniatura partiendo de un bloque de este material y se le hizo añicos en las manos, era un material torpe que requería herramientas más precisas, de las que Wence carecía, tuvo que empezar a barajar posibles materiales aunque a todos les encontraba un pero, el barro era muy pesado y necesitaba horno, cualquier metal igual, pensó hasta en plastilina, pero nada se adaptaba a su plan, mientras encontraba la materia prima óptima se aplicó con todo el rigor de su talento a dibujarlas con lujo de detalles manteniendo una escala que le permitiera trabajar en un modelo lo más cercano al original, con los dibujos listos incursionó en materiales con los que nunca había trabajado buscando la consistencia y duración necesarias, periódico mojado, papel maché, plástico e incluso volvió al original icopor pero derretido, cuando estaba desesperado encontró por casualidad lo que estaba buscando, en el fregadero de su casa su hijo dejó tirada una caja de huevo que al mezclarse con agua se volvió maleable, Wence la tomó para botarla, pero se le ocurrió echarle colbón y dejarla secar, la caja adquirió una consistencia obediente y al rato se endureció con convicción de hierro, de manera que le compró todas las que pudo a cuanto reciclador se encontró e hizo todos los modelos a escala que pudo de las campanas. Su hijo me contó tiempo después que en esos días lo veía trabajando a toda hora, empegotado y sonriente, con una energía que no le conocía, sin entender bien qué era lo que hacía, y como toda su vida había estado rodeado de materiales de pintura y escultura y de obras empezadas y abandonadas, el nuevo proyecto de su padre no fue una novedad hasta el día en que logró adivinar la figura, burda y algo endeble, de una campana, a lo que Byron, acordándose de las enjundias de su padre, le preguntó retóricamente ¿No estarás pensando en serio…?, antes de que pudiera concluir la frase su padre le dijo con una sonrisa amplia Pues claro, ¿y entonces pa' qué estudiamos, pues, güevón? Los dos se rieron, terminada la carcajada su hijo le dijo Viejo, yo sé que vos sos medio loco, pero esto es un robo y es peligroso y más en este barrio, vos sabés, el papá tomándose una cerveza recién destapada le contestó Nada es peligroso si se hace bien, yo tengo todo calculado, el hijo continuaba escéptico, en el fondo creía que era otra más de las empresas descabelladas que cada tanto asaltaban a su padre, como cuando había querido pintar todos los postes del barrio con escenas de *La Ilíada* para que la gente conociera el poema épico en un recorrido por el sector, pero se le agotó el dinero y el impulso en el primer poste de la cuadra y abandonó el proyecto, dejando a un Aquiles poderoso y sensual a medio camino, o cuando intentó montar un negocio de esculturas con pinos en las casas que tuvieran estos árboles y nadie mandó nunca a hacer el trabajo porque costaba mucho y porque en Aranjuez solo diez casas tenían pinos y sus dueños ni siquiera sabían quién los había plantado, intentó llevarse el negocio a otros barrios más poblados de esa especie pero el tránsito era dispendioso e improductivo, así que declinó, o el último y más colosal de sus proyectos, transformar en grabados que contaran la historia del barrio desde sus inicios los postes a los que odiaba por su aspecto torpe y rústico, su color gris construcción, como lo llamaba, y por su persistencia en afear el entorno, a diferencia de la anterior iniciativa de pintarlos, esta solo requería de su talento y paciencia, empezó como siempre con los de la cuadra, pero como no tenía herramientas adecuadas, cuando intentó sacar el primer tajo con un cincel el boquete se vino con medio poste y el pilote perdió contextura y firmeza y se vino abajo, evitando una catástrofe, los alambres de la luz atajaron la caída y el saldo fue una llamada de urgencias a la central de las empresas eléctricas para que arreglaran el desmadre y la pérdida de energía en la cuadra durante medio día, contando con la suerte de que como el viejo era conocido por todos los vecinos nadie dijo nada cuando fueron inquiridos por el autor de los daños, desde ese día renunció para siempre a tratar de recomponer los desperfectos estéticos que veía en su entorno y volvió a su arte encerrado y personal, por eso Byron creyó ver en este nuevo proyecto otra más de esas iniciativas con fecha de caducidad adelantada y por eso también le siguió el cuento, pero el viejo no decayó esta vez y, sintiendo que su hijo se solidarizaba con su idea solo por compasión y que, además, de salir mal las cosas lo iba a perjudicar en serio, decidió emprender el robo solo; tampoco me llamó a mí para cogerme la caña como me anunció el día en que borracho habló de eso, con lo que se creaba un problema mayor, el plan de por sí era sinuoso, pero realizarlo en solitario era casi imposible.

Después de encontrar el material y empezar la construcción del modelo definitivo, volvió al problema original y palmario del proyecto: cómo transportar las benditas campanas. En una de sus tardes contemplativas en la tienda frente a la iglesia que había convertido en su legación temporal, le cayó providencialmente la solución: por todo el frente de su cara pasó una de esas carretas tiradas por un caballito famélico y desgarbado que en mi ciudad se conocen como zorras, trasportando un rimero de escombros de alguna construcción vecina, e inmediatamente alzó la cabeza para medir con la vista la dimensión de las campanas y su sonrisa fue la confirmación de que había hallado el medio eficaz y adecuado para sus fines, pidió un paquete de cigarrillos y se fumó uno sonriendo plácidamente; solo que no fue fácil convencer al dueño de la zorra, tuvo que esquivar la verdadera intención y ocultar la realidad de la carga, pero después de media de guaro y la promesa sustancial del pago en efectivo logró la anuencia del zorrero, el meollo era que el hombre demandaba la mitad del pago por adelantado, pero Wenceslao pensó resolver un problema a la vez, en su momento miraría de dónde sacaba el importe requerido, ahora lo esencial era continuar con el plan y apurar los últimos pormenores, había convenido con el conductor que la operación la llevaría a cabo en una semana, el siguiente miércoles por ser el día en el que menos gente circulaba en la madrugada, lo importante era no fallar porque solo tenía una oportunidad, de manera que decidió repasar su plan en la práctica; cada noche se escurrió en el solar y trepó una y otra vez hasta que lo vencía el cansancio, cuando hubo dominado la escalada, horadando los ladrillos de la pared a manera de improvisadas escalas, en el campanario, se dedicó a entender la manera de desmontar el mecanismo sin hacer ruido, hubiera agradecido una cámara fotográfica para registrar el diseño y repasar su desmonte en su casa, pero como no tenía, se llevó consigo una libreta y un lápiz y dibujó características y pormenores del soporte de las campanas, ya frente a ellas notó su real tamaño y le parecieron más pequeñas que el modelo que tenía, pero sabía que con algunos ajustes podía solucionar ese impase, luego envolvió el badajo en su camisa y meneó la campana para adivinar su peso, con lo que un verdadero lío apareció: las campanas pesaban demasiado para desmontarlas y bajarlas por los techos, la preocupación lo aguijoneó en serio y se bajó del altozano en asedio borrascoso de inquietud, se fue a su casa a luchar contra el insomnio hundido en dudas, y como el sueño nunca llegó, abotagado de pensar en bucle sin resolver lo urgente, decidió tomarse media de alcohol que tenía guardada para un caso de necesidad extrema o de impertinente amure y ningún momento cumplía mejor con ambas prerrogativas que ese; a las seis de la mañana, con la botella casi tocando a su fin, encontró una solución que, aunque no lo dejaba del todo contento, era preferible a nada, le contaría al zorrero su plan y le aumentaría el monto pactado para comprar su ayuda y su silencio. Ese día Byron se levantó a las siete y vio a su padre congestionado por la ingesta y el desvelo y creyó que se trataba de un incipiente guayabo que ganaría en intensidad con el transcurrir de la mañana, lo saludó formal como siempre y esculcó en vano los cajones en procura de algo para desayunar, sin hallar nada le dijo a su padre Estamos vaciados otra vez, qué maricada, el papá sacó del bolsillo el último billete de dos mil pesos arrugado y le dijo Vea, mijo, pille a ver para qué le alcanza, Byron dijo que él también tenía como cinco lucas que iba a ver cómo los hacía rendir, el viejo sonriendo dijo Tranquilo, mijo, que esto va a ser por poco tiempo, Byron desde la puerta le contestó con un despectivo Ajá. Wenceslao se despertó casi a las cinco de la tarde, se bañó y salió con la idea de encontrar al zorrero y proponerle un trato, lo encontró cerca de la construcción de una próxima estación del metro, en una manga donde parqueaban los zorreros y sus animales a esperar algún trabajo, lo llamó a un costado y, sin preámbulo alguno, le soltó su propuesta de golpe, el hombre lo dejó terminar y poniendo cara de incredulidad se largó a reír mientras le decía Usted está muy loco, hermano, yo sí me las güelía que su propuesta era una pendejada o un chueco y resultó siendo las dos cosas, no, hermano, yo no le jalo a eso, y se alejó riéndose estruendosamente, dejando a Wenceslao frustrado, carcomiéndose en iras malas, sintiendo que su plan terminaba ahí, tanto pensar y darle vueltas angustiado en vano. Su suerte dependía de un tipo corriente y batiente que tuviera una zorra, clave en el proyecto, se fue atristado, con la sombra del fracaso persiguiéndolo, cómo hacer para cumplirle la promesa a su hijo, siempre que sentía ese fardo quería beber para acallar las voces que lo estropeaban a gritos, pero no tenía ni un peso en el bolsillo y en su cuerpo la sed infinita del licor, apenas era viernes y los retratos del parque los hacía el domingo, no tenía de otra, tendría que empeñar algo, pero ¿qué? Ya casi todo lo de valor había ido a parar al monte de piedad, le quedaba únicamente el televisor viejo, que de seguro rechazarían en el empeño, y la nevera, no había de otra, iba a ir por ella, la limpiaría y se la llevaría a ofrecerla, pero era una nevera vieja y grande, así que tragándose su orgullo dio media vuelta sobre sus pasos a buscar al zorrero para que le cargara la nevera, de vuelta a la manga los colegas del zorrero riéndose entre dientes le informaron que el hombre se acababa de ir, pensó en desistir, dejar las cosas como estaban, aguantarse el amure, el desánimo y la congoja en seco, la verdad las ganas de beber las soportaba, el problema era la tristeza, aguantarse eso que tenía en el pecho en sano juicio era demasiado, así que haciendo de tripas corazón, fue hasta el grupo de hombres que conversaban desganados y le dijo al más serio y viejo que necesitaba trasladar una nevera, el hombre le indicó el costo que Wenceslao aceptó siempre y cuando le pudiera pagar después de cobrar el empeño, convinieron en eso y se encaramaron a la carreta, salieron de la manga y el hombre ajustándose un sombrero viejo que adornaba su cabeza alopécica le preguntó Hombre, ¿con que usted es el que piensa robarse las campanas de la iglesia? Wenceslao escuchó esas palabras como agujas enterradas debajo de las uñas, lo ganó una rabia brutal contra el antiguo zorrero que no solo había echado por tierra su plan sino que había divulgado a todo el mundo su intención, con amargura en la voz le contestó un lacónico y tajante Ajá, el otro viejo le dijo Pues mire usted que a pesar de las burlas de esos mamones hijueputas a mí me parece buena idea, si usted tiene cómo venderlas, ¿o las pensaba librar como chatarra? Porque así no valen nada. Wence cabizbajo y entre dientes le dijo No, qué chatarra ni qué nada, yo tengo a quién vendérselas en buen billete, si no para qué las bregas, el chofer continuó Entonces cuándo va a hacer esa vuelta ¿o qué?, el otro le dijo No, hermano, eso murió, antes era difícil pero ahora que ese hijueputa compañero suyo le contó a todo el mundo es imposible, el viejo zorrero le dijo Pues ni tan imposible si usted lo pensaba hacer, pero ¿sí lo tiene bien planeado?, Wence por seguir la charla continuó Bien planteado lo tengo, pero necesitaba ayuda y plata para pagarle a ese perro, además que me falta terminar las campanas de reemplazo, tengo una lista, a la otra le falta, pero tenía hasta el miércoles que era cuando me las pensaba robar, el viejo con un tono parejo y veraz en la voz le dijo Hermano, por qué no se olvida de la nevera y vamos a terminar la puta campana que le falta y nos las robamos hoy, yo tengo el transporte y me apunto a ayudarle, ¿usted sí tiene a quién vendérselas? Wenceslao volteó a mirarlo de frente, recuperando la sonrisa que alumbró el rostro al contestarle Claro que tengo a quién y con usted y esta carreta se puede, pero hoy es un día muy transitado, Y qué, contestó el otro, igual nada se pierde con intentarlo, si la vemos muy difícil nos abrimos y lo intentamos otro día, yo no tengo nada mejor que hacer, Pues hijueputas, dijo Wence, hagámosle de una, vamos a mi casa a terminar la campana, hermano, y no tiene ahí para un par de polas para la sed y la inspiración, el otro le dijo sacando diez mil pesos del bolsillo Qué carajo, compre cuatro y unos cigarrillos que mañana a esta hora vamos a tener plata. La campana logró el tono verde ocre que necesitaba casi a las doce de la noche cuando ya habían vaciado las cuatro botellas de cerveza que habían comprado, en esas pocas horas se habían narrado la vida de cada uno, Wenceslao le contó que era viudo con un hijo que era todo en su vida y que el robo era para mandarlo de viaje, entretanto el otro, que se llamaba Arnulfo, le confesó que también era viudo con hijos aunque estos no le hablaban, ni siquiera sabían si estaba vivo, porque había sido un mal esposo y un mal padre, estuvo más pendiente del gaznate que de la casa y casi todo lo que consiguió en la vida se lo metió en chupe, hasta que su mujer se agotó de esperar un cambio que nunca se dio y lo dejó, al poco tiempo se fue a vivir con otro tipo que le ayudó a levantar a sus hijos y que lo terminaron por considerar un padre y que murió poco antes que ella dejándole una casa y una pensión con la que sobrevivieron hasta que ella también se murió, él se enteró de su muerte y buscó un abogado pícaro para quitarle a los hijos la casa que el señor les había dejado porque legalmente él seguía siendo el marido oficial de la mamá, y se la vendió al mismo abogaducho en tres pesos, mismos que se bebió en una farra de seis meses en un pueblito perdido a donde fue a acampar para que sus hijos no dieran con él, hasta que se enfermó de tanto beber y con lo último que le quedó se compró la zorra y se vino a vivir al barrio, donde sus hijos no pudieran encontrarlo, lo odiaban y con razón, y deseaba nunca encontrárselos porque no sería capaz de mirarlos a los ojos, se sabía un canalla que había hecho mucho daño, estaba viejo y no se aguantaba a sí mismo ni a sus mezquindades, que son implacables cuando se tiene consciencia de ellas, dijo que entre más se aproxima uno a la muerte se hacen más patentes y plañideras y no dejan de azotar con su repiquetear constante en forma de contriciones tratando de drenar con sufrimientos autoimpuestos el mal y las fechorías cometidas, se vive para morir lo más triste posible para ver si al fin logra solventar las deudas y rematar cuentas a punta de dolor, pero eso no sirve para nada, en la edad en que estaba había entendido que las cuentas del alma no se acaban nunca de pagar, de manera que si les salía bien el trabajo, la plata que le tocara se la enviaría a sus hijos anónimamente, sabía que no era mucha y que con eso no remediaba nada del daño que les había propiciado, pero que era una manera de disculparse, no con ellos que era imposible sino con el destino o la vida y de ir cerrando el cerco de su muerte con menos tristeza en el alma, hay errores que se cometen para siempre porque no requieren perdón, puesto que la gente involucrada en los daños no necesita ni absolver ni vengar porque ya olvidó, y no le importa la persona que hizo el perjuicio, la indiferencia del ofendido es peor que cualquier venganza, porque trae en su seno la carencia absoluta de afecto que se requiere para llevar a cabo un recobro. Wence le miró la cara tarjada de arrugas y los ojos culposos y le dijo Hermano, la vida de verdad es muy perra, yo no soy quién para juzgarlo, pero si ahora está pensando en remediar de alguna manera, por ínfima que sea, lo que hizo, es porque en su corazón aún hay algo de nobleza o a lo mejor siempre la hubo, solo que tener de consejero al trago es muy mal negocio, yo mismo he vivido esas terquedades y he perdido mucho, pero aquí estamos buscándole la comba al palo, dos viejos con entusiasmo, bregando a sacar adelante un proyecto, de maneras distintas y por distintos motivos pero al final solo somos dos padres pensando en sus hijos y eso nos hermana y nos va a ayudar a llevar esto a buen puerto, así que hagámosle, vamos a montar estas vainas a la carreta y las cubrimos con unas cobijas y le ponemos escombros encima y así mismo sacamos las otras, vamos con toda, el otro viejo le dijo Pues sí, hermano, hagámosle, aunque yo no lo estoy haciendo por mis hijos sino por aburrimiento, porque usted me cayó bien y no tengo nada mejor que hacer y lo de mis hijos si esto sale bien no es por ellos es por mi egoísmo, para sentirme un poco aliviado en la hora final, pero bueno dejémonos de nostalgias y pesares y vamos por esas putas campanas. A las dos de la mañana empezaron a desenvolver las campanas falsas en la entrada del solar y, cuidándose de no ser descubiertos por la mirada afilada de los chismosos del barrio, lograron meterlas; Wenceslao trepó al campanario siguiendo la escalera de huecos que había hecho con antelación en la pared de ladrillos, apenas estuvo en la torre le hizo señas a su compañero para que se subiera, el viejo casi no logra conquistar la altura y en un par de veces resbaló en los huecos y estuvo a punto de caer, al fin, ayudado por la mano redentora del compañero que se estiró para alcanzarlo, logró poner pie en el piso de la torre, desde allí observaron en silencio la parte del barrio que se veía descubierta y suspiraron, el anciano dijo Hágale pues, hermano, ¿cómo es que vamos a descolgar estas berriondas?, que nos va a amanecer aquí viendo nada, con lo que Wence envolvió el badajo de la primera en una cobija para dejarla muda, no fuera a ser que su voz ronca alertara a la gente, y le dijo al compañero que había que bajarla con cuidado, con una llave de tubo graduó la dimensión de la tuerca que la sostenía e hizo fuerza con todo lo que le daba el cuerpo pero el perno no se conmovió en lo más mínimo, volvió a intentarlo y el resultado fue el mismo. El anciano al verlo en apuros se avino a ayudarle y entre los dos lograron inmutar el tornillo, pero el casi imperceptible movimiento produjo un ruido feroz de ancianidad perturbada, que el óxido y los años habían soldado la pieza a la rosca y crujía con gritos de eternidades que desahogan mudeces ancestrales, los dos se detuvieron y se miraron preocupados y sin moverse, pues sintieron el sonido del desenrosque más duro que mil campanadas, y sin saber qué hacer se despegaron con lentitud de caracola de la llave y se alejaron, entre dientes el anciano le preguntó ¿Qué vamos a hacer?, y Wence pensando con cara de preocupación le dijo Voy a ir a la casa a buscar grasa para aflojar ese tornillo, si no el ruido nos va a delatar, agh, la vaina es que yo no tengo grasa y a esta hora no hay un taller donde conseguir, va a tocar traerme el aceite de la cocina a ver si con eso lo resolvemos, el zorrero le dijo No, hermano, mientras usted va y vuelve nos amanece, si es por aceite de cocina que estamos varados, vamos donde la vieja Gloria, que vende papas rellenas en la manga toda la noche y le pido o le compro un poco, y así nos desvaramos, Wenceslao le dijo Entonces camine antes de que se nos haga más tarde, emprendieron la bajada pero al anciano le costaba un poco atinar a los huecos y tuvieron que hacerlo con lentitud, paso a paso, y mientras bajaban, Wence pensaba que si descargados daba brega la bajada, con una campana al hombro iba a ser improbable, pero alejó sus malos pensamientos, arribaron a la manga presurosos y fueron a donde la fritanguera con tan mal sino que en el puesto estaba comiendo Manuel, el zorrero que después de rechazar y burlase de Wenceslao y su plan lo había divulgado, al verlo los dos hombres se quedaron tiesos e intentaron disimular el propósito de la visita, empero como suele pasar en estos casos cuanto más se esfuerzan las personas por encubrir sus intenciones más pronto son traicionados por sus gestos y sus movimientos desesperados, Manuel notó el apremio, se les arrimó y con voz impostada de amabilidad les inquirió ¿Cómo va el negocio de ustedes dos?, y dirigiéndose al anciano Arnulfo le dijo ¿De manera que vos sí le seguiste la cuerda a este hijueputa loco?, el anciano lo miró con fuerza y le dijo Dejate de ser metido, quedate en tus cosas y comete tu papa que con lo asqueroso que sos de pronto la vinagrás, y dejanos tranquilos que más hijueputa sos vos, yo prefiero a los locos que a las locas chismosas como vos, malparido, Wenceslao y Manuel se miraron desconcertados de la fuerza inusitada que despedía el anciano en su increpación, por lo que el metiche se retiró en silencio con una mueca hostil en la cara y con ojos rastreros; doña Gloria les dio algo de aceite quemado en un tarro de Nescafé y los dos hombres volvieron al solar, no se dijeron nada en el trayecto, pero ambos sabían que el insultado zorrero no se iba a quedar con esa, de manera que era ahora o nunca, el plan tenía que funcionar esa misma noche o ser abandonado para siempre. Con la fe renovada se montaron al campanario con menos dificultad que la vez anterior y untaron con el aceite toda la rosca y la tuerca, aunaron fuerza y tiraron de la llave, volvió a crujir un segundo pero luego encontró el camino abonado de aceite que acalló sus gritos en la oscuridad cerrada de un viernes al amanecer, lograron desmontar el pasador y se encontraron con el peso íntegro de la campana en sus manos, no era tanto como se habían imaginado así que la descargaron en el borde del campanario y sonrieron con gesto triunfal, ahora tenían que ver cómo bajarla hasta el solar, el anciano tuvo la idea salvadora: enhebrar la soga por donde había estado el pasador, él iría primero dejando la campana en el borde, y luego Wenceslao la iba cediendo de a poco sosteniéndola con la cuerda hasta que él pudiera recibirla abajo, así lo hicieron y la operación resultó exitosa, luego el anciano convertido en un mozo por la adrenalina y el contento trepó de nuevo a la atalaya y en menos de nada desmontaron la otra campana, y con idéntica fórmula lograron poner las dos a buen recaudo en el solar. El anciano cogió las réplicas y las amarró de la soga, tiró la otra punta a Wence que esperaba ansioso en el borde contemplando el campanario huérfano contrastado con el cielo oscuro, como un gigantesco mueco en la sonrisa amplia de la torre, y él también sonrió; apenas tuvo entre sus manos la soga la recogió con sumo cuidado no fueran a desbaratarse las duplicadas en la subida, las empezó a amarrar como pudo porque el tiempo de oscuridad escaseaba y sabía que era cuestión de pocas horas para que la claridad manifestara el timo, puesto que Manuel los había descubierto y porque viéndolas ahora guindadas en el campanario las copias no tenían ni el tamaño ni el color de las originales y bastaba con que la luz del sol diera en ellas para que hasta el ojo más desprevenido descubriera el reemplazo, en realidad ponerlas era más que nada su manera de terminar lo empezado con profesionalismo y de alguna forma un colofón decente a un plan que no había hecho más que hacerse trizas desde el principio, así que ató sin ganas y sin cuidado las campanas hechizas a la viga y se bajó de la torre, riéndose de sí mismo, de su plan y de lo que veía venírsele encima; en el solar cada uno tomó una campana y las montaron a la zorra, tapándolas con las cobijas con que habían cubierto los badajos y encima les pusieron una canecada de escombros revueltos que simulaba una carga y partieron a venderlas donde un anticuario conocido de Wenceslao que vivía en un exclusivo sector de la ciudad y quien se había enriquecido comprando a precio de bicoca pequeños tesoros que encontraba en las correrías que hacía por todo el país, cambiando alhajas por baratijas y aprovechando el desconocimiento del portador de los objetos, en general campesinos que habían heredado las prendas de sus antepasados sin conocer su valor; se conocieron en la época en que Wence aún tenía algo de prestancia en el mundo del arte y el coleccionista le compró un par de cuadros, un día lo invitó a su casa, a donde ahora se dirigían, y le contó de su negocio mientras le mostraba jarrones del siglo XVIII y mamparas antiguas, por eso cuando tuvo la idea de las campanas le telefoneó al hombre para ofrecérselas y este le dijo que apenas las tuviera se las compraba y las pagaría en efectivo para evitar complicaciones. Cuando la tela de la noche empezaba a ser rasgada por los filos del alba, llegaron ante un portón de madera tallada que al anunciarse se abrió y los dos hombres entraron en su zorra como quien llega a su casa triunfal después de una batalla ganada pero consciente de que al final la guerra se perderá, expeditaron los trámites y al cabo de una hora y de media botella de whisky, que se tomaron con el anfitrión mientras contaban sin afán el dinero recibido por la compra —que resultó siendo mucho menos de lo pactado porque las dos partes tenían ideas distintas de las condiciones en que se encontraban las campanas—, salieron de la mansión del anticuario sonrientes y prendos. Sin comunicárselo sabían que la aventura había llegado a su fin y que seguía la denuncia y seguramente la cárcel, en la entrada partieron el botín a la mitad y decidieron que antes de cualquier cosa deberían llevarle el dinero a sus respectivos hijos, hicieron cuentas y sacando lo del viaje de Byron y su grupo, a Wence le quedaba algo de plata para ir tirando, pero entendiendo lo apremiante de su situación le dijo al anciano que lo acompañara a llevarle la plata a su hijo y que después se fueran juntos a un pueblo a beber hasta que alcanzara la plata, el anciano dejó para él idéntica cantidad de dinero que la de su compañero y le dijo que iba a enviarle a los suyos el mismo monto que recibiría Byron, y con el capital restante de ambos podían extender la farra unos días más, se abrazaron montados en la zorra y se dirigieron al barrio; en el camino encontraron abierta una cantina en Lovaina que servía de amanecedero de putas y sus clientes, donde les antojó empezar la bebeta, se apearon en la carreta y pidieron una botella de guaro que consumieron con sed de borrachos y parla de triunfadores en menos de una hora, dejaron paga una ronda de tragos para los escasos clientes del bar a esa hora y enfilaron de nuevo hacia Aranjuez. Llegaron a la casa cuando Byron se estaba levantando para irse a estudiar, al ver entrar a su padre tambaleante abrazado a un amigo igual de borracho, los contempló un momento antes de decirles Qué farrita tan hijueputa la que traen, siéntense o mejor acuéstense mientras les hago un café y esperen a ver si hay con qué hacerles un caldo, el viejo lo miró quedo y con una sonrisa de colores que pintaban alegrías le dijo, sacando un fajo de billetes del bolsillo, No, mijo, qué caldo ni qué hijueputas, hoy desayunamos con carne y guaro, le entregó una parte y continuó Vea, mijo, esta es la plata para su viaje, del dinero que le quedó en la mano extrajo dos billetes gordos mientras le decía Con esto hágame el favor y nos compra una botella de guaro, dos o tres paquetes de cigarrillos y tres desayunos bien trancaos donde Chela, con calentao y carne, y para usted lo que quiera y encargue de una vez almuerzo que nosotros dos apenas desayunemos nos vamos, Byron se quedó de una pieza, nunca en su vida había visto tanto billete junto, se tardó un momento en reaccionar al cabo del cual le dijo gagueando Pe, pe, pero ¿de dónde sacaste este montón de plata, apá? Y cómo que para mi viaje, ¿cuál viaje?, Pues para ese con su grupo, le contestó el papá, Byron, aún alelado por la sorpresa, le preguntó ¿Estás hablando en serio?, a lo que el viejo le dijo Mijo, yo le dije que usted viajaba porque viajaba, pues ahí está la plata para que se vaya, y no me vengás a decir que ya no querés, Pues claro que quiero, contestó el hijo, pero ¿de dónde sacaste todo este billete?, Pues, mijo, contestó Wence, aquí mi compadre Arnulfo y yo nos robamos las hijueputas campanas de San Isidro, el hijo abrió los ojos como platos y exclamó ¿Cóóóómo? ¿En serio? No jodas apá, reloco y ¿cómo hiciste?, el viejo sobándole la cara con la palma abierta le dijo Vea, mijo, ahora no hay tiempo de echarle el cuento, vaya y tráiganos el mandado, que mientras desayunamos le cuento, pero apúrese y no dé visaje que la cosa no salió del todo bien y si me demoro mucho van a venir por mí, el hijo fue y volvió en un santiamén y mientras comían el viejo relató lo sucedido, haciendo pequeñas pausas entre bocados para tomarse un guaro brindado con su amigo, al final de la pitanza y la charla le dijo a Byron Mijo, nosotros nos vamos para un pueblo, todavía no sabemos cuál, pero solo unos días, en cuanto vuelva nos vemos, pero prométame que va a viajar con esa plata y que no le va a decir a nadie de dónde la sacó, Byron trató de replicar, arguyendo que plata con problemas no servía, que él prefería no ir a ninguna parte, porque no quería que por su culpa a él lo metieran preso, el padre sobándole la cara le dijo Vea, mijo, así yo devuelva la plata, así consiga de nuevo las campanas y se las ponga al puto cura, así le traiga unas nuevas y se las haga sonar, lo hecho, hecho está y a mí por este chiste igual me van a joder, entonces haga que al menos haya valido la pena y váyase para Buenos Aires con su grupo y su novia y sea feliz así sea por un ratico, eso sí, me trae una estampita de Gardel y una del Polaco, por nada del mundo se pierda ese viaje, yo lo quiero mucho y estoy orgulloso de usted, hágase una vida buena que para putadas están todas las mías y no se le olvide nunca que su papá siempre va a estar orgulloso de usted, usted es lo mejor que tengo en la vida. El hijo quedó mudo aguantándose un nudo que amenazaba con desatársele en la garganta y a falta de palabras se abrazaron en una despedida improvisada y sin melodrama, los dos viejos se montaron de nuevo en la zorra y arrancaron a la correría.

Las empresas inspiradas en el amor tienden a triunfar, aunque ese triunfo casi siempre entraña el origen de fracasos ulteriores; a los cinco días, mismos que Byron tuvo que aguantar el acoso constante de la policía, el cura y los vecinos sobre el paradero de su padre, estaban sonriendo como tontos los cinco compañeros musicales haciendo fila y mirando todo con asombro en el Aeropuerto Internacional de Rionegro, llenos de nervios y de expectativas porque ninguno había salido nunca de Medellín ni habían montado en un avión distinto a la réplica que había varada en el Parque Norte y a la que nos llevaron a todos los niños de mi generación para que fabricáramos con imaginación las ilusiones que las escurridas faltriqueras de nuestros padres no podían brindarnos; en este barrio la gente parece condenada a la infelicidad o, lo que es peor, a conocer la felicidad y perderla, o a conocerla de una manera tan fugaz y desapercibida que solo saben que la tuvieron cuando se ha esfumado, la complacencia se da a cuentagotas, manera extraña como se manifiesta la desdicha porque entraña la esperanza que da el intersticio feliz, haciéndonos creer que como ya se conoció es posible en un futuro, obligándonos a ir en su procura perpetuamente; Byron, después de deslumbrarse y gastarse los ojos de tanto mirar una ciudad portentosa y enorme como Buenos Aires, de caminar por sus calles grises y antiguas que encantan al recorrerlas, de hablar con gente amable y melancólica y de entender lo que se sabe viajando y es que el mundo es uno y enorme y que las fronteras están en la cabeza y son políticas, porque lo humano es universal y nos emparenta en cualquier parte del mundo desde el espíritu infinito y eterno, tuvo que enfrentar su destino; tocó con su banda en el festival, no les fue mal, pero los cinco entendieron que no tenían el nivel de la gente con que tocaron, que con mucho esfuerzo y dedicación llegarían a lo sumo a ser una buena banda de covers y nada más, no tenían la obsesión y el alucine necesarios para dedicarse a la música como forma de vida, entendieron pues en su primer toque internacional que su banda era un pasatiempo, delicioso, encantador pero no fundamental ni acucioso, que hiciera de ellos unos músicos en rigor, de manera que disfrutaron lo más que pudieron su viaje porteño y allí mismo fraternal y alegremente terminaron con su banda en el último concierto; mientras que su padre y Arnulfo, después de enviar por correo la suma destinada a los hijos de este, se dirigieron a Fredonia, en donde el anciano había trabajado en su juventud y del que guardaba un buen recuerdo y se pegaron una farra descomunal de diez días, comieron como nunca y bebieron a sus anchas amén de prodigar trago a quienes se les arrimaron, parecían mineros recién egresados del socavón, ambos sabían que era su postrimera farra, al cabo de la cual con apenas los restos del dinero en sus bolsillos se despidieron con un fuerte abrazo, el anciano había decidido quedarse en el pueblo y trabajar con su zorra por cualquier moneda, argumentando que le quedaban muy pocos días de vida y no quería pasarlos en una cárcel, y había intentado convencer a Wenceslao de que se quedaran juntos, pero este declinó el ofrecimiento, sabía que su ausencia redundaría en una molestia constante a su hijo, y tampoco le animaba la idea de vivir huyendo, sabía que aquel que emprende la huida nunca puede detenerse y que las faltas siempre se pagan y él no quería cargar con deudas y estaba cansado para correr, de manera que regresó a la ciudad con la alegría intacta y una sonrisa franca en el rostro, que fue la misma que los vecinos le vieron al otro día cuando la Policía fue a detenerlo. A Wence le dieron diez años de cárcel, y Byron, que desde que volvió de su viaje abandonó la música, se dedicó a estudiar su carrera, a trabajar en lo que fuera para ir sobreviviendo y todos los fines de semana religiosamente visitaba a su padre en la cárcel, yo lo acompañé cada que pude, hasta el día en que, pasados seis años, un viernes de finales de octubre le avisaron que su padre había fallecido de un infarto fulminante mientras pintaba las barandas del patio quinto. A su velorio asistimos Byron y su esposa, que era la misma novia que lo acompañó a Buenos Aires, mi papá y yo; su hijo no quiso que lo cantaran en misa, pues una iglesia después del robo le parecía cuando menos una ironía, en vez de eso con su guitarra, que no había vuelto a tocar desde que abandonó la banda, desafinó el tango «Uno» de Discépolo, que era el favorito de su padre y como última melodía «Cerca de la revolución» de Charly García, envolvió en un pañuelo las estampitas de Gardel y el Polaco Goyeneche que le había traído del viaje y las puso al costado del muerto antes de cerrar el cajón de latón que había alquilado para cremarlo como fue su voluntad, y mientras el viejo ardía nos fuimos al barrio, despedimos a su compañera y a mi papá y nos pegamos la última borrachera juntos en su honor, mirando sus cuadros y recordándolo con alcohol y tangos como a él le hubiera gustado. Ya prendidos me dijo Hermano, qué soledad tan hijueputa la que siento aquí, señalándose el pecho, no puedo creer que mi papá esté muerto, aunque desde que lo encanaron empecé a sentir este vacío, ir a verlo y hablar con él era un aliciente y de alguna manera sabía que contaba con él y él conmigo, como fue siempre en la vida, vos no sabés porque tu familia es grande y tenés mamá, pero nosotros éramos los dos solitos para todo, pero ¿sabés una cosa?, nunca me hizo falta nada, mi papá estaba loco, qué duda cabe, pero hijueputa si fue buen papá, yo no sé si sirvo para algo en esta vida y además tengo muchos errores, pero lo que soy sea lo que sea se lo debo a él, borracho, excéntrico, loco pero siempre presente y queriéndome en serio y eso, vos y yo lo sabemos, a casi ninguno de por acá le pasó, por lo que vos y yo somos privilegiados de tener los papás que tuvimos, decíselo al tuyo, decile que estás orgulloso de él y no esperés a que esté muerto como el mío para decírselo porque si algo me da putería, y se interrumpió para tomarse un guaro doble, es que no se lo dije con la frecuencia y la seriedad que debía, yo sé que él también lo estaba de mí, a pesar de lo duro que le dio cuando le conté que abandonaba la música y del discurso que me dio, al poco tiempo supo entenderlo y que mi camino estaba en otras trochas, pero que todas habían sido abiertas por él, y la alegría de cuando me gradué, creo que hasta fio una botella de guaro que después pagó con trabajo para celebrar con los otros presos, siempre fue así, un tipo que vivía al diario sin preocuparse mucho por el mañana y así murió, siquiera fue un ataque fulminante que le cayó por sorpresa y no lo dejó pensar porque era tan jodido que si se le anunciaba la muerte era capaz de convencerla de que no se lo llevara... Terminamos borrachos cantando tangos y llorando sin pudor y sin freno como se deben llorar las tristezas cuando son reales, y al amanecer nos despedimos para siempre, y yo no le hice caso a su consejo y nunca le dije a mi padre cuando podía y debía cuán orgulloso he sido de ser su hijo y también se me murió en deuda como el suyo.

Al poco tiempo Byron y su esposa se fueron del país y no nos volvimos a ver, en el aire del recuerdo quedaron flotando ese par de canciones como patrimonio y resguardo de su paso por este mundo, escucharlas es ver de nuevo a Wence y a su hijo luchando por mantenerse a flote a punta de cariño, en este país de almas en pena donde los muertos, por ser tantos, se mueren del todo por falta de quien los recuerde.

5. Recuerdos

Veo a mi padre y me reconozco en su cara, tengo arrugas bajo los párpados, incipientes canas en la barba y la cabeza pelada igual que él, soy casi una versión suya de cuando lo conocí, igual de fuerte, de terco y de vital; al verlo sometido a una cama siento miedo de que me pase lo mismo, que me convierta en el él que estoy contemplando, que me abrigue el olvido de todo. Hoy tengo la misma edad que él tenía cuando lo conocí, siendo yo un niño de siete años, cuando supe que lo amaba y que era el hombre más importante del mundo; lo vi hacer con sus propias manos, partiendo de cero, una carrocería completa para su camión, tenía una fuerza increíble y, mientras sostenía un taladro con la mano derecha, con la izquierda me levantó, me montó sobre sus hombros y siguió trabajando, poniendo tornillos y haciendo huecos, y yo feliz contemplaba todo desde esa altura tan novedosa para mí, mirando a su nivel empecé a comprender mejor cómo lo que a primera vista me parecía un arrume de tablas al garete iba tomando forma gracias a sus manos y su esfuerzo, fue una tarde especial y al final del día entendí lo que era construir algo, viendo el armatoste de la carrocería con una forma familiar, cercana a la que yo conocía, recuerdo que me pareció mágico cómo mi padre había sido capaz de transformar ese montón de madera desordenado en una cosa tan grande y funcional como la que estaba viendo. Uno sabe que creció cuando supera la edad que tenía el padre cuando lo conoció, yo al mío lo conocí de verdad ese día, o mejor sería decir lo reconocí, pues ya lo había visto antes aunque solo tenía nociones borrosas de sus apariciones en mi casa y en mi vida, pues él trabajaba viajando y mis representaciones suyas eran vagas y disformes, pero desde esa tarde su presencia fue diáfana y su amor constante y permanente, a partir de ese día siempre tuve papá porque hasta entonces mi vida y mi mundo eran mi madre. Desde que empezó a consumirse en los lodos espesos del olvido, a revolcarse en miserables ciénagas de desmemoria, a ser absorbido por la demencia, lo observo perdido en sus mundos obturados para nosotros y trato de entender por qué trochas divaga, en qué oscuros laberintos anda perdido, y me conmueve su soledad y me amarga la vida la impotencia de no poderlo acompañar en sus meandros, no poder ayudarlo a desenmarañar sus galimatías, a ordenar sus confusiones como él lo hizo siempre con nosotros, y me invade una rabia sorda y mala que frente a tamaña imposibilidad se transforma, de a poco pero inexorablemente, en tristeza profunda, me figuro posibles escenarios que justifiquen lo injusto de su locura y que me rediman de la culpa negra que siento sin saber por qué, culpa que me vuelve mezquino en el pensamiento, que me hace querer que entre nosotros hubiera cuentas pendientes, algún odio secreto para entender su demencia como un castigo, pero no las hay. Nunca las tuvimos, fue un hombre decente y un padre serio pero amoroso que nunca pudo decirnos una palabra suave, al menos no directamente, que nos trató con respeto y demostró su afecto con actos mínimos pero contundentes, como el día en que me regaló su loción porque iba a salir con Marianita; era un frasco de Old Spice que iba por la mitad, él acababa de llegar de uno de sus viajes con su hijo mayor, y me encontraron vistiéndome apresurado con la mejor camisa de chalis de mi hermano, tenía afán por verme bien, Marianita y yo iríamos hasta el parque a comernos un helado, que me costarían el acarreo de arena de todo un día en una construcción vecina; mi mamá lo sabía y le dijo a mi padre cuando se sentó a almorzar que yo andaba en esas, el viejo se quedó mirándome hacer las cosas, curioso me observó limpiar con dedicación de cirujano los únicos tenis que tenía, medirme cómo se me veía mejor la camisa, si dentro o fuera del pantalón, peinarme con gomina y esmero de tanguero, y, sin decir nada, al final cuando fui a que mi mamá aprobara mi atuendo —un impulso amén de infantil, inútil, ya que nuestras madres son el peor juez, el más parcial de todos, porque para ellas sus hijos son los más lindos, los más dotados y la suma máxima de la perfección en todos los aspectos, lo que nos ha creado un sentimiento de superioridad y falsa grandeza que choca infaliblemente con la idea real que el mundo tiene de nosotros, golpeándonos en la cara cuando salimos a la vida habiendo dejado atrás las cuatro paredes uterinas de nuestra casa y enfrentamos que somos feos, malos y torpes en casi todo y que la vida no tiene madres sobreprotectoras y presentes que nos salven de la realidad, y terminamos siendo los frustrados, los ateridos, los incompetentes, los maleducados hijos idolatrados de una madre ejemplar—, mi padre me llevó hasta el baño y sacando del tocador el frasco de colonia me indicó cómo debía usarlo, en las muñecas, detrás de las orejas y en la cara, que según él era el lugar más importante porque si tenía suerte y podía besar a la chica, ese primer olor era fundamental, al final me dijo Usted ya está grande para salir con mujeres entonces necesita tener loción, este primer frasco se lo regalo, los otros los compra usted, pero asegúrese siempre de tener a mano una loción que cuando todo pase lo único que le queda de usted a una mujer y nunca puede quitárselo de encima es el olor, y me dio mil pesos que era todo lo que tenía en el bolsillo; ese día con ese gesto mi padre me graduó de niño y me embutió en la adolescencia, la loción en mi caso fue el paso definitivo a lo que he venido siendo hasta hoy, fue crecer y entender muchas cosas que antes no vislumbraba siquiera por estar blindado en los brazos de mi madre, abrigado por la inocencia y la niñez. Nunca más en la vida me ha faltado un frasco de loción y nunca más ninguno de mis padres me volvió a tratar como un niño, mi madre no me volvió a pegar las pelas que nos daba por plagas y dañinos, y mi padre se cerró aún más en el afecto demostrado, pero incrementó el afecto sentido y empezó a tratarme como un hombre, a darme cada vez más confianza y responsabilidad. Cuánto quisiera que hoy supiera por mi boca lo mucho que significó ese gesto para mí, lo poderoso que me hizo sentir, y es que somos preferentemente tontos y esperamos hasta cuando ya no se puede apreciar para demostrar el cariño y las cosas importantes en la vida, qué puedo esperar si soy su hijo, y él fue un hombre recio que nunca logró decirme te quiero en primera persona, aunque siempre estuvo orgulloso de su familia y ese consuelo queda, pero de qué sirve cuando hoy en él todo es olvido, es imposible no pensar en la muerte, en su muerte tan inminente en esta sala de hospital, a la que si mi madre y mi hermano no hubieran llegado rápido con él se nos muere de golpe, y al mirarlo sosteniendo mi mano con las esmirriadas fuerzas que le quedan pienso en su vida, en lo importante que ha sido para mí y mis hermanos saber que lo tenemos como padre, y que si se muere, el alma se me va a partir en pedacitos que nunca más voy a poder juntar. Reviso lo que he escuchado de la muerte, según dicen los últimos momentos de la vida de un hombre son los más reveladores, porque todo su pasado se derrama en un tropel de recuerdos frente a sus ojos, ¿qué pasará delante de su mirada en ese postrer instante?

Por fin llega la ambulancia y mi madre se monta en ella para acompañarlo y al fin se ven los dos solos, ella no puede reprimir el llanto y le toma las manos en medio de las lágrimas, él desde la camilla la mira perdido, de seguro no entiende por qué está llorando su mujer ni por qué andan en ese brete, mi hermano y yo los seguimos en la moto, llegamos en menos de quince minutos a la clínica cardiovascular, lo ingresan de inmediato y nos dicen que debemos esperar; de nuevo, la ansiedad, el tiempo que se vuelve un engrudo de segundos que cuesta tragar, después de un par de horas luengas de expectación, sale un médico y nos dice que en efecto el estado de salud de mi padre es delicado, tiene taponadas tres arterias y van a esperar a ver cómo reacciona a la droga en las próximas cuarenta y ocho horas, porque si no logran diluir los grumos con el medicamento tienen que abrirlo. Mi madre me aprieta con vehemencia la mano, buscando en este gesto el apoyo de su hijo, el mayor de los dos que le quedan, como si yo pudiera sostenerla, hago mi mejor esfuerzo pero creo que no logro estar a la altura de las circunstancias, así como no pude estarlo nunca en ninguna ocasión desde que me volví el hijo mayor de golpe, sin requerirlo y sin quererlo, cuando mataron a mi hermano el verdaderamente mayor y yo pasé a ocupar su lugar en mi familia, por un escalonamiento lógico mas no natural; hay roles en la vida que vienen dados de antemano, que no se aprenden, se tienen o no, se nace con ellos, no se entrenan, no se estudian, no se ensayan, simplemente son y ya, el de hijo es uno de esos y el de hijo mayor con robusta razón, que no solo es quien nace de primero sino el que recibe las primeras alegrías de los padres, sus noveles esperanzas, sus desaciertos de bisoños y estrena sus amores, eso crea una condición especial que lo hace tener siempre un lugar de suprema valía en la familia, los hijos que seguimos somos solo la repetición menoscabada de sus primeros impulsos y sentimientos, casi un simulacro del amor real y primigenio, y no está mal, porque creo que ningún padre y menos los míos inclinan la balanza del afecto hacia el mayor adrede, no está en su naturaleza crear privilegios o enarbolar desprecios, incluso tratan por todos los medios de ser ecuánimes, pero la historia, la vida y el amor no tienen justicias ni ecuanimidades, y por más que se esfuercen el mayor siempre será el favorito, solo superado en algunos casos por el menor ya que este se lleva para sí el último esfuerzo en el cariño de los padres en retirada y le meten toda la ficha como a todo lo que sentimos que se nos va, que se nos agota de la existencia, pero nunca a los hijos intermedios: esos siempre están ahí, constantes y como en constante estar, sin desbordar y sin desbordarse; yo soy el hijo del medio y siempre supe y sentí que era eso, la mitad de todo y que tenía la mitad de todo, de fuerza, de belleza, de inteligencia y de su amor, hasta que un día, de golpe, esa mediocridad tiene que sobreponerse a sí misma y empezar a ser completitud sin nunca haber sabido cómo era eso, como un jugador que toda la vida ha estado en la banca y de súbito lo ponen en la titular, pero para que juegue la final de la Copa del Mundo, ante un estadio repleto, él sabe que no se ha entrenado lo suficiente y que no tiene el talento necesario para estar ahí, pero igual sale a la cancha con las piernas trémulas y la mente en vilo, así sentí las piernas temblorosas y la mente esquiva cuando mi madre en la sala de la clínica me apretó la mano buscando apoyo en mí, su hijo dúctil. Nos dicen además que como va a estar en observación solo puede quedarse una persona con él, que los demás tenemos que retirarnos, que podemos visitarlo en los horarios que la clínica tiene estipulados, mi madre dice que ella se va a quedar todo el tiempo y a nosotros dos nos parece que es lo mejor en caso de requerir alguna autorización para una intervención, es ella y no nosotros quien debe decidir, además para que mi papá sienta que su mujer está a su lado, como ha estado siempre en los casi cincuenta años de matrimonio que llevan, aunque su mente no se entere muy bien de lo que pasa, cosa que mi hermano se atreve a decirle a mi mamá, ella lo mira mal y le responde con contundencia Puede que él no se entere, pero yo quiero estar aquí, así que cuídenme los animales en la casa, denles comida y límpienles lo que hagan que yo vuelvo cuando me pueda devolver con Rey. Nosotros le hicimos caso, nos despedimos y arrimé a mi hermano a la casa, no quise entrar, quería irme a la mía, estar solo, pensar en mis padres, y con mi hermano no era capaz de nada distinto a atender sus constantes reclamos por mi actitud y mi forma de ser, dejé la moto en el parqueadero para terminar de llegar a pie, al voltear la esquina me detuve frente a la tienda del evangélico, y sin pensar mucho en los porqués, seguí el mismo impulso ilógico, desventurado y contradictorio de arreglar todo lo que anda mal en mi cabeza empeorándolo, tal como lo he venido haciendo los últimos veintitrés años de mi vida, me acerqué al mostrador y pedí dos paquetes de cigarrillos y una botella de guaro que destapé ahí mismo y me tomé un par de tragos largos como desayuno a las tres de la tarde antes de seguir viaje para mi casa, en donde me emborraché el resto del día y de la semana, desatendiendo lo que mi padre y mi madre necesitaban de mí: que estuviera presente, sobrio y lúcido, pero en vez de eso me encerré a embriagarme de alcohol y a recordar, tratando de encontrar en el pasado una explicación a la desazón que me produce la locura de mi papá, a recordar al barrio viejo cuando lo era menos, como mi padre cuando yo era joven y el barrio nos quitaba vida dándonosla. Recordar como soporte, combatir contra su olvido en sus términos, hacer la memoria que él ya no tiene, porque las nadas de la eternidad se le adelantaron y empezaron a vaciarlo desde esta vida, recordar a otros padres y su hijos es recordarlo a él cuando recordaba, él los conoció y supo sus historias, así que mientras se debate en un hospital al que no sabe cómo ni por qué llegó, yo pasaré revista de esas vidas que también son la suya, para que su olvido sepa por mí que perdió, que no se pudo llevar todo, que mientras yo pueda escribir estas palabras serán sus recuerdos y los míos, que llevo su sangre. La forma de sujetarlo, al menos transitoriamente. Memorias de mi invariable vecindad con la tragedia desde joven, incluso cuando traté de alejarme de los sitios sombríos, cuando esquivé a las gentes sórdidas y sus actuares rufianescos y pérfidos, y me fui a las antípodas, me junté y busqué compañía de muchachos alejados del hampa, excluidos del bandidaje, esquineros limpios, de esquinas claras sin vocación de asesinos, callejeros de barriada y Navidad en familia, músicos en ciernes, jugadores de fútbol talentosos, niñas bien criadas y mejor portadas, con madres presentes, niños apuestos y promisorios, gente trabajadora y virtualmente honesta; esas reminiscencias que ahora son relatos apenas lograron confirmar que no hay nada que logre frenar la avasallante arremetida de la desgracia cuando la vida se empeña en ser una tragedia; solo puedo continuar escribiendo algunas de las historias de ese grupúsculo difuso y venial al que la gente de la cuadra llamaba, por contraposición con los Pillos, los Sanos, mientras mi padre en una fría cama de hospital olvida que está olvidando incluso a los olvidados.

6. Clara y el Chino

El Chino es otro de los casos típicos del barrio en que el apodo supera con creces al nombre. El suyo, además, le vino incorporado desde el nacimiento por tener los ojos rasgados como dos guiones diminutos en medio de la cara amplia, su padre fue el primero en llamarlo con el remoquete que prevalecería sobre su patronímico, y le quedaría pegado para siempre; cuando vio que su hijo no alcanzaba a despegar una pestaña de otra más que un par de milímetros dijo Este niñito me salió chino, y así lo llamarían siempre los miembros de su extensa familia, ni siquiera su madre cuando lo regañaba le decía Wilson, como lo bautizaron, llamado que las madres utilizan para tales menesteres acompañado de los apellidos, letra por letra, vinculando el énfasis de la extensión con el volumen del regaño y la prolongación de la pela, ella en cambio le decía Chino maldito o cualquier diversificación del adjetivo descalificativo, pero manteniendo siempre el sustantivo; por su voz nos llegó a nosotros en la cuadra, que desde niños lo conocimos por el apelativo y sus variaciones isotópicas, Chinini, Chiney, Chinete, etcétera. Fue uno de mis grandes amigos de infancia y otro más de los Sanos, de todos los muchachos de la cuadra fue el más fuerte y el más lento, no era bobo pero comprendía todo un poco más tarde que el resto, lo que le ocasionó innúmeros problemas en la escuela, donde perdió tres años y por eso siendo mayor que yo lo alcancé en cuarto y terminamos graduándonos juntos de la primaria; vivía a cinco casas de la nuestra sobre la misma acera y desde que nos reuníamos en la escuela pasábamos casi todo el día juntos, apenas nos despegábamos para dormir cada uno en su casa, salvo los fines de semana en que o él amanecía en la mía o yo en la de él. Como era tan fuerte a mi hermano y a mí nos gustaba que nos ayudara a lavar el camión de mi papá los domingos porque él podía arriar más baldes de agua que nosotros dos juntos, era una máquina cargadora que ayudaba a que termináramos el oficio en la mitad del turno y tuviéramos tiempo para que mi papá nos enseñara a manejar, una recompensa más anhelada que los dos mil pesos que nos daba y que repartíamos entre los tres o con los que comprábamos algo para compartir, por esas lavadas pudimos conocer el sabor de la pizza cuando montaron el primer local en el barrio, nos costó el ahorro de tres lavadas los fines de semana, pero valió la pena. De los tres el único que aprendió a manejar el camión destartalado de mi viejo fue mi hermano mayor, yo conocí las funciones de los pedales y las palancas pero tuve que esperar un par de años más a que mis piernas alcanzaran, y el Chino apenas chapuceó las aplicaciones del oficio porque su mente demorada agotó en poco tiempo la exigua paciencia de mi padre y el tiempo de las clases, que dio por concluidas cuando observó que su hijo mayor pudo mover el carro, de manera que el Chino no alcanzó a manejar el camión, pero le cogió gusto a la práctica y buscó acercarse a su vocación por donde había entrado, lavando carros en la cuadra a cambio de que los dueños le enseñaran a manejar. Como tenía fuerza y energía para el trabajo logró una nutrida clientela que en algo más de dos años de enjuagar y secar vehículos tradujeron su esfuerzo en la consumación de su objetivo, finalmente fue capaz de conducir un auto. Cuando llegamos al bachillerato poco a poco nuestros caminos se fueron distanciando, ocupado en sus nuevos quehaceres, el Chino casi no gana sexto, y al final con la ayuda de mi hermano y la mía pasó raspando el año después de habilitar dos materias, y en séptimo llegó la quiebra cuando nos separaron de salón por plagas, a mí me dejaron en Séptimo A y a él lo mandaron a Séptimo C, al principio yo le seguía ayudando con las tareas y los trabajos, pero después de mitad de año su desconcentración le ganó y se tiró el año, seguíamos siendo amigos de la cuadra, pero nos veíamos menos. Con la pérdida del curso decidió enfrentar a sus padres y comunicarles su irrevocable decisión de abandonar el estudio, soportó con gallardía el castigo de veinte rejazos propinados por su padre como colofón de la charla y desde el siguiente día se dedicó por completo a lavar carros, hacer mandados, cargar mercados o cualquier oficio que le diera dinero y le permitiera ir pasando y aportar para su casa mientras cumplía la mayoría de edad y podía emplearse de chofer, que era lo único que ocupaba su mente casi todo el tiempo, con solo apenas un pequeño espacio para pensar en Clara, como me lo comunicó una tarde en que a falta de algo mejor que hacer me arrimé a su puesto de trabajo y mientras embetunaba las llantas de un taxi me dijo que esa niña le parecía muy bonita y le gustaba mucho. Clara era una vecina de ambos que hacía honor a su nombre, en ella todo traslucía, su piel, sus ojos y su cabello rubio despejado como el sol de las madrugadas. Para cuando el Chino me confesó su gusto secreto ella se acercaba a los trece años y era una de las muchachas más bonitas del barrio y del colegio, y como yo mostré mi asombro ante la revelación, el Chino, sabedor de su condición lumpen y soñadora, ripostó ante mi gesto Yo sé, güevón, que esa niña nunca se fijaría en mí, pero eso no le quita lo mamacita, y yo reparé que hay personas a las que siempre hemos tenido en frente en nuestra cotidianidad, pero que no notamos hasta que alguien más a través de su mención las dota de existencia y empezamos a percibirlas, reconociendo su cercanía o nuestra ceguera; con Clara me ocurrió eso, después de la charla con el Chino empecé a prestarle mayor atención, la veía en el colegio con sus amigas y en recorridos por la cuadra y los alrededores los fines de semana, así fue como observé cuando empezó a despertar interés en los muchachos de la esquina, en especial en Clarens, ella transitaba una edad peligrosa en el barrio, edad en que dejan de ser admiradas para comerciales de aceite Johnson y se insinúan como modelos de vestido de baño, edad ambigua donde les queda grande el título de niñas y pequeño el de mujeres, la edad más peligrosa del mundo para una mujer en un barrio como el nuestro, edad de ofertas y descarríos en que dejan de ser bonitas y se vuelven hermosas, convirtiéndose de un día para otro en factibles presas de los depredadores, esas implacables fieras que habitaban en la esquina por donde todos los días tenía que pasar; al principio solo fueron piropos y lisonjas que la chica recibía agachando la cabeza, pero pronto se trasformaron en cortejos frontales y paseos coreados. Clarens, uno de los bandidos de la esquina, puso los ojos en ella y la galanteó sin reparos; la esperaba a la salida del colegio y la llevaba de la mano hasta su casa, y ella correspondía con insinuaciones tímidas y miraditas coquetas hasta que un día lo vi haciéndole visita en la acera como novio oficial y pensé para mí Ay, Chinini, si antes esa nena era imposible por su belleza, ahora además es intocable por sus relaciones. A las mujeres en un barrio dominado por varones la vida les presentaba una dicotomía infame: o se guarecen de las miradas y envites de los hombres, quedándose encerradas en sus casas bajo la mirada avizora y cuidadosa de los padres, perdiéndose la juventud, o salen a la vía y se vuelven objetivo nutriente de las alimañas hambrientas que merodean las calles del barrio, a los que nunca nada les fue dado y aprendieron a tomar todo por las malas, sobre todo a las mujeres, por lo que se poblaban las esquinas del espectro de un ataque frente al cual las mujeres caminaban con desconfianza, hasta que de la nada brotaba un zarpazo y acababa de un golpe con la niñez, la inocencia y toda la dignidad de una muchacha. Había una tercera alternativa igual de infamante que protegía de los ataques, otorgaba salvoconducto de movilidad y ofrecía respeto: volverse la novia de una de las fieras, y esta fue la que Clara eligió, pues a los catorce años se hizo novia de Clarens, quien bordeaba la veintena, y desde ese día desapareció para nosotros como mujer, incluso como individuo, era lo que ocurría cuando una muchacha decidía ennoviarse oficialmente con un pillo, perdía toda singularidad y solo aparecía en sociedad como el apéndice del novio, que ostentaba orgullosamente su propiedad, sobre todo lo concerniente a su mujer; le elegía las amistades, manejaba sus horarios y controlaba desde lo que comía hasta cómo se vestía y qué decía, eclipsándola por completo; la mujer que aceptaba ese trato se esfumaba de la contemplación general en el barrio, eso todo el mundo lo sabía y lo efectuaba, de manera que Clara de un día para otro entró en el brumoso terreno de lo inasequible y su presencia se fue difuminando; cuando pasaban juntos por el barrio la mirábamos sin verla como una imperceptible península atada por el istmo de sus manos entrelazadas al vasto continente Clarens, hasta que se nos hizo negligencia y omisión natural para todos, menos para el Chino, que seguía pensando en ella sin revelárselo a nadie y que desde que supo de su noviazgo se cuidó como un celoso minero de revelarle a nadie la veta de sus caudales, ni por error hablaba de ella y ante la más mínima mención de su persona desviaba sutilmente el tema, pero en lo profundo de su mente seguía contemplándola ataviada con sus ropas de colegio, cuando solo era imposible, antes de hacerse impensable; los códigos de los Pillos dictaban que cuando una mujer aceptaba ser de ellos lo era literalmente, todo el tiempo y hasta el último segmento de su vida, que ya no le pertenecía más, haciendo necesaria su anuencia hasta para pensar en ella. Al cabo de dos años y medio de noviazgo, Clara quedó en embarazo, lo que para nosotros fue el desarrollo habitual de una relación comprometida, Clarens afianzaba su dominio sobre su hembra con el advenimiento de su primer hijo, lo que sellaba definitivamente su tenencia, en tanto que para Clara la preñez significó un paso traumático. Apenas supo la noticia su ánimo se trastocó, dejó de ser la novia de un bandido respetado y temido en el barrio para convertirse en la madre de su hijo, una categoría opaca sin lustres ni adrenalina; pasó de ser la niña que despertaba en las demás admiración y temor, para ser la consagrada y anodina portadora de su progenie, un cargo minúsculo que empequeñeció su autoestima, se volvió recelosa y obstinada, las miradas que observaba con deleite soberbio en sus amigas dirigidas a ella cuando pasaba con su novio ahora las creía orientadas a él, en todo y todos veía una amenaza, cuando Clarens se demoraba más de lo habitual en acudir a una visita se encontraba con su mujer hecha una energúmena y terminaban trenzados en soberanas discusiones sobre pretendidas infidelidades que echaban por tierra cualquier asomo de armonía; Clara se sentía gorda, fea y por eso despreciada por Clarens, cuando la desidia que manifestaba el hombre obedecía, en cambio, a dos razones: el carácter irascible e insoportable de ella que en cada hecho encontraba un motivo de disputa, socorrida manera como demostramos el afecto en esta sociedad en que la agresividad acompaña y convalida el cariño, tal vez por eso es que amamos la guerra y creemos que el amor solo es tal si lo luchamos, si nos cuesta una guerra, pues a veces lo más apreciado se trasforma en una carga cuando lo conocemos a fondo, porque cualificamos solo el atisbo de su superficie, pero los fondos son los que nos definen y en los de Clara anidaban demonios de celos e inquinas añejas que su embarazo despertó y que hicieron de ese aparentemente feliz suceso un despropósito, nada le gustaba, a todo le encontraba un pero y terminaba atacando a su novio por cualquier nimiedad, conduciéndolo a replegarse sobre sí mismo y quedarse callado y aislado cuando estaba en su presencia, pensando en su hijo y en el futuro que le esperaba, de donde surgió la segunda y más poderosa razón de su ensimismamiento: el miedo. Apenas supo que iba a ser papá, a Clarens le nació un miedo increíble en sus entrañas, algo que nunca había sentido, él tan habituado a lidiar con sentimientos hostiles fue superado por su contrario, pensaba en su hijo con ternura, bondad y un profundo amor, lo que afectó su relación con el mundo y la realidad, lo horrorizaba que algo malo le pasara, que lo encanaran, lo hirieran o lo mataran porque sentía la necesidad de estar al lado de su hijo, de criarlo y acompañarlo en su vida. Quería evitar en el niño el abandono que sufrió en carne propia, pues su padre apenas supo del embarazo de su madre la abandonó para siempre, dejando en Clarens el regusto amargo de no conocerlo que se fue trasformando paulatina pero poderosamente en odio contra su progenitor; siendo niño se lo imaginaba con caras posibles y sonrientes que lo cargaba y lo acompañaba como veía hacer a otros padres con sus hijos en la escuela; al pasar el tiempo e ir entendiendo el cuerpo de su abandono y lo irremediable de tal situación, las caras amables con que dotaba sus quimeras se hicieron caras aborrecidas, ojos torvos y sonrisas cínicas que lo despreciaban y a las que odiaba anónimamente, tal fue el encono mudo contra su padre que empezó a pensar en él cada que le encargaban matar a alguien, le ponía la cara odiada a sus víctimas para expeditar su labor y conseguía, al menos transitoriamente, vengar en los demás lo que adentro agraviaba. Algunos hijos abandonados crecen para perpetuar ese ultraje en otras personas y abandonan sin miramientos, entendiendo esta prolongación como la recompensa del universo por su desolación, otros, en cambio, como Clarens, se van al extremo opuesto expiando con sus hijos lo que ellos transigieron, volviéndose empecinados y sobreprotectores en la crianza, por eso Clarens no soportaba la idea de lejanía con su retoño, así no fuera por su propia voluntad, contradiciendo su profesión; un bandido está en constante peligro y expuesto cotidianamente a la extinción o al encierro, es el precio que pagan por la vida que eligieron, de ahí que las ataduras en vez de afianzarlos los exponen y por eso en la mayoría de los casos la familia es su punto débil, él lo sabía y de ahí su miedo, su hijo representaba el talón de Aquiles que ningún pillo quiere develar, con lo que en su cabeza confundida empezó a germinar la idea de dejar el hampa, un bandido con miedo es como un carnicero con hematofobia, y como él no pensaba ni quería dejar de ser padre tendría que dejar de ser pillo, pero ese es otro abandono difícil que la mayoría solo consigue con la tumba, él también conocía ese aprieto por lo que buscó la manera de ir soltando de a poco su vínculo con la esquina, empezó a retirarse temprano con el argumento de que su esposa estaba en los últimos días y luego se fue a vivir donde Clara para esperar el parto, cosa que lo obligaba a la sobriedad y el encierro, sus colegas se solidarizaron con su causa provisionalmente, aunque se empezaron a escuchar chanzas sobre cómo lo tenía dominado su mujer a la que en broma llamaban «la fiscalía», él se dejaba gozar con tal de no delatar el motivo real de su recogimiento, el pánico.

El alumbramiento llegó un miércoles de marzo a las siete y treinta de la noche, nació un niño sano y rosado al que llamaron Miguel, apenas lo tuvo entre sus brazos, Clarens, un pillo duro de los de antaño, supo que su rabia había terminado, sintió el desahogo profundo de algo oscuro que venía cargando toda la vida, respiró un aire limpio por primera vez como el secuestrado que asoma la nariz por una hendija, y lloró como nunca antes lo había hecho, con un llanto diáfano que brotaba sin control, esa pequeñísima masa de carne que era su hijo lo embriagaba de algo que no conocía, era como una luz que iluminaba su interior y se extendía cubriendo con su brillo todo a su alrededor. Lo levantó en brazos y desde abajo lo miró a los ojos y se sonrió en paz, entre llanto y sonrisas supo que ya no podría hacerle mal a nadie, y al miedo que mantenía se le sumó la empatía por sus semejantes, representados en el rostro tranquilo y afable de su hijo, que lo contemplaba con ojos ávidos, eliminando toda la agresividad que había albergado y que le fuera tan útil en su vida delincuencial. Para Clara el nacimiento de Miguel también fue un vaciarse de cosas, apenas salió de su vientre sintió un desprenderse de cadenas, quedó liviana de pesos literales y figurados, y desde la cama en donde reposaba su desgonce, observó a su hijo en brazos de su marido y no pudo reconocerlos como propios, veía la escena como quien contempla una película en un lenguaje extranjero, no sentía emoción, ni afecto, ni vínculo alguno con esas personas que tenía en frente, no experimentó semejanza alguna con su hijo cuando el padre se lo entregó para que lo acunara; fue como recibir un paquete de manos de un extraño. Sin embargo hizo su mejor esfuerzo para fingir alegría, que era lo que los demás esperaban de ella, miró a su hijo y le pareció una tortuga de las que había contemplado en los cromos del álbum de chocolatina que había coleccionado en su no tan lejana niñez y por el cual sentía más apego que por ese recién nacido, Clarens descubrió la vacancia en la mirada de su esposa, malinterpretándola como cansancio, y se le arrimó para darle un beso no correspondido mientras le decía Gracias, ella, sin contestar, se quedó mirando al vacío sintiendo por dentro que nada sentía por ese hombre que la acababa de besar ni por el hijo que tenía entre brazos. La llegada al barrio fue la vuelta a la realidad: en la casa de los suegros los amigos de Clarens lo esperaban con aguardiente y fritanga para celebrar el advenimiento del primogénito. Apenas bajados del taxi sonó a todo taco «El nacimiento de Ramiro» de Rubén Blades, y los parceros del padre salieron a su encuentro con una algarabía tal que despertaron al recién nacido, que inauguró su llegada a la cuadra con un berrido glorioso, juntando los gritos del miedo con los de la celebración, amalgama de alaridos que han definido este barrio en donde se celebra la vida y la muerte al unísono, con las mismas voces que se confunden e intercalan en su plasticidad sombría; la fiesta se prolongó hasta tarde en la noche cuando Clarens despidió a sus amigos aduciendo cansancio, aunque en el fondo estaba harto, estragado con todo a su alrededor, él mismo se desconocía por momentos, cómo era que lo que hasta hacía poco era su hábitat ahora le parecía turbio, le repelía, le molestaban los chistes, la música y la presencia de los que consideraba su familia en la calle, su mujer, en cambio, apenas entró a su casa se retiró a la habitación con la disculpa de descansar y no volvió a salir en todo el rato que duró la fiesta. Clarens le llevó a su hijo cuando este se cansó de recibir halagos, abrazos y caricias de un montón de bandidos enmariguanados y periquiados y manifestó su cansancio con un llanto agudo; al traspasar la puerta de la recámara encontró a Clara embebida mirando de nuevo al vacío y quiso sonsacarle una sonrisa indicándole que el niño la requería, ella apenas salió de su mutismo para señalarle con la boca la cuna mientras le decía Déjalo ahí que ya lo voy a alimentar, mientras que él, confundido por la respuesta gélida de ella y exhausto por la parranda inesperada de un barrio que sentía tan alejado de él como a su esposa de su hijo, se recostó sin tener cabeza más que para su hijo, a quien después de acostarlo se quedó contemplando largo rato, tampoco sabía por qué ese niño lo emocionaba a tal punto que no resistía su presencia más de un minuto sin que sus ojos empezaran a desprender lágrimas, lo conmovía como nunca nada lo había hecho. En la cuadra todos nos enteramos del nacimiento por la fiesta y nos dimos mañas para rodear la casa y contemplar a la distancia al niño o para arañar algún guaro que alguno de los bandidos nos convidaba en medio de la algazara, todos menos el Chino, que vio llegar a la familia agazapado en la esquina contraria disimulando su desconsuelo con una botella de gaseosa, que bebía a sorbos lentos y pensativos, la gente no se percató de su presencia abstraídos como estaban por la novedad del nacimiento y la novelería de la fiesta, pero yo lo vi, con un dulce abrigo al hombro mirando sin ver la casa de la mujer que tanto le gustaba y que cada día se le hacía más inalcanzable, se lo notaba lejos, como ido en pensamientos largos como plazos de preso.

Los días que siguieron fueron monstruosos y dilatados, el niño demandaba atención recurrente de una madre distante, dormía poco y mal, lo que mantenía a Clarens indispuesto y ofuscado, además de que con los días crecía su amansamiento, no le provocaba salir y le molestaba enterarse de cualquier cosa que tuviera que ver con su vida de hampón, pero la calle es celosa e imperiosa y pronto fue requerido para trabajos propios de su oficio, que realizó a las carreras y de mala gana, también Clara cumplía con sus funciones de madre a regañadientes; ambos vivían duplicados pero con objetivos contrarios: Clarens era uno en la calle, o al menos lo aparentaba, rudo, serio y resuelto, y otro en la casa en donde no salía de una sola dulzura para con su hijo, Clara en cambio tenía que fingir cariños y realizar oficios de madre que no sentía, pero cuando se quedaba sola se entregaba a su desidia, a sus ensimismamientos, donde no pensaba en nada concreto, solo divagaba en nadas y acunaba el desprecio contra todo y todos haciendo énfasis en su marido, y a veces pensaba qué le habría ocurrido para entrar en terrenos tan áridos sin ningún estímulo por nada, pero pronto renunciaba a la indagación y volvía a sus poquedades en donde solo la tranquilizaba contemplar las cosas sin verlas y despreciar a Clarens. La relación de ambos se limitaba a conversaciones pocas sobre el crecimiento y necesidades del niño y a compartir una cama fría y distante, como dos vecinos de un barrio de ricos, por eso agradecían cada noche que Miguel los levantara con un llanto y los obligara a abandonar el lecho, más parecido a una trinchera que a una cama matrimonial; así vivieron un año en que cada uno habitó un mundo distinto aunque contiguo, Clarens consiguió mantener su posición en el combo haciendo trabajos suaves y puntuales y esquivando los que implicaran mayor riesgo o aquellos en que tuviera que matar a alguien, pues desde el nacimiento de su hijo le había prometido, aunque este no lo comprendiera, que nunca más iba a quitar una vida, en su moral propia y su ética amañada entendía este como el peor crimen, superior en daño a cualquiera de los múltiples que realizaba a diario y de los cuales no veía la hora de desprenderse; a sus colegas les parecía raro, Clarens, que siempre había sido el primero en entucar, como le dicen en el barrio al arresto, a la hora de los asesinatos y las fechorías, se mostraba desacertado, esquivo y hasta temeroso en los pocos trabajos que realizó y de los que no pudo zafarse, pero lo toleraban por su historial, sin embargo ya se suscitaban comentarios sobre lo mucho que había cambiado desde que vivía con Clara, a quien culpaban de la falta de bríos y agallas de su camarada.

Durante ese año el Chino al fin realizó su sueño de ser chofer, se empleó en un taxi que mi papá le ayudó a conseguir; cuando lo vi aparecer en la cuadra montado en un

Chevette, él no cabía en la ropa de la felicidad, saludó a todo el mundo tocando pito, cuando parqueó y se bajó fue hasta donde estábamos y nos convidó a ocuparlo cuando necesitáramos trasporte, asegurando entre sonrisas que sería un viaje inolvidable; su vida mejoró ostensiblemente y no lo volvimos a ver con su eterno dulce abrigo rojo al hombro y sus bluyines mal cortados y en chanclas, sino que ahora se mantenía arreglado, bien afeitado y acicalado, trabajaba desde bien temprano en la mañana hasta entrada la noche, cuando arribaba a la cuadra, después de guardar su carro en el parqueadero, y se quedaba hablando con nosotros en la acera de su casa o en la tienda de Chela, donde en muchas ocasiones pagó la tanda de cervezas de todos con un gesto de orgullo en su rostro que no le había visto nunca antes. Pero la vida a veces precipita siniestros y en cuanto ocurren entendemos que las pistas estaban dadas durante el proceso y al final solamente se unieron como las fichas de un rompecabezas macabro: la tensión de Clarens, la desazón y antipatía de Clara y el gusto del Chino por ella aunados a la mala suerte que juntó estos factores en un día y en una situación concretas desataron la tragedia.

Una mañana de octubre, después de una noche turbulenta en la que Miguel chilló sin parar manteniendo en vela a los padres, que se culpaban recíprocamente por el llanto del niño, les amaneció en rumor de contienda; Clara se empezó a arreglar desde temprano para bajar al centro a recoger un paquete que unos familiares le enviaban cada año a su padre desde el exterior, Clarens por el mal sueño y la molestia de su cotidianidad había olvidado la comisión de su mujer y le preguntó cuando salió del baño por qué se estaba arreglando, lo hizo sin malicia y casi al descuido, por tener alguna palabra en la boca que le permitiera tragar el mal sabor con que se había levantado, esa consulta simple destrabó la ira tosca que su esposa venía represando, y se le fue en ristre con su lengua como sable, diciéndole que era un inconsciente, que se había cansado de repetirle que tenía que ir al centro a recoger el encargo, que él solo se preocupaba de sus asuntos pero los de ella y su familia lo tenían sin cuidado, y a medida que hablaba se acaloraba más su discurso y crecía en furias que desvirtuaban sus argumentos y los entremezclaba sin lógica, diciéndole que si no quería que fuera entonces por qué no iba él o al menos la acompañaba, que de seguro es que no quería quedarse con el niño o a lo mejor tenía una cita con alguna de esas zorras con que se mantenía, o se estaba haciendo el marica para quedarse en la esquina fumando mariguana que era para lo único que servía, Clarens escuchó la soflama con molestia creciente pero en silencio, hasta que algo adentro se le incendió con las chispas que arrojaba su mujer y le dijo vaciando lo que por temor y cariño a su hijo había mantenido envasado Ve, Clara, no seas descarada que desde que nació el niño no me he vuelto a quedar en la calle y antes corro temprano para acá a ver que no les falte nada a Miguel y a vos, no vengás a hablar de desatenciones mías cuando sos vos la que hace todo de mala gana y a las carreras, sin mencionar que parece que no te importara el niño y que ni siquiera lo quisieras, y no me digás que solo sirvo para fumar mariguana que hace más de un año que ni la pruebo, no seas hijueputa, ella ripostó con odio y malas palabras endilgándole culpas por todo, le decía malparido, que le había quitado la juventud y la belleza y la había preñado a propósito para tenerla amarrada a él de por vida, e improperios y acusaciones de similar jaez, él rebatió en tono equivalente y con imputaciones semejantes, tanto se calentó el alegato que él estuvo a punto de meterle la mano y solo se abstuvo porque su suegra intervino y su hijo lloró por el alboroto. Clara lagrimeaba de rabia y miraba a su marido con resentimiento franco, y él cargando al niño le respondía con miradas malignas, no se dijeron más nada, pero se aborrecieron con los ojos; Clara, aplacada por las palabras que su madre le musitaba al oído y por el agua de toronjil que le arrimó, se terminó de arreglar y salió para la calle tirando la puerta de su recámara, dejando a Clarens atajando iras y violencia con los ojos de su hijo que lograban llenarlo de paz.

Esa mañana el Chino pensó durante el trayecto de su casa al parqueadero que iba a ser un buen día, el sol de la mañana y el cielo claro reafirmaron su actitud; se montó en su taxi y puso un poco de música mientras se observaba en el retrovisor, y se aprestó a salir, cuando vio a Clara, en la esquina contigua, que estiraba la mano para coger un taxi, le pitó y le hizo señas para que lo observara, ella se percató y esperó que él diera la vuelta para montarse en la parte trasera del vehículo; el Chino no podía creer su suerte, en efecto este sería un buen día, la saludó amable y serio ¿Cómo está, Clara?, ¿a dónde la llevo? Ella, que mantenía la ira intacta con que salió de la casa, le dijo desde atrás sin contestar el saludo A La Playa con la Oriental, el Chino arrancó sacando rápido el pie del embrague por los bríos que le suscitaba su compañera y el carro trastabilló y se apagó, en un segundo que se le hizo eterno volvió a darle estarte y arrancó despacio pidiéndole perdón a Clara por el impase, a lo que ella tampoco respondió; cuando tomaron la 49, el Chino estaba hecho un manojo de nervios y no paraba de observar a Clara por el retrovisor que no se percataba de nada por estar absorta en la contemplación del paisaje que desfilaba por la ventanilla del carro, el chofer pensaba en hablarle, pero la actitud de la pasajera no admitía espacios de diálogo, y al ingresar a Prado Centro, el Chino se dijo a sí mismo Es ahora o nunca, sabía que no volvería a tener la posibilidad de hablarle a solas, de manera que se decidió por lo más simple, aminoró la marcha y le preguntó ¿Y cómo está el niño? Debe estar regrande, a Clara la pregunta la sacó de su letargo amargo de rabia sorda y lo miró extrañada de que el Chino le hablara, se demoró todavía un par de segundos para contestar Bien, el niño ahí va creciendo, al Chino esas palabras le sonaron a gloria y se desató a hablar, le dijo que los niños son una maravilla, que él esperaba tener varios alguna vez y un montón de frases de cajón de las que utiliza la gente para hablar por obligación con desconocidos y que versan sobre cosas que a ninguno de los participantes le interesan en absoluto, el clima, los trancones y lo cara que está la vida, a todos los temas Clara le respondía con una interjección que denotaba su falta de atención e interés, cuando el Chino sintió que la estaba perdiendo, en un intento desesperado por encauzar de nuevo el diálogo que hacía rato había mutado en monólogo, le dijo sin saber muy bien por qué ni cómo Clara, usted es una mujer muy bonita, en cuanto terminó la frase y al ver la reacción alterada que provocó en su interlocutora quiso corregir su rumbo y adicionó, Y muy buena persona, ese niño y su esposo deben sentirse muy afortunados de tenerla, pero ya era tarde, la rabia que Clara sentía por esos dos personajes que el Chino acababa de mencionar se le subió de nuevo a la cabeza y se trasformó en repugnancia por el conductor que osaba mencionarlos como si los conociera o como si fuera su amigo y le dijo Usted es muy atrevido, el que vivamos en la misma cuadra no le da derecho a decirme piropos ni a mencionar a mi familia, respete, no sea igualado, el Chino se conturbó a tal punto que estuvo cerca de estrellarse por pasarse un semáforo en rojo, y tuvo que frenar en seco acabando de sacar a Clara de sus cabales y de la silla, quien con un grito le dijo Déjeme aquí, pendejo, mientras abría la puerta del taxi, el Chino le gritó que lo sentía, pero ella ya había cruzado la calle y no lo escuchó o fingió no hacerlo, él se quedó pasmado sin saber qué hacer, pensó en irse detrás de ella y disculparse, pero un coro de cláxones lo sacó de sus pensamientos y tuvo que avanzar; contempló devolverse para su casa y esperarla para hablar con ella, pero se dio cuenta de que no sabía a qué horas volvería o si lo haría siquiera, de manera que luego de manejar casi por instinto en medio de los trancones del centro se dijo que no podía perder un día de trabajo por lo que él consideraba una estupidez, mejor sería esperar hasta la noche y después de guardar el carro ir hasta su casa para pedirle perdón por su atrevimiento. En cuanto tomó esta decisión, con la cabeza todavía caliente por el impacto que le produjeron la reacción y palabras de Clara, sintió que la imagen que tenía de ella se le iba difuminando en su mente, se le iba borrando como una fotografía antiquísima, ya no sabía qué sentía hacia esa persona, qué lejos la sintió, con una lejanía distinta a la que siente el que tuvo y perdió, la del que nunca ha deseado tener, una lejanía de siglos, de eras, de orbes. En cambio, a Clara todo le parecía conspirarle ese día para enredársele, a veces atraemos los problemas por presentarnos a la vida en pendencia, y cualquier situación por simple que sea termina embrollada porque la contrariedad la llevamos nosotros; al llegar al sitio de encomiendas estaba sudada y furiosa por su esposo, por el Chino, por el calor del centro, por tener que caminar siete cuadras y encima encontrar una fila larga que no avanzaba y que la mantuvo rumiando cóleras por una hora, al cabo de la cual llegó frente al mostrador para descubrir que por las prisas había olvidado la cédula de su padre y sin ella no le podían entregar el paquete, intentó convencer al dependiente de que ella era la hija, pero solo consiguió que la trataran despectivamente y le pidieran el retiro de mala manera, salió bullendo bilis, tomó un taxi y llegó a su casa hirviendo por dentro y por fuera; apenas se encontró con Clarens en su habitación renovó su furia y reanudó el tropel que habían dejado en miradas suspensivas de odio antes de marcharse, le reiteró sus quejas y revivió insultos y maltratos que el otro atajó con improperios y reclamos varios, la contienda escaldó peor que antes y en el zenit de la discusión, cuando estaban a punto de argumentar a golpes lo que los gritos no alcanzaban, por la mente abotagada de Clara cruzó la imagen y las palabras del Chino en la mañana y le dijo rugiendo a su esposo A vos ya nadie te respeta en este barrio, hasta un malparido como ese Chino te irrespeta a tu mujer y vos no sos capaz de hacer nada, poco hombre, maricón, Clarens atendió a ese reclamo parando en seco la tronamenta de insultos para decirle Cómo así, de qué estás hablando, Clara sonriendo de medio lado, dibujando un arco hacia abajo con la comisura, le contestó Esta mañana el maldito ese me llevó en el taxi al centro y me tiró los perros de frente diciendo que yo era una mamacita y vos un güevón por no pararme bolas, dando una versión distorsionada de la información que le permitiera ganar la discusión y haciendo ademanes de burla que a Clarens le llegaron como puñaladas al orgullo, sin embargo encontró el aplomo de nuevo en la mirada de su hijo y quiso saber más, a la vez que intentaba ganar algo del terreno que había perdido en la última arremetida de su mujer y le dijo Seguro que vos le coqueteaste al mongolo ese, bien güevón que es, no iba a salir con esas de la nada, ¿qué le dijiste, perra hijueputa?, a lo que su mujer contestó con una carcajada irónica Yo no necesito coquetearle a nadie, maricón, y menos a un retardado como ese, pero vos sos tan poca cosa que ni a ese bobo hijueputa se le da nada decirme cosas, ni tratarte mal porque todo el barrio cree que sos un marica, un poca cosa al que cualquiera le puede mangonear la mujer y no dice nada, mariquita, payaso, eso es lo que sos, un payaso que no hace respetar a la familia, Clarens sintió que todo se le volvía rojo y negro y se le fue encima para quitarle con un sopapo la sonrisa de la boca, y ella afiló las uñas, no valieron los gritos de la madre ni los aullidos del hijo, durante un minuto y medio se prodigaron golpes y arañazos sin contemplación hasta que el escándalo convocó a los vecinos y entre varias señoras lograron separarlos, ambos botaban sangre del rostro y bufaban como perros después de un combate. Clarens se zafó de las señoras y le dijo a Clara Esto no se queda así, perra hijueputa, mientras su suegra le gritaba que se fuera; él salió a la calle limpiándose la sangre con uno de los jirones de la camisa estropeada que se arrancó de un jalón, y a medio camino para la esquina se encontró con dos amigos que venían atraídos por la algarabía, se fueron a la tienda y pidieron cerveza, estuvo apostado en la esquina tomado hasta la noche, momento en el que decidió ir a su casa a ponerse una camisa nueva para irse a amanecer en la casa de alguno de sus compañeros, pero cuando intentó abrir la puerta vio que tenía seguro, desde la acera gritó Malparida, no creas que una puerta te va a proteger toda la vida, no te la tumbo a bala porque adentro tenés a mi hijo, y se sentó en la acera. Adentro, apenas sintieron los gritos, apagaron las luces y reinó el silencio, por eso el Chino que venía de guardar el carro con la intención de hablar con Clara cuando empezó a bajar las escalas no vio el bulto semidesnudo que estaba apostado afuera, Clarens al verlo reaccionó de un salto y lo encaró, sin mediar palabra le encajó un puñetazo en la cara, el Chino alcanzó a levantarse del suelo a donde había ido a parar y arrancó a correr en dirección contraria a la casa, Clarens se fue detrás de él alcanzándolo en la esquina en donde sus amigos le habían salido al paso y lo derribaron, en el suelo Clarens lo molió a golpes, cada puñetazo que le encajaba lo hacía pensando en su mujer, veía sobrepuesta la cara de ella en la de él como cuando situaba la cara de su padre en las de sus víctimas, cada puño que soltaba le recordaba la desgracia de haber tenido un hijo con ella, en cómo lo trataba y en su indolencia, mientras que el Chino, que podía defenderse y que con la fuerza que tenía hubiera podido matar al otro de un golpe, aguantaba la tunda en silencio, pensando que algo muy malo había hecho y que merecía la golpiza; la gente atraída por la pelea no entendía por qué Clarens le estaba dando esa maderiada al Chino, que era un tipo sano y nunca se había metido con los de la esquina, pero yo recordé el gusto del Chinini por su mujer y me imaginé que algo tenía que ver; cuando se agotó de darle puños, Clarens se retiró y el Chino se incorporó hecho un amasijo, con parsimonia, en silencio y cojeando se fue para su casa, seguido de todo el mundo en la cuadra, dejando atrás la pela y a Clarens que no tenía a dónde volver, entonces se quedó este bebiendo y volvió a fumar mariguana con sus amigos a los que después de indagarlo por la golpiza les contó la historia alterada del Chino que había escuchado de Clara, ahora más distorsionada por el alcohol y el perico, que también había empezado a meter, sus amigos le dijeron que una cascada era poco, que a ese pirobo irrespetuoso tenía era que matarlo, provocándolo, con cada trago y cada güelazo, le decían que si no lo hacía, lo que decía su mujer se iba a cumplir, que nadie lo iba a respetar, le confesaron las cosas que se decían a sus espaldas y cómo todo el mundo sospechaba de su falta de güevas; el Chino, por su lado, no pudo dormir, su madre se quedó limpiándole las heridas con Mertiolate mientras se enteraba del porqué del incidente, toda la familia estuvo de acuerdo en que se tenían que ir del barrio para evitar un ataque mayor; en la madrugada los demás se fueron a dormir y el Chino se recostó a pensar en Clara, no encontraba más su cara en la memoria, no sentía nada por ella, ni gusto, ni rabia, era como si nunca hubiera existido, su mente, que tantas veces la había labrado, se higienizaba de su figura con el olvido, y él no entendía la ingratitud del recuerdo, quería evocarla como antaño para que valiera la pena lo que acababa de ocurrirle, pero no lo conseguía, deseaba aunque fuera la ira, el desprecio, cualquier cosa que le permitiera vincularse con el suceso ocurrido, del cual se sentía forastero, ajeno, recordaba la golpiza como si la hubiera visto desde afuera como un espectador, no la sentía propia y por eso buscaba desenterrar en su memoria algo que lo atrajera de nuevo a su vida en la que acababan de golpearlo, pero solo obtenía desdén y culpa por algo que no entendía bien, pensaba que un piropo al descuido no era para tanto, pero sabía quién era Clarens y cómo el barrio no perdonaba ligerezas de ningún tipo con esa clase de personas, sin embargo su culpa iba más allá del hecho en sí, se sentía culpable de ser él, de haber nacido lento y manso en un mundo veloz y fiero, en donde imperan la violencia rauda, la rabia agria y rápida, y todo lo que contradiga su despliegue vertiginoso es atacado para provocar una reacción de la que él carecía; apenas aclaró el día se levantó entre dolores y le dijo a su mamá desde la puerta de la alcoba que iba por el carro y que esa noche iba a ver para dónde pegaba mientras encontraban una casa en otro barrio o algo, pero que él no quería quedarse más ahí, su madre desde la cama le echó una bendición que empató con un rezó por su hijo, él se despidió y salió.

La sociedad nos asigna unos roles dependiendo de nuestras capacidades aparentes, no de nuestras aptitudes reales, a la manera de los que reparten a los jugadores en los picaos de barrio, que los escogen atendiendo únicamente a lo que resalta a simple vista: los altos y de mejor talla van a la defensa, los minúsculos y rápidos, a la delantera, los más cerebrales, al medio campo, y el gordo siempre de arquero, algunos asumimos que ese era nuestro destino y por pura comodidad nunca probamos una posición diferente, la realidad es un repartidor infame que siguiendo esta misma lógica nos asigna unos roles aleatorios, y que asumimos por la facilidad de ser aceptados de antemano para tales encargos, y por esa misma aceptación jamás nos planteamos abandonar ese designio ni probar otro, lo malo es que en algún momento ese papel nos supera y no sabemos cómo enfrentar ese desborde, por lo que se nos hace más fácil y cómodo seguir actuando hasta las últimas consecuencias que devolvernos a ser nosotros mismos: Clara asumió su papel de mujer notable y celosa que una vez tuvo a su hijo dejó de serlo; Clarens, el de hombre malo con el que había crecido y que después del nacimiento de Miguel ya no quería asumir, y de este estúpido sainete imposible de parar, el Chino, que a lo sumo era un mal actor de reparto, casi un extra con mínimo parlamento, terminó pagando caro el atrevimiento de su cameo. Clarens amaneció azorado, empericado y borracho, sintiéndose inferior a sus colegas que toda la noche, ayudados con la bebida, se sinceraron y le dijeron que lo consideraban un blando, que su hijo lo había ablandado y que si no se ponía las pilas hasta la mujer lo iba a poner a sobrar, cuando menos pensara se abría con otro y se le llevaba al pelao, él escuchaba con la mente congestionada sin decir nada, pero deseando destruir a sus amigos, a su mujer, a su vida de hampón que detestaba, en esas apareció en la esquina cojeando el Chino, que iba en dirección al parqueadero. Todas las miradas de los bandidos se dirigieron a él y luego se posaron en Clarens, eran miradas punzantes, de navajas, de vidrios rotos, de esmeriles y punzones afilados, de rigor y reclamo, uno de los amigos le pasó a Clarens un revólver, que al recibirlo sintió como un fardo pesado y obligatorio, incómodo e inevitable; los segundos eran vidas en una escena surreal donde los protagonistas de un lado y otro levitaban sobre un tiempo que no era de este mundo, ambos jugándose la vida, la que tenían y la que no, espesó el silencio cuando Clarens, rompiendo la quietud del momento sin otra cosa en su cabeza que la destrucción, levantó el arma, el Chino se encontró con su mirada turbia y alcanzó a decir Perdón, antes de que sonaran tres disparos que cortaron la sordina del amanecer en un Aranjuez que de nuevo despuntaba en muerte.

Ahora que escribo esto no dejo de preguntarme otras cuestiones sin respuesta, ¿con qué pensamientos se levanta un hombre el día de su muerte? ¿Qué esperanzas proyectarán sus ideas? ¿Hacia qué futuro? ¿Pensará en lo mismo su asesino? Para embolatar a mi cabeza hurgando en el pasado es necesario hablar de otros desadaptados que también conocieron al Chino: los Piojos.

7. Colombia y los Piojos

En el barrio todos éramos pobres, unos, hijos de obreros, algunos, de padres con trabajos esporádicos y mal pagos, y otros, sin padres, sostenidos los hogares por mujeres laborantes en casas de familias ricas o lavanderas a domicilio; Aranjuez, barrio pobre lleno de gente menesterosa e insatisfecha. Sin embargo, al crecer fui entendiendo que hasta la pobreza tiene gradaciones: están los menos pobres que logran tener las tres comidas diarias, una de las cuales tiene carne en el menú; están los que a duras penas llegan a fin de mes y tienen que hacer piruetas con el esmirriado sueldo para poner arroz con huevo y aguapanela todos los días en el plato; están los pobres vergonzantes, que son la mayoría, los que sin tener un centavo aparentan plétoras y se endeudan por mantener una posición en la que solo ellos creen, puesto que todo el mundo sabe que están vaciados, que mantienen reventadas las diversas libretas del fiado en las tiendas cercanas, les cortan la luz y el agua cada tanto y tienen que inventar cada día una nueva excusa para salvaguardar su marginalidad evidente —en esta categoría estábamos casi todos en el barrio—; y salidos de la pirámide social de pobreza que constituyen nuestros barrios populares están los pobres extremos que rayan en la indigencia, aquellos para quienes no alcanzó ni siquiera una sucia esquina de la cobija zarrapastrosa con la que cubrimos nuestras miserias, los que pasan hambre pura y dura, frío y mal sueño día a día, los que hasta nuestras escaseces envidian porque las ven como opulencia, los que no pueden ni imaginar el derroche, aunque sea de energía, y por eso se exilian de los juegos callejeros, apenas se los nota por los bordes de la cuadra, como ratitas agazapadas mirando con rencor cómo jugábamos fútbol o escondidijo, los desterrados de siempre, los agónicos mendigos, desheredados hasta de nuestras llevaderas estrecheces; a este infeliz grupo pertenecían los Piojos, una familia numerosa y extraña.

El padre era un tipo huraño y agrio que paseaba su pobreza astrosa por el barrio todos los días, tirando de un descompuesto carro de rodillos, que chillaba dolores en cada avance y anunciaba su presencia desde lejos, recogiendo cartones y hurgando basuras sin hablar nunca con nadie; sus hijos eran tres hombres y dos mujeres intercalados, todos sucios, feos y malolientes, que no estudiaban y recogían aguamasa en las casas vecinas para alimentar unos marranos famélicos que tenían en el solar de su casa y unas impertinentes gallinas que deambulaban por los alrededores del hogar y asustaban a la gente con sus correteos inesperados en donde menos se pensaba; y la esposa, una anciana desdentada, mugrosa y chocante, que fumaba todas las tardes en la acera un oloroso tabaco que infectaba el ambiente con su pestilencia, antes de entrar de nuevo en su casa, una caverna horripilante que producía náuseas al pasar por el frente y que todos los muchachos esquivábamos al cruzar de paso a la tienda o a la escuela; completaba la familia un tío igual de extraño, o más, si se pudiera, además de andrajoso como el resto. Tenía lo que después supe era un leve retardo mental y miraba a la gente sin verla, con ojos idos y rojos porque, si bien nunca supimos que hiciera nada productivo, todos los días tenía con qué comprar mariguana y se la fumaba sin recato en la puerta de su casa recién empezaba la noche. Como nunca nadie supo su nombre, los Pillos de la esquina, que eran quienes se encargaban de rebautizar a todo el barrio, lo llamaron Colombia, porque siempre tenía puesta una camiseta original de la Selección Nacional que nunca supimos cómo consiguió ni cómo pudo durarle tanto, puesto que a leguas se notaba que había conocido poca agua y jabón y no hubo un solo día en que no la tuviera puesta, y como no hablaba casi nada la gente se acostumbró a llamarlo con el apodo que llevaba puesto encima cuando escasamente lo requerían, así lo nominaba incluso su familia. Para nosotros cuando niños los Piojos y en especial su tío eran la entelequia que nuestras madres urdían para que hiciéramos caso, nos decían que el Piojo o Colombia nos iba a llevar y a encerrar en su casa, de manera que terminamos considerándolos el epítome de la perversidad y el más alto motivo de horror y a su casa una sucursal del infierno, de hecho lo parecía porque lo que se alcanzaba a ver desde lejos era una boca oscura con una hoguera grande al fondo y otras varias hoguerita, con el tiempo supe que nunca tuvieron luz eléctrica y cocinaban y se alumbraban con leña, por eso las paredes estaban cubiertas de hollín y los fuegos eran pequeñas teas o fogones con los que suplían sus precariedades, pero para unos niños como nosotros, que teníamos el imaginario cristiano heredado de los padres y éramos afectos a los cuentos de terror, su casa era lo más parecido al Averno que pudiéramos contemplar; es extraordinario cómo la gente crea ensalmos y leyendas en las que creer para tener cómo despreciar al diferente solo por serlo y eso le otorga una suerte de superioridad en la inferioridad que es de por sí la vida, y con estas invenciones torpes y vulgares disimulan el mal verdadero que los habita y los corroe, así convalidan sus vilezas y las hacen imperceptibles solo porque están dirigidas al que la mayoría señala como el hórrido, y en nuestro barrio pobre los Piojos fueron siempre los depositarios de esas invenciones, tal vez porque el mal real, físico y arbitrario estaba tan palpable que se volvió paisaje y se necesitaban quimeras horripilantes que fungieran como amenazas para los críos, por eso se decía de ellos que comían basura, que el padre sacrificaba gatos y perros callejeros para alimentarse de ellos, que engordaban los marranos con ratas y cosas de similar laya. Cuando fuimos creciendo nos fuimos acostumbrando a su presencia turbia, a su estar difuso como de sombras, hasta que finalmente dejaron de espantar y se hicieron comunes aunque molestos —con esa molestia que suscita la mugre, pues nos espanta la suciedad como si fuéramos una sociedad limpia, pero quizás ahí está la cuestión, al ser una comunidad mugrienta y podrida por dentro nos gusta aparentar limpiezas y nos aplicamos con ahínco a disimular cualquier trazo de roña, sin querer aceptar que somos cuando más una sociedad lavada pero nunca limpia y, comprometidos como estamos con esa simulación, la mugre nos fastidia y le endilgamos todos los males del mundo, convirtiéndonos en una sociedad estética antes que ética, por eso es tan importante nuestra apariencia, cómo nos vemos y cómo nos ven, imperando en todo las superficies y desechando las profundidades; aparentar, como método de vida, ha venido creando los seres frívolos y gélidos que somos, donde no importa en el otro más que su aspecto, su ver y su tener pero nunca su ser, de ahí que cuando alguno no se ve como el resto quisiera, pasa a ser despreciado y excluido; los Piojos a las claras hacían parte de la mugre más vistosa de nuestra limpiada sociedad mugrienta, por eso nos eran molestos como una media puesta al revés, a la que uno se acostumbra pero que nunca deja de molestar y no ve la hora de quitársela de encima—. Con la edad y los cambios de actitud del barrio y la cuadra, nuestros juegos también fueron mutando, se hicieron más feroces, tal vez para estar acordes con la ferocidad que se estaba imponiendo en la ciudad: pronto la persecución infantil que todos conocíamos como chucha se nos hizo insuficiente y le fuimos adicionando castigos y penas indómitas a los que fueran atrapados, algo que empezó sin querer para darle más picante al recreo, al principio eran cosas cándidas, darle tres vueltas a la manzana en menos de tanto tiempo o cargar piedras pesadas de un lugar a otro, pero estas incipientes sanciones iban doblegando al penado, acercándolo a la humillación no tanto por el rigor de la pena como por las burlas que surgían de los jueces, quienes fácilmente de una ronda a otra intercambiaban posiciones y los que fueron penados ahora penaban, así que en poco tiempo el juego se transformó en una excusa para venganzas circulares y pasó de la diversión al terror, con el agravante de que nadie podía negarse a participar so pena de ser tomado por un cobarde, y hasta demudó el nombre del juego; nunca supe quién lo llamó así por primera vez ni cuál fue el origen del calificativo, pero todos empezamos a decirle a ese compendio de sordideces Romilio, y fue gracias a ese impetuoso juego que conocí un abismo oscuro y confuso de la vida de los Piojos y en particular de su tío Colombia que aun hasta hoy me perturba y que a la postre sería el motivo de su desplome.

Un sábado cuando empezaba a atardecer, los muchachos de la cuadra nos pusimos a jugar, Clarens y Garro, por ser los más grandes, eran los persecutores, y los demás huíamos; el Chino y yo nos distrajimos un momento viendo a las peladitas que regresaban de la catequesis y fuimos atrapados de primeros, pero gracias a la belleza de las niñas que nos habían retenido aceptamos casi con gusto la sentencia que sabíamos se nos avecinaba y ya entregados terminamos de contemplarlas hasta que se acabara el juego; cuando Clarens, que ya empezaba a mostrarse como un muchacho adelantado en cuanto a maldad e intentaba entablar algo de cercanía con los Pillos, de quienes después sería uno de sus más conspicuos integrantes y que, proemiando sin saberlo en esta situación, determinaría por esas vueltas del destino la vida del Chino, se nos arrimó con la mirada de fiera que sabe atrapada a su presa y se solaza con el temor que esta despide y nos dijo Ay, pelaos, la verdad yo no quisiera ponerlos a hacer esto, pero me toca, así como a mí me tocó comerme esas naranjas podridas la semana pasada cuando el Chino me cogió, de manera que la pena es meterse al solar donde los Piojos y robarse una gallina, terminó de decirlo y todos nos miramos con incredulidad mientras él se sonreía con la mueca filosa de malvado. Nos quedamos mudos, porque aunque las penas cada vez eran más cruentas, y nosotros cada vez más bravíos y provocadores, los Piojos hacían parte de los terrores primigenios de todos y su casa era para nosotros poco menos que el fortín del diablo, el silencio de todos era la manera tácita de manifestarle a Clarens que el castigo era excesivo y desmesurado, pero esto en vez de conmoverlo consiguió excitarlo y remató diciendo Claro que si no quieren ir les cambio el castigo por una ronda de patadas de todos, a lo que el Chino y yo nos miramos entre asustados y desafiantes porque ambos sabíamos que la ronda de patadas significaba una cascada brutal y sobre todo porque aceptarla era de paso aceptar que no teníamos pelotas ni temple para cumplir los castigos y eso en el barrio era sinónimo de exclusión social inmediata, de manera que haciendo un esfuerzo y en mi caso embobando con mala cara el malestar de estómago y el temblor de rodillas que la sentencia me provocó dije Qué hubo pues, Chinini, hagámosle pues de una, al Chino se le notaba el miedo en los ojos, pero haciendo de tripas corazón me dijo Va pues, y juntos nos encaminamos a la cuadra contraria para entrar al solar por la trastienda, pasamos por entre los muchachos como dos condenados al patíbulo y recibimos sus miradas anhelantes en suspenso, muy en el fondo todos deseábamos que pasara algo que conmutara la pena, que algo milagroso ocurriera y suspendiera lo que se avecinaba, yo rogaba por que mi mamá saliera de la casa y me llamara a hacer un mandado o algo, pero en los momentos cumbre escasean los milagros, y quien los espera es tan solo un optimista que pronto dejará de serlo; nada pasó y la situación continuó como las cosas que a fuerza de haber empezado tienen que seguir, aunque ninguno de los implicados lo desee en serio, solo porque están en juego tantos orgullos abstrusos que es más conveniente acabar que detenerse, aunque todos sepan que hacerlo es un error. En un segundo estábamos los dos condenados violando la chambrana de una casa vecina para entrar a un solar que nos conduciría a la retaguardia de la casa de los Piojos; cuando entré logré ver cómo Clarens y los demás chicos nos observaban hasta el último momento, y una vez estuvimos solos el Chino y yo, él se me hizo detrás, creo que tenía más miedo que yo porque en un momento luego de diez pasos de recorrido sentí un sollozo a mis espaldas al que no quise prestarle atención para no evidenciar su miedo, y porque en el fondo yo estaba a punto de llorar también, atravesamos el solar vecino con el corazón en la boca y con el alma dictaminando angustias, hasta que llegamos al solar de los Piojos, una selva tupida, llena de basura acumulada por años, charcos verdosos y fétidos, muñecas descabezadas, carritos destartalados y tejas de zinc corroídas, que acababan de componer un paisaje que olía a chiquero y cañería, los marranos fueron los primeros en advertir nuestra presencia y chillaron como locos, obligándonos a escondernos en la pared contraria a la porqueriza y permanecer quietos y en silencio durante un rato que se me antojó largo como la agonía. Ahí, paralizados como estatuas de iglesia y asustados como gatos ante una jauría, vimos aparecer a Colombia, quien traía puesta su incorruptible camiseta y la mirada desorbitada y ansiosa, nuestro miedo se hizo terror porque bastaba con que se dirigiera al chiquero para que se topara con nosotros de frente, pero en vez de eso cogió para el lado del corral de las gallinas, contrapuesto a donde estábamos, lo que nos dio la posibilidad de agacharnos y quedar al cubierto de su mirada, pero desde una posición donde podíamos vigilar sus movimientos. Antes de entrar al corral miró azorado en todas las direcciones y al creer que nadie lo observaba tomó por el torso a una gallina colorada y flaca y empezó a acariciarla mientras le decía cosas ininteligibles desde donde estábamos pero que sonaban a ternezas extrañas en él tan callado y más raras aún dirigidas a un animal, después de un rato en esas se puso el animal debajo del brazo izquierdo mientras se desabrochaba el pantalón de dril con la mano derecha y lo dejaba caer hasta los tobillos. De pronto el Chino me talló con el codo para llamar mi atención y cuando volteé a verlo tenía la cara como una artesanía sin pintar y los ojos como dos platos limpios, era el rostro del horror, yo le hice la señal de silencio con el dedo innecesariamente porque los dos estábamos desvaídos, y volví la vista a Colombia; desde donde estábamos solo podíamos verle el culo fofo y mugriento pero por los movimientos de su brazo pudimos adivinar lo que estaba haciendo, al poco tiempo se sacó la gallina de debajo del brazo y la tomó con ambas manos, al voltearse alcanzamos a verle el miembro erguido con el que empaló al ave en un procedimiento sinuoso y bestial que él parecía dominar bien, porque supo estrangularla en cuanto empezó a cacarear monstruosamente, él se mantenía quieto y meneaba lo que quedaba del animal de un lado a otro hasta que se retorció en un espasmo cerrero, provocando un gemido en el Chino y avivando el terror en mí por ser descubiertos, Colombia percibió el quejido y miró como loco en todas las direcciones sin dar con nosotros, tiró a un lado la gallina muerta y se levantó los pantalones afanosamente sin dejar de observar por todos los rumbos. Yo estaba muerto de miedo y el Chino peor, al punto que me tomó la mano con fuerza y no me la soltó hasta que Colombia ingresó afanoso en su casa, y nosotros aprovechamos su ausencia y nos devolvimos a toda carrera por donde habíamos venido. Mientras atravesábamos el solar oímos los gritos de la mamá de los Piojos dentro de su casa que decían Cochino hijueputa, otra vez me mataste una gallina, asqueroso, y no nos detuvimos hasta llegar de nuevo a la cuadra en donde nos esperaban los muchachos, con rostros expectantes, incrementados ahora por la mueca de terror que traíamos ambos y por la ausencia de la gallina robada, el chisme se esparció en poco tiempo y en todas las direcciones hasta que a través de Clarens llegó a oídos de los Pillos, a quienes la escena les sonaba aberrante y sucia hasta la náusea. Pensaron en hablar con el Piojo mayor para que sancionara a su cuñado, porque hasta ellos tan malandros le tenían cierto resquemor a esa familia, y por eso mismo el tema cayó pronto en el olvido de todos, menos en el mío, que a partir de esa tarde al menos una vez a la semana revivía la visión en sueños que mutaban en pesadillas cuando Colombia me invitaba a hacer parte de su orgía ornitológica, y yo me despertaba sudando frío y con una mezcla de terror, asco y angustia. Desde ese día su presencia en las sombras, y la de toda su familia, me producía vértigos y abismos en el estómago que me hacían huir con tan solo intuirlos, si bien nunca se cumplió el proyecto de hacerlo reprender por el Piojo mayor, la gente que antes los despreciaba ahora los aborrecía y les temía a la vez y esa mezcla nunca produce nada bueno.

Un diciembre, como era costumbre, los Pillos organizaron una marranada para el veinticuatro y encomendaron a Tito y a Clarens, que ya hacía parte de ellos, conseguir un marrano y quién lo matara. En el barrio había varios marraneros, pero todos salvo los Piojos vivían alejados de la cuadra, por lo que pese a la aprensión que se les tenía decidieron conseguir el animal con ellos por la cercanía, el veintitrés fueron hasta la acera de la casa y ahí realizaron el negocio con el Piojo padre, quien los invitó a que entraran y contemplaran los animales y escogieran el que más les gustara antes de tasar el precio, los dos pillos se miraron azorados, pero después de amagar irse y de tratar de esgrimir algún pretexto se vieron obligados a entrar

—Clarens después nos contó que la casa hedía a chiquero y aguamasa por todas partes, que las paredes eran roñosas de hollín y grasa, que las alcobas no tenían puertas y dormían sobre colchones destendidos y rotos que vomitaban una espuma mugrosa por sus bordes descosidos, la cocina era dos travesaños de madera que sostenían una tabla sobre la cual reposaban unas ollas tiznadas y cubiertos sucios, y el fogón era un agujero humeante que daba al solar—, haciendo un esfuerzo por retener las arcadas que el olor les provocaba, atravesaron la casa y llegaron al solar en donde, contrario a lo que pensaron, el olor en vez de amainar se incrementó hasta lo insoportable, se taparon las narices con el cuello de la camisa y fueron al chiquero, cuando estuvieron en el borde observaron cómo Colombia, que no los había sentido llegar, ensimismado y extasiado como estaba, penetraba arrodillado a una marrana rucia de las más jóvenes del corral. Los dos bandidos lanzaron un grito de espanto que cortó la embriaguez de Colombia, quien salió del animal y tratando de levantarse los pantalones, se enredó y fue a dar a la tierra inmunda del chiquero, mientras su cuñado saltaba la cerca y le propinaba una tunda como no habían visto los muchachos. Clarens salió corriendo de la impresión y Tito trató de seguirlo, pero lo detuvo el vómito que no pudo contener y tuvo que trasbocar en el sucio solar antes de imitar a su compañero, llegaron a la esquina y trastornados y enfermosos comentaron el suceso con todo el que los quiso escuchar, hasta que la historia llegó a oídos de los patrones que fueron quienes encargaron el marrano; los dos hombres al escuchar lo descarriado de la historia, y viendo cómo en menos de nada se había vuelto el tema del barrio, cómo las señoras empezaban a hablar por lo bajo y decir que cómo iban a permitir que un pervertido de esos conviviera con los niños —como les decían a sus hijos, quienes en el fondo eran unos prospectos de bandidos, pero a quienes sus madres consideraban poco menos que las estampas del niño Jesús en bondad y carisma—, que no se podían tolerar esos comportamientos y esas influencias, de manera que los dos patrones decidieron que las mujeres tenían razón y que un personaje de esos empañaba la imagen del barrio, trastocaba los órdenes establecidos y permutaba la normalidad y la tranquilidad de sus habitantes, y decretaron su muerte; con los patrones al frente, seguidos de Tito y Clarens, salió un convoy de bandidos hasta la puerta de la casa en donde encontraron a la esposa del Piojo, enmarcada en la puerta, que los esperaba hierática y decidida con un cuchillo en la mano para decirles Si van a matar a mi hermano primero me tienen que matar a mí, a lo que el patrón mayor salió de entre la columna de vecinos y áulicos, y le dijo con la soberbia del que se siente dueño del destino colectivo Vea, señora, este problema no es con usted, háganos el favor y se retira que su hermano es un asqueroso y en este barrio no podemos tolerar cochinadas de esas, la mujer sin perder un ápice de aplomo lo miró a los ojos y respondió Vea, señor, si a cochinadas vamos, ustedes son peores que mi hermano y que todos los miembros de mi familia, ustedes matan, roban y violan, y nadie les dice nada, nosotros nunca nos hemos metido con nadie del barrio a diferencia de ustedes que le hacen sus fechorías a sus propios vecinos y amigos; mi hermano tiene problemas, él no es normal, pero nunca se ha metido con ninguna persona, si hace porquerías las hace dentro de su casa que es lo mínimo que cualquiera debe hacer, mantener encerradas sus cochinadas, y lo hace con animales míos y de nadie más, tanto a ustedes como a nosotros nos disgusta lo que hace, pero es cosa nuestra lo que él haga dentro de nuestra casa, y como vieron mi marido ya lo castigó como se merece, pero de ahí a dejar que todos ustedes vengan a matarlo delante de mí, hay una gran diferencia, por eso le repito que si lo van a matar a él me tienen que matar a mí primero, pero le dejo claro que antes de morirme me llevo a más de uno conmigo porque yo no estoy pintada; el patrón, que no toleraba el más mínimo desacato en ninguno de sus hombres, vio tal decisión en el rostro y el gesto de la mujer que por primera vez en su vida se sintió intimidado y agachó la cabeza antes de decir Vámonos, muchachos, mirando a la señora mientras daba media vuelta dijo Cuide mucho a ese asqueroso, señora, que esto no se queda así, la mujer encendió medio tabaco y se quedó parada en la puerta viendo irse a la gente que le gritaba desde lejos Cochina, largate del barrio, alcahueta, malparida; al volver a la esquina el patrón seguía cabizbajo y meditabundo, sus muchachos no decían nada esperando que reaccionara, cuando al cabo de un cuarto de hora salió del marasmo y dijo La chimba, a ese loco hijueputa hay que matarlo o nadie nos va a respetar nunca, los Pillos que lo rodeaban decían que de una, que acabaran con toda la familia, que lo sacaran del pelo metiéndole un tiro en una pata a esa vieja hijueputa para que no chimbiara y mil opciones más, el patrón escuchaba estos disparates sin oírlos como si fueran murmullos hasta que dijo Nada de eso, dejemos que pase el veinticuatro y la fiesta, hasta el veinticinco, pero apenas todo se calme el veintiséis empezamos a vigilar esa casa y en cuanto ese puto loco asome, que seguro se va a querer trabar, Clarens y Vidal le pegan tres pepazos en la cabeza y salimos de ese problema, los dos designados se miraron y luego mirando al jefe hicieron un gesto afirmativo antes de decir Como usted diga, patrón, delo por hecho. La fiesta se realizó y se cambió el marrano por medio novillo que compraron directamente en la carnicería, nadie quería ni siquiera oír hablar de cerdos, animal que para todo el mundo ese día tenía connotaciones nefandas; la parranda se postergó hasta el anochecer del veinticinco, cuando después de hacer un sancocho de gallina para desenguayabar, el cansancio venció a todos y la cuadra y el barrio quedaron desiertos como solo esa noche y la del primero de enero pueden ser testigos, el mediodía del veintiséis trajo a todos de vuelta a la esquina con rostros macilentos y debilidad en el cuerpo, la gente comentaba las exuberancias de la fiesta y el descontrol de los que abusaron del trago y la droga, otros se tomaban canecadas de agua para amainar la resaca o mezclaban Alka-Seltzer con limón en un vasito de agua para aplacar el estómago, los más optimistas y fiesteros ya vislumbraban y comentaban la parranda del treinta y uno con motivo de la futura jarana, y al prefigurar el banquete volvió a la mente de todos el recuerdo de Colombia y la parafilia que lo había condenado, la mera mención del loco indispuso más al patrón, que se retaba con un dolor de cabeza que amenazaba con ganarle la partida pese a la ristra de aspirinas que consumía como si fueran confites, y con desprecio en el gesto y voz malhumorada miró a Clarens y a Vidal y les dijo Qué hubo pues que no están resolviendo esa vaina, los muchachos se miraron y con mala gana se alejaron en dirección a la casa de los Piojos, antes pararon en sus casas y prepararon las armas: un revolver 38 Smith & Wesson recortado y una SIG-Sauer P220, y se apostaron en la esquina desde donde podían otear la entrada de la vivienda de los Piojos, el calor arreciaba y los dos bandidos solo querían terminar con la tarea antes de que el sol calcinante acabara con ellos, al rato fueron hasta la tienda y se tomaron dos cervezas cada uno, volvieron a la esquina, pero la casa permanecía cerrada y no mostraba otro rastro distinto de actividad interior que un leve hilillo de humo que salía del solar y se encumbraba en el cielo, lo que se traducía en movimiento adentro y en espera obligada en los vigilantes. Colombia, después de la tunda de su cuñado, se había confinado por propia voluntad en una cueva que había cavado en el solar cuando era joven para llevar a los primeros animales que ultrajó y donde empezó a fumar mariguana al escondido, hasta que fue descubierto por su hermana y, después de una azotaina legendaria, le clausuraron su gruta secreta, creyendo que por falta de sitio el sujeto desistiría de sus malas prácticas. El día del hecho, ese veintitrés de diciembre, agazapado y lloroso se fue a la boca obturada con unos ladrillos sobre una tapa de hierro, y los removió uno a uno entre sollozos de incomprensión e impotencia hasta despejar la entrada, se encerró durante algo más de sesenta horas; intuía por la paliza que había hecho algo mal, pero no porque pudiera procesarlo como algo antinatural o aberrante sino por el castigo recibido, por eso, como forma de protesta, durante ese tiempo no recibió comida ni bebida que viniera de su casa, y por la noche cuando sentía que todos dormían se metía a la cocina y con sumo sigilo, como las ratas, repelaba las ollas de los sobrados de la pitanza diaria y tomaba agua de la llave antes de volver a su guarida, en donde pasaba las horas escarbando la pared y dibujando en el barro con algún chuzo escenas de su familia que se prefiguraba su mente aturdida y que borraba con rabia inmediatamente después de contemplarlas, fumando de a poco un único bareto que había podido rescatar de su pieza en la primera noche, que al cabo del tiempo se le agotó y su ansiedad fue en aumento hasta hacerse insoportable, cuando ya no pudo resistir el mono, salió de su escondite en procura de un bareto salvador de los que le suministraba su hermana cada vez que lo veía muy desesperado; al buscarla, ella lo vio venir más sucio que de costumbre y con la mirada voraz del adicto en abstinencia, y le gritó desde la casa sin dejarlo acabar de llegar Devolvete para tu hueco, puercada, que no te voy a dar plata ni vicio, para eso sí salís pero a comer no, quedate donde estabas que aquí no vas a encontrar nada, Colombia la miró suplicante, pero la hermana tornó la mirada ofensiva y el hombre agachó la cabeza y torció su camino hacia la salida, antes le había pasado que se quedaba varado de vicio y se lo granjeaba rebuscando basuras servibles, como piezas metálicas o botellas vacías, que canjeaba en una chatarrería de un barrio vecino por bolitas de mariguana directamente, que el dueño encontró más baratas y estimulantes para los recicladores que el dinero, Colombia pensó que podría conseguirse algo de esa manera y por eso salió a la calle pasado el mediodía del veintiséis de diciembre, mientras los dos asesinos abotagados se demoraron un par de minutos en reconocer y reaccionar al movimiento de su víctima, cuando Clarens le dijo a Vidal Mirá a ese hijueputa con la camiseta de Colombia, ese es, ¿sí o qué?, el otro se paró como picado de un tábano diciendo Pues claro, marica, que es, salieron corriendo con las armas en vilo mientras Colombia hacía lo propio en busca de las basuras de la esquina contraria, le dieron alcance en una docena de zancadas y sin detener su carrera le pegaron seis tiros en la cabeza. Las detonaciones, que en esas fechas se confunden con pólvora, no se demoraron en convocar a los curiosos y en pocos minutos la gente se arremolinó en torno del muerto, pero perdieron el interés apenas descubrieron de quién se trataba, algunos incluso comentaron que bien muerto estaba, su familia se enteró por el bullicio y salieron todos de su casa para verificar lo que ya sabían, la hermana se le arrimó llorando en silencio, con la mirada fija en el cuerpo ensangrentado, se agachó despacio, hablándole como si estuviera vivo Ay, mi niño, cómo te dejé solito, yo sabía que corrías peligro y te dejé solito, maldita sea, por un maldito bareto te me saliste de la casa, no, corazón, cómo te matan así, no, mi amor, mi corazón, y se le acercó al rostro desfigurado por los tiros para alzarle la cabeza mientras le decía Tranquilo, mi amor, que ya no vas a sufrir más, a donde quiera que vayás vas a estar mejor que aquí, vas a tener toda la mariguana que querás y nadie te va a pegar ni a tratar mal, vas a estar muy bien, corazón, y lloraba bajito, fijada en solo su hermano, mezquinando su llanto y su dolor solo para ellos dos, forjando una mínima ceremonia de dolor puro y amor sincero en la que no cabía más nadie, ni siquiera sus hijos, que miraban por los alrededores como ratoncitos temerosos y ávidos, a la vez husmeando un trozo de queso, sin atreverse a interrumpir a su madre.

A esa escena concurrí yo para ver al muerto como casi todo el barrio, y al verlos así tuve ante mí el pesar necesario y suficiente para ver a esa familia con otros ojos, sobre todo a sus hijos hombres y a su madre, que por encima de los harapos y la mala facha estaba la vida o una parte de ella, la más importante y humana, la de la pena que nos emparentaba y nos igualaba, sentí una profunda tristeza que sobrepasaba mi prejuicio, los vi en su real dimensión, gente adolorida y deshecha, desconfiada de nosotros, que nos creíamos normales sin saber muy bien qué era eso, me fui a mi casa con la cabeza llena de la visión de su pena que se hacía un poco mía y se mezclaba amargamente con la culpa por haber sido el que sin quererlo descubrió para el barrio el secreto del tío que lo condujo a su fin, pasé una noche de imágenes lóbregas y pérfidos sueños en los que la camisa amarilla del finado se iba tiñendo del rojo de su sangre, mientras todo el barrio celebraba esta muda como si fuera un gol en la final de la Copa del Mundo.

Al otro día temprano vimos pasar su entierro; la muerte cada quien la enfrenta a su modo y trata de engalanarla en la medida de sus posibilidades con lo que tiene a mano, el mundo de los Piojos era la basura, y el entierro del pariente extrajo los atavíos menos basurales del basural de su vida; al frente iba el piojo mayor, andrajoso como siempre, cargando un cajón de madera barata sin ningún lujo, al lado de su esposa, que bregaba con el flanco contrario hundida bajo su peso y, detrás, sus hijos mayores, Jairo y Ana, que no podían con lo pesado del féretro, seguido del resto de la familia, todos cabizbajos y exangües, dejando a su paso sobre la calle un hilo de sangre que chorreaba de la caja, la pobreza de su vida discurriendo gota a gota hacia la muerte pobre. Recuerdo sus pasos lentos y mohínos, como en una vieja película en blanco y negro que de repente cobra color en los ojos de los hijos cuando observaron alrededor y vieron que todo el barrio los seguía con la mirada, sus caras se llenaron de significado, de pronto eran alguien y se sentían percibidos por algo distinto al asco y la repulsión, al odio y el desagrado, eran vistos como gente doliente, que transitaba su aflicción con dignidad, como había hecho la mitad del barrio con las muertes propias en una época prolija en tristezas; en ese momento dejaron de ser la familia paria y se volvieron de golpe hermanos de luto, porque nada emparenta más que la pena sufrida y el hambre aguantada, nada solidariza más que los padecimientos conjuntos. Ninguno de ellos levantó la cabeza, pero podría jurar que por dentro iban sonriendo, nadie dijo nada porque nada había que decir, de repente mi padre salió de la casa y se puso detrás de los deudos para recibirle el ataúd en el hombro a la niña que estaba exhausta, después salió otro señor y una señora y su esposo, y luego otro más, se fueron sumando de a uno, de a dos hasta que a la iglesia de San Isidro arribó una procesión de vecinos que acompañaron en silencio la misa, nadie habló de Colombia, pero al volver del entierro los Piojos habían perdido su lastre de monstruos, su sangre séptica se había desinfectado con el dolor, así de protervos somos; fue menester el sacrificio de uno de ellos para equipararlos con los demás, para humanizarlos e incluirlos, a Colombia no lo mataron los Pillos que halaron el gatillo, sino que lo mató el barrio entero y la necesidad de cobrar el peaje de superioridad moral que se endilga como sustento esta sociedad hipócrita, pacata y violenta, con Colombia enterraron también su destierro, a partir de ese día los hijos empezaron a hacer parte de nuestros juegos y sus padres fueron saludados y recibieron más aguamasa que nunca para engordar sus marranos, pronto Jairo, que era el hijo mayor, empezó a trabajar en un supermercado cargando paquetes y se hizo amigo de los Sanos; el benjamín fue inscrito en la escuela en donde se juntaría con niños comunes y crueles que en pocos años se volverían pillos igual que él, quien además fue conocido y temido al crecer y adoptar el apodo genérico de su oficio, el Pillo; el intermedio, a quien todos conocimos como el Ñoño, fue mi amigo, otro de los Sanos, y el mejor jugador de fútbol que haya pisado estos predios y que haya visto en mi vida, un talento verdaderamente excepcional, con una zurda prodigiosa, todo un poeta del balón que llegó a donde más pudo con el deporte, la cantera de un equipo grande, quedándose en el proemio de su debut profesional porque el fútbol lo salvó de ser un pillo como su hermano menor, pero no de ser un Piojo.

8. Fútbol

En mi barrio, el fútbol siempre fue una actividad capital con la que todo el mundo tenía algo que ver; algunos lo practicábamos, otros lo consumían fanáticamente en radios portátiles y, en contados casos, en algún televisor que solo las familias más acomodadas tenían y que los días de partidos importantes se volvían comunitarios; los ponían en la acera de la casa y toda la cuadra concurría sin importar quiénes se enfrentaran, porque era novedoso ver en vivo lo que apenas se intuía a través de la onda corta de las trasmisiones radiales, costumbre que perduró hasta los tiempos en que incluso los más pobres logramos con miles de esfuerzos tener uno, así fuera pequeño y en blanco y negro, como el de mi casa, al que le poníamos una pantalla policroma encima para simular los colores y que vendían por separado, sin embargo la gente prefería arremolinarse alrededor del televisor comunal que algún vecino sacaba a la vereda para compartir la emoción con todos; el fútbol emparejaba al pillo y al sano, al pobre y al no tan pobre, al anciano y al niño, a todos por igual nos sonsacaba alegrías y rabias análogas, y cuando llegó la época en que los Pillos se instalaron con su dinero y derroche en las cuadras del barrio, estos tomaron como excusa los partidos para agenciarse el favor de la gente patrocinando comilonas los días de juego y prestando los televisores más grandes que había visto en mi vida ¡y a color!; los días de fútbol se volvieron una fiesta que alcanzó su máximo esplendor un miércoles de mayo de 1989 cuando el Atlético Nacional conquistó el triunfo en el certamen internacional más importante del continente: la Copa Libertadores de América. Desde esa noche nuestra relación con ese deporte se transformó, se exacerbó en todos los sentidos, los entusiastas del Nacional se hicieron más frenéticos y arrogantes, los que no teníamos interés particular en ningún equipo arribamos nuestra simpatía al campeón porque no hay nada que atraiga mayor favoritismo que las victorias y más en una sociedad obligada a perder como la nuestra, en la que todo y todos nos decepcionan constantemente, los padres a los hijos, los hijos a sus padres, los profesores a sus alumnos, estos a aquellos, la iglesia a su feligresía, los esposos a sus cónyuges, los vecinos a sus iguales y los gobiernos a todo el mundo, por lo tanto el fútbol es la manera en la que la colectividad expresa sus frustraciones y sus ínfulas más profundas y primarias, nos brinda la válvula de escape que ecualiza un poco la ruidosa inequidad social en la que vivimos sumidos, de ahí que con ese triunfo todo el mundo se sintiera identificado; fue un desahogo general, un equipo de puros criollos ponía el nombre de una ciudad y hasta de un país en titulares de todo el mundo por algo bueno y noble, hasta los hinchas de equipos contrarios tuvieron muy en el fondo un mínimo de orgullo porque sabían y sentían que una puerta se abría para el deporte nacional y tuvieron que guardar la envidia y el rencor, si los tenían, y reconocer que era lo más grande que había conseguido el fútbol autóctono desde su creación, pero lo más importante sin duda que produjo ese histórico partido fue que a nosotros los pelaos nos permitió soñar en serio con un futuro promisorio, independiente del hampa y la esquina, porque hasta los Pillos admiraban a los futbolistas tanto o más que a sus patrones; ahora había otra forma de sobresalir en el barrio: ser futbolista. Por eso, desde el siguiente día todos empezamos a practicarlo con denuedo, no solo como el divertimento que había sido siempre, sino buscando emular a los ídolos recién encumbrados al olimpo futbolístico, remedando sus movimientos, tomando sus nombres y remoquetes; de esa cohorte salieron un montón de Chichos, Leoneles y Chonticos, quienes conservaron su apodo hasta mucho después de que pasara la fiebre campeona; las horas se nos iban corriendo detrás de un balón de día y de noche, improvisábamos canchas en todas partes de la calle, en las aceras, en los solares y hasta en las salas de las casas con padres alcahuetas, nuestra vida social se volvió de pronto un eterno partido de final, y como si de tal se tratara nos aplicábamos con disciplina y rigor a triunfar en esos cotejos espontáneos por más espurios que fueran, empero, como en todos los oficios, hay personas que sin importar cuánto tiempo se dediquen ni el gusto que sientan por lo que hacen, no alcanzan nunca un nivel aceptable en la labor y van quedando relegados, como en nuestro caso, a ser los eternos malos arqueros de todas las contiendas disputadas o los que nadie escoge en la repartición inicial y tienen que aceptar la onerosa condición de entrar al gol, es decir, que solo pueden jugar como refuerzos malos y estorbosos en el equipo que permite la primera anotación; están, por otra parte, los que logran con esfuerzo un nivel suficiente y juegan sin hacer el ridículo pero sin aportar demasiado, y están los dotados, los que parece que hubieran heredado la destreza genéticamente pero no de un familiar sino del epítome genérico de jugador universal que cada tierra ha tenido desde el origen de los tiempos, la quintaesencia del futbolista calidoso ecuménico, ese que sin haber tocado nunca antes un balón, cuando cae en sus pies sabe exactamente qué hacer y además inventa nuevas formas para adornar con filigranas mágicas cualquier movimiento con el esférico, el que deja regados a los demás con sus fintas cósmicas sin que nadie pueda explicar cómo lo hizo, el que tiene el tiro perfecto en técnica y exacto en su definición, y el que además no parece que hiciera ningún esfuerzo para conseguir lo que al resto de mortales nos cuesta una eternidad de aplicación tesonera. En nuestro barrio ese egregio jugador era Ñoño, el hijo intermedio de los Piojos. Desde que su tío fue asesinado y él y sus hermanos empezaron a hacer parte del combo de adolescentes que cada día veíamos en el fútbol la actividad más bonita, lucrativa a futuro e importante de nuestras vidas, demostró un talento raro; como los Piojos nunca antes habían jugado, el primer día en que los incluimos en un picado —que es como se nombra al partido de pelaos, de arcos hechos con dos piedras a seis pasos una de la otra, y en el que los dos más calidosos del barrio hacen una pequeña caminata que se llama «pico-monto», que consiste en que el que llegue primero donde el otro, le toca iniciar la escogida del resto de participantes que formarán su equipo, dejando a los más paquetes para el final—, los dos Piojos grandes, que hicieron su debut en el fútbol y en la vida social, quedaron relegados al final, primero escogieron a Jairo por ser más grande, y dejaron al Ñoño al gol; cuando se marcó el primer tanto el Ñoño entró para el equipo en el que yo estaba y no fue sino tocar la bola para que todo el mundo se quedara boquiabierto, sus entecas piernas y sus pies calzados apenas con dos alpargatas desgastadas tenían la magia inaudita de los cracks, hacía ver fácil lo que producía, esquivaba a los contrarios con agilidad de gato, dominaba el balón como si lo tuviera pegado al pie y chutaba con una fuerza soberbia que no se correspondía con la fisionomía de sus escuálidas extremidades, anotó tres goles y lo vi sonreír por primera vez ese día. El niño acosado por la pobreza y el desprecio general, habitante de la cochambre y el lodo, había encontrado algo en lo que sobresalía, algo que lo hacía resaltar entre los que antes lo miraban por encima del hombro; el fútbol cimbreó su destino, desde ese día siempre fue el primero en ser escogido o él era quien escogía en los picados; hasta los Pillos lo admiraban por su dominio con la pelota al punto que el patrón del barrio le regaló un par de guayos de micro que él usaba hasta para ir a misa, y no volvió a sentirse excluido, antes su bien ganada fama de calidoso arropó a sus hermanos y a toda su familia, quienes una vez alejados del recuerdo de Colombia pasaron a ser unos más del barrio, pero tenían en Ñoño a un portento y con eso bastaba para que fueran álguienes; la Pioja ya no solo era una señora fumadora y fastidiosa sino la mamá del Ñoño, y su papá, igual, y sus hermanos, los familiares del crack; Jairo y el Pillo fueron tenidos en cuenta en sus respectivos grupos de amigos, el primero fue uno de los Sanos y mantuvo esa condición hasta que fue adulto y su vida cambió de golpe cuando se enfrentó a una condena larga y, según él, injusta, después de matar a un tipo que quiso violarlo en un club de striptease en donde trabajaba de desnudista, y el Pillo creció para hacer honor a su apodo y murió en su ley siendo el hombre de confianza de un cacique en la cárcel de Bellavista, a donde fue a parar después de ser detenido en el robo de un carro de valores en el centro, pero esas son otras historias que no caben aquí más que de soslayo, pues ninguno de los dos se interesó en el fútbol, al menos no de la manera en la que lo hizo Ñoño; para Jairo fue un pasatiempo, y lo practicó como todos hasta que al igual que el resto nos dimos cuenta que por más entusiasmo que pusiéramos en su práctica no íbamos a alcanzar nunca un nivel destacado y fuimos abandonándolo, y el Pillo jugaba a veces y tenía alguna destreza, pero le pudo más la esquina y el ajetreo que la pelota; en cambio, el Ñoño era distinto, no veía en el fútbol una aspiración sino un deleite y tal vez por eso llegó a donde nadie más en el barrio pudo.

Un día pasó por nuestra comuna un entrenador de la Liga Antioqueña buscando jugadores para conformar un equipo, la convocatoria fue abierta para todos los muchachos que no pasaran de los dieciséis años; el tipo se llamaba Gustavo o algo así y le decían profe Fazeta. A la cancha grande del Idema fuimos todos los que teníamos la edad y algunos que la sobrepasaban, esperanzados en que, demostrando el talento suficiente, la edad sería negociable, si no para ese equipo, para otro de mayores. El Ñoño, Jaime, Omítar, Gambeta, Kaztro, Julián y yo acudimos a la cita con los tenis menos gastados y la ropita deportiva mejor tenida, había más de doscientos muchachos de todos los barrios aledaños, ilusionados como nosotros por encontrar en el fútbol la solución a todos los problemas de la vida, llevábamos la mirada ansiosa y la energía desbordante, se sabía que de esa citación podía depender el futuro, los elegidos entrarían a las divisiones menores de un club profesional, como supimos en cuanto llegamos y vimos que los petos verdes que le iban prestando a los que jugaban por turnos de once llevaban la insignia del club que había despertado la simpatía de todos por haber quedado campeón, lo que nos incrementó los nervios hasta el punto que algunos decidieron abandonar la cancha antes de ser llamados; el único que no denotaba nada extraño era Ñoño que, mientras hacíamos la fila, iba haciendo veintiunas con una bolita de trapo llena de arroz que mantenía siempre consigo. A todos los del combo nos tocó en el mismo onceno, la disputa era contra otros iguales de nerviosos que nosotros en partidos de quince minutos, que parecían la eternidad y después de los cuales el entrenador y su asistente anotaban en una lista a los que dejarían, y con quienes luego conformaban nuevos encuentros de los que saldrían los veintitrés convocados definitivos; para nosotros la cancha grande fue pasar de las vaquillas flacas a un toro de lidia, para el Ñoño fue cambiar el tamaño de la bola con la que parecía tener un pacto; en el encuentro marcó dos goles y fue de lejos el mejor de todos los que se presentaron, impresionó tanto al profe Fazeta que no tuvo que jugar más partidos, quedó seleccionado inmediatamente, y nosotros que no alcanzamos a estar ni siquiera preseleccionados, en medio del desengaño generalizado, nos alegramos por el Ñoño, quien no solo se lo merecía por su talento sino que además era el único que no había intentado impresionar a los reclutadores excediéndose en la fuerza de los ataques ni adornando sus jugadas, para él fue un partido similar a los que jugábamos a diario en la cuadra, y como tal tomó la noticia de su elección, pues parecía más preocupado por la suerte adversa de nosotros que por la propicia de él, y al llegar de nuevo a la cuadra nos dijo que la verdad era que él no quería ir a ningún equipo si iba a estar solo, que así no tenía gracia, cuando todos reviramos y le dijimos que tenía que aceptar como fuera, él se sinceró y dijo que no solo le daba pereza ir a entrenar a otro sitio alejado y conseguir nuevos amigos sino que además no tenía con qué, que de dónde iba a sacar los pasajes para ir bien lejos y que además a él lo único que le interesaba era jugar y lo mismo daba en la cuadra que en un estadio. El consenso fue general cuando a Gambeta se le ocurrió que entre todos íbamos a subsidiar los pasajes del Ñoño sacando de la esmirriada mesada que nos daban en nuestras casas, y los días que no alcanzáramos a juntar con eso, recogeríamos envases de gaseosa en el colegio por los que retornaban cincuenta pesos de depósito, y que los alumnos por lo regular dejaban tirados debido a lo escaso del monto, pero que en tiempos flacos, como eran siempre los nuestros, servían para ir juntando lo de la gaseosa del que no tenía mesada, a partir de ese día irían directamente a las arcas con que solventaríamos los pasajes de nuestro amigo. El Ñoño seguía reacio a aceptar la ayuda, pero fue tal la decisión del combo que no le quedó más remedio que acceder, en parte porque se sentía en deuda al ver el denuedo con que asumimos su logro y en parte porque el fútbol le encantaba y aunque no lo había dicho sabía que en ese equipo podría jugar más y mejor que en nuestro vecindario, y nosotros asumimos ese compromiso porque nos veíamos representados por el Ñoño; él iba a ser lo que nosotros no podíamos, y así de alguna manera su triunfo era el nuestro y su venturoso futuro, el de todos, a partir de ese día el Ñoño se ausentó de nuestros cotejos, los mismos que fueron disminuyendo con el pasar de los días por carecer del picante y la energía que él le ponía, y porque nuestro nivel pronto decayó aún más después de la derrota del día de la convocatoria, que se nos quedó pegada al alma como una lapa que poco a poco iba chupando el entusiasmo que sentíamos por el deporte, hasta que se hizo cuerpo entero de desidia y nadie volvió a jugar, eso sí, seguíamos siendo hinchas fieles del Verde de la Montaña, y más ahora que el Ñoño estaba en sus inferiores y sabíamos que era cuestión de tiempo para que llegara al profesional; ahora no solo era el equipo de la ciudad sino, y sobre todo, del barrio y de la cuadra, porque un pedazo de Aranjuez estaba incrustado en él, y en poco tiempo nos traería la gloria y el reconocimiento al barrio y a sus amigos. El Ñoño no fue sino empezar a entrenar para descollar entre sus semejantes, sus gambetas fueron la delicia del equipo y sus goles la pesadilla de los contrarios, con cada entrenamiento ganaba confianza y jerarquía al depurar sus jugadas y pulir sus movimientos, sus fintas dejaban regados oponentes como si fueran piezas de Armotodo sacadas de la caja, y sus tiros gozaban de precisión geométrica, también tenía cabeza para elegir las jugadas más expeditas y soportar presiones y reveses, esto aunado a una sangre fría exótica en jugadores de su edad, características que lo hicieron excepcional y allanaron el camino de sombras que trae consigo el ascenso para conducirlo a una brillante carrera que desembocaría sin duda alguna en el advenimiento al fútbol profesional, cosa que consiguió al ser alineado como suplente en un partido amistoso del primer equipo con apenas dieciséis años. Solo jugó los últimos quince minutos, pero para nosotros que estábamos en la tribuna fue lo más grande que vimos nunca, en ese corto lapso logró hacer un pase gol y deleitar a la gente con un par de amagues y una gambeta que dejó al estadio con ganas de más, con lo que logró que su nombre se quedara en la mente de los aficionados, por eso salimos del partido dando por sentado que el debut del Ñoño en el fútbol profesional era un hecho, solo era cuestión de esperar que el rentado empezara para que pudiéramos verlo cada ocho días vistiendo la casaca de nuestros amores y llenándonos de orgullo con sus jugadas desorbitantes.

Pero para algunos la vida solo sabe morder, nunca lamer, y lo que parece algodón de azúcar termina sabiendo a moneda porque lo que nadie sabía —o habíamos querido olvidar, que es la forma en que la desdicha disfraza su ponzoña y la reviste de olvido— era que el Ñoño además de un futbolista inverosímil era un piojo y como tal una ancestral suerte adversa teñía su destino: había sido él, y no su madre, quien en los últimos días de encierro de su tío Colombia había encontrado la caleta de baretos que tenía en su cuarto bajo la estera en la que dormía y había escamoteado dos de los tres que halló, dejando solo uno con el que se sembró la simiente del amure que desencadenó a la postre la muerte de su tío; el Ñoño había sustraído los baretos con la intención de tener algo que mostrar a los demás muchachos, algo a lo que ellos no tuvieran acceso y con estos poderse granjear el favor de quienes siempre lo despreciaban, es decir, nosotros, mas no con ánimo de consumirlos, al menos no solo, pero apenas llegó a su casa después del sepelio y observó los dos tubitos hurtados sintió una rabia feroz contra ellos y se fue hasta el solar con el firme propósito de destruirlos, empero cuando iba a iniciar la tarea cayó en la cuenta de que si su madre o algún familiar lo veía sería su condena y todo el mundo pensaría, como él, que era el culpable de la muerte de Colombia, por lo tanto decidió deshacerse de ellos en la guarida en la que su tío se había encerrado y que desde su muerte permanecía abierta; al entrar vio la candela que el muerto utilizaba y sin saber muy bien por qué encendió el primero y lo aspiró, había visto a Colombia y a los Pillos de la cuadra fumar e imitó sus ademanes, consiguiendo un ahogo atroz después de la primera fumada, que se tradujo en una tos insostenible que lo puso al borde del vómito; una vez repuesto lo intentó de nuevo y esta vez la tos fue menor, y así continuó con esporádicos espasmos y carraspeos que fue dominando con cada nueva pitada, se fumó el bareto de un tirón y sintió por primera vez en su vida algo parecido a una liberación, a medida que el humo entraba en su organismo sus problemas desaparecían y ya no era el Ñoño Piojo, pobre y asustado, sino una versión mejor de él, más alegre, positiva y entusiasta, se quedó encerrado disfrutando de la exacerbación de sí mismo, contento de sentirse bien, y percibiéndose mejorado se durmió, y al despertar olvidó por completo la primera intención de dañar los baretos, guardó en la guarida de su tío el que le quedó y salió en busca de comida porque lo estaba partiendo el hambre. Desde ese momento cada que podía se encerraba en la cueva a fumar mariguana y a disfrutar de una vida que bajo su influjo le parecía posible, de manera que cuando empezó a jugar fútbol ya era un consumidor sostenido, y si bien sus atributos no tenían nada que ver con su vicio, sí su calma a la hora de enfrentar presiones y apremios, además que la mariguana había transformado sus días iguales e inútiles, días de nadas seguidas de nadas, en días de delicias, de ilusiones donde las bondades se repetían sin cesar y entre ellas la más amena era el fútbol; con este había encontrado amigos y aceptación, las dos cosas que más había necesitado desde siempre y esto, sumado al sosiego que le brindaban los pitazos obstinados a los baretos, hacía de él lo que había soñado ser; sin embargo, por más que nos esforzamos en ocultar nuestras miserias, la vida se da mañas para ponernos frente a frente con ellas y develarlas, eso le ocurrió al Ñoño el día de su debut en el fútbol profesional, nunca antes había disputado un partido sin estar trabado aunque nadie lo supiera, y siempre se las había arreglado para camuflar su vicio; antes de irse a entrenar se trababa en su casa y luego con un baño y el trayecto lograba disimular la traba y actuar de maravilla en el campo de juego, y los días de exámenes médicos no consumía, pero cuando esto pasaba sentía que su destreza disminuía y que lo atacaba súbitamente el cansancio, solo que como esos días eran los menos sus compañeros y entrenadores lo veían como un mal día cualquiera común en todos los deportistas; sus problemas reales comenzaron cuando fue seleccionado para la selección Antioquia sub-17 y tuvo que concentrarse durante un mes largo en otra ciudad. Previendo lo que se le avecinaba se hizo a una cantidad suficiente de mariguana que pudo ocultar envolviéndola en papel de aluminio y creando una plantilla falsa en sus guayos, en el aeropuerto se encomendó a todos los santos, los ángeles y sus muertos para que con su ayuda no fuera detectado y lo consiguió gracias a que la mariguana es una droga suave, casi infantil, comparada con las drogas duras que son en las que entrenan a los perros y de las que los guardianes están más pendientes, además, como era un grupo de muchachos apenas saliendo de la adolescencia y guiado por la vieja gloria del balompié colombiano, las autoridades fueron laxas en las requisas, y ya en el torneo cada día se las compuso para ausentarse antes de los encuentros y encaletarse en un baño apartado del hotel o del estadio, en donde de afán y azorado le daba tres o cuatro pitazos a una matancera, que es como le dicen en el barrio a una pipa pequeña y práctica de bambú que casi no deja salir el humo y que mantenía entre los calzoncillos, después salía al campo a deleitar a los espectadores con sus goles y sus jugadas magistrales; para sus técnicos y condiscípulos fue un torneo glorioso, pues quedaron campeones, pero para el Ñoño fue una prueba casi insuperable, pese a que fue elegido el mejor jugador del torneo; esos días los recordará por siempre como los más tensos de su vida y cuando más cerca estuvo de mandar todo al carajo, porque estaba constantemente sometido a una brutal dicotomía, por un lado ansiaba con ardor trabarse, lográndolo apenas a medias y de afán, y por otro lado cargaba con la responsabilidad de echarse el equipo al hombro y para conseguirlo necesitaba la calma que solo le brindaba la mariguana, de manera que entre una cosa y la otra, y las esporádicas escapadas para fumar, se le notaba desacertado e irascible, hasta el momento en que sonaba el pitazo inicial y su magia aparecía, al final todos supieron perdonarle los días de acritud y mala leche, atribuyendo su comportamiento a la presión del torneo.

Al retornar al barrio se sintió de nuevo él, se encerraba en su cueva a fumar cuando todos dormían y no salía hasta el otro día, y como con ese torneo llegaron los primeros pesos a su casa devenidos del fútbol, pusieron luz eléctrica y mercaron por primera vez en la vida y todos fueron felices, menos el Ñoño que intuía que con estos logros vendrían unas responsabilidades mayores que no sabía si podría sortear sin mariguana, porque algo le había quedado claro con ese viaje: el vicio y el fútbol eran incompatibles, de manera que haciendo acopio de todas sus fuerzas y después de haberse metido una traba de toda la noche en la cueva, tomó la resolución de abandonar la mariguana para siempre y dedicarse únicamente a entrenar con saña y con juicio; los primeros días cumplió su promesa a medias, pues aunque logró mantenerse sobrio en el día y durante los entrenamientos, al llegar la noche le era imposible conciliar el sueño y se la pasaba dando vueltas en el colchón, con un frío sepulcral que en cuanto se cobijaba permutaba en un calor de infierno, hasta que hastiado de pelear con el insomnio, apenas escuchaba a los gallos de su casa cantar la aurora, abandonaba su lecho y se iba a trotar a ver si el cansancio extremo lo vencía y le traía el sosiego del sueño, pero, en vez de eso, lo agotaba en exceso y no le permitía desarrollarse a plenitud en los entrenos, hasta que al tercer día, agobiado por el cansancio y torvo de no dormir, se fue a su cueva y se fumó medio bareto que le trajo al fin la paz y el descanso necesario, a partir de ahí tomó a la bareta como una tregua entre su disciplina diurna y su tormento nocturno y solo se fumaba medio baretico antes de acostarse; si bien su genio se trastocó y se mostraba cada vez más hosco e intolerante, su calidad en la cancha no disminuyó un ápice, antes bien parecía que su carácter impetuoso y cerrero le hacía bien a su juego, por eso fue tenido en cuenta para la plantilla profesional del siguiente año y llevado en la nómina del amistoso al que todos asistimos y en el que con tan solo unos minutos dejó a todo el mundo boquiabierto; para nosotros fue la dicha, el culmen de un sueño colectivo que se hacía realidad en la persona del Ñoño y que de alguna manera nos tocaba a todos con su gloria; insisto, su consagración era la del barrio y en especial la de todo el combo que estuvimos con él en su ascenso, algunos hiperbólicos vaticinaban incluso su convocatoria a la tricolor nacional para las próximas eliminatorias; al terminar el partido lo esperamos a la salida y entre vítores y abrazos le trasmitimos lo mucho de orgullo que nos insuflaba su carrera y el cariño que todos sentíamos por él y por lo que estaba consiguiendo, él apenas nos miró como pidiendo perdón y siguió camino a su casa, lo que muchos interpretaron como un gesto de soberbia o tal vez el inicio de la separación de una amistad que algunos esperaban que se quebrara al final cuando el Ñoño fuera una superestrella y nosotros los mismos esquineros de siempre, sin embargo yo vi en su mirada lo mismo que había visto años atrás, cuando se quedaban agazapados él y sus hermanos en la acera de su casa viéndonos jugar a nosotros en la cuadra sin poder participar por ser uno de los Piojos y por lo tanto un paria dentro del entorno; algo había en ese gesto que lo devolvía a los tiempos en que parecía rogar misericordia por existir con su mirada lánguida.

La vida siguió sin motivo y sin sentido hasta que nos enteramos por la radio que el Ñoño iba a debutar en primera con el Atlético Nacional, cuando fui a la esquina ya todos sabían la noticia y Jairo, el hermano mayor de los Piojos, nos había llevado las boletas de cortesía para el partido que el Ñoño nos había enviado porque estaba concentrado en el Hotel Amarú del centro con el resto del equipo, pero como todo lo importante en la vida, nuestra ilusión se quedó en proyecto, y el júbilo que todos teníamos adentro guardado para el debut murió apenas engendrado, porque el día del partido el Ñoño no salió a la cancha, no lo vimos calentar con sus compañeros, ni en la banca, nuestras caras de asombro se inquirían unas a otras, Jairo trató de bajar a los camerinos y no lo dejaron pasar los de seguridad, se devolvió con la sorpresa vestida encima y nos trasmitió la ansiedad que cargaba; ya estando ahí vimos el partido sin interés y anhelosos por saber qué había pasado y al final nuestro equipo perdió dos a uno en un partido soso y desangelado como todos los de inicio de temporada, con el pitazo final arrancamos todos a esperar la salida del equipo, en tanto Jairo volvía a preguntar a todo el que veía por su hermano y el resto de amigos nos comíamos las uñas y caminábamos pasos repetidos mirando al suelo, finalmente los jugadores salieron en vestido de calle y uno a uno se fueron montando al bus del equipo en medio de los gritos de los hinchas, nosotros registramos atentamente con la mirada repasando a cada uno de los jugadores y no vimos al Ñoño; cuando el bus arrancó nosotros sin saber qué hacer decidimos devolvernos al barrio, fuera lo que fuera, en la casa nos enteraríamos; el regreso fue incómodo, largo y teñido de sospecha, cada uno cavilaba en su mente, en silencio lo que podría haber pasado, finalmente nos bajamos del bus y al encarar la cuadra vimos al Ñoño en pantaloneta y chanclas sentado solo en la esquina, fumándose sin recato un bareto del tamaño de una mano y con la vista perdida en el espacio, y al acercarnos con gestos de estupefacción en las caras y preguntas atragantadas, el Ñoño nos miró desde muy lejos y muy adentro a pesar de que lo teníamos enfrente y, dándole una calada honda, como la fosa en que estaba su mirada, a su bareto, nos dijo, soltando el humo, La cagué, muchachos, todos nos sentamos a su alrededor y ensolvados en la densa humareda escuchamos su historia: empezó contándonos cómo había cogido el vicio a la muerte de su tío y cómo lo había podido controlar un poco y había esquivado los controles hasta su decisión fallida de abandonarlo, y que todo iba con relativa calma y bien en la concentración, pero a medida que se acercaba la fecha del partido se iba sintiendo más y más ansioso al punto de que no pudo comer ni dormir el día anterior, y como a pesar de que los médicos lo revisaron y le mandaron drogas y que estuvo en el jacuzzi toda la mañana para relajarse siguiendo el consejo del preparador físico, él sabía que solo había una forma de desenredar el ovillo de nervios que tenía en la cabeza y por eso sin poder aguantar más recurrió, después del almuerzo que no pudo probar, al utilero de quien sabía por chismes de vestuario que conseguía lo que los jugadores desearan —comidas especiales, mujeres de ocasión, talismanes exclusivos y drogas legales e ilegales—, le encargó un bareto con carácter urgente y el hombrecillo al que todo el mundo conocía como la Rata le dijo que traía encima uno y se lo podía ceder, pero que no le recomendaba que lo usara y menos en el hotel, el Ñoño desoyó el consejo con el apremio del adicto que necesita una dosis para volver a sentirse él mismo, se fue a una terraza apartada y prendió su perdición; no le había dado más de tres plones cuando la algarabía del olor alertó a uno de los preparadores físicos que pasaba por ahí, haciendo un ritual de silencio y concentración previo a los partidos, bastó con que siguiera el rastro del tufo para dar con el fumador, de inmediato fue notificado el entrenador y este decidió retirar al Ñoño de la concentración y del equipo hasta que tuvieran una reunión después del juego en donde decidirían qué hacer con él. Al terminar de contarnos se hizo un silencio oscuro, turbio y malo como debe ser la muerte, todos apenas nos escuchábamos respirar, nadie quería hablar, menos mirar al Ñoño, de quien apenas se percibía el perfil alumbrado con la intermitencia de sus fumadas, después de unos segundos que se hicieron largos y molestos como tragar cucharadas de arena, Jairo, su hermano, se levantó y dijo fingiendo un ánimo que ni él mismo se creía Bueno, pero no todo está perdido, en esa reunión seguro te sancionan, pero vuelven y te llaman, todos intentamos hacer eco del empuje de Jairo y elaboramos frases destempladas que reafirmaban el ímpetu y optimismo del hermano, pero en el fondo sabíamos que era el fin; el Ñoño apenas pudo apagar la pata del bareto y con una sonrisa melancólica en la que se concentraba el desengaño de siglos y siglos de sangre frustrada, de ilusiones que terminaban en fracasos irremediablemente, de heredades de ruinas y fiascos, dijo por lo bajo Saben qué, muchachos, de todas maneras el fútbol no era para mí, tampoco soy tan bueno, y ninguno tuvo el ánimo de seguir fingiendo esperanzas y exultaciones, y de nuevo reinó un silencio lóbrego que nos cobijó a todos, el tiempo de la desdicha que corre a paso de babosa se estiraba luengo y asfixiaba en la espera, hasta que uno por uno se fueron parando y pretextando alguna urgencia que habían olvidado y se retiraron de la esquina, al final solo quedamos el Ñoño y yo cuando su hermano, a punto de llorar, se fue a su casa; antes de irme y después de un minuto denso de ahorcado, por los pliegues de la voz como saliéndole en esquirlas, me dijo, aunque más parecía decírselo a sí mismo, Al menos ya puedo fumar tranquilo, yo no tenía nada que responderle distinto a un ríspido Ajá, a veces la voz del silencio grita más fuerte que las palabras, y el del nuestro, después de que dijo la frase paliativa, decía que me ahuyentara, que dejara al Ñoño solo, al despedirme me miró desahogado y se quedó consigo mismo, hecho una ausencia, pensando, como me contó algún tiempo después, que su más grande ambición cuando empezó con el fútbol había sido ser aceptado y querido y que ambas cosas las había conseguido a granel, pero siempre a cambio de algo, de ser bueno y obediente, y cuando había fallado en esto había vuelto a ser despreciado y aborrecido porque en el fondo no lo querían a él sino a su juego y porque nadie iba a quererlo ni a aceptarlo si él mismo no lo hacía, y eso lo había conseguido desde antes con la mariguana, desde que se había fumado el primer bareto y le había gustado la versión de sí mismo que no dependía de nadie más que de él, a la larga, la mariguana había sido una excusa, solo un puente para transitar el paso obligatorio hacia él mismo, pero sin la cual no conseguía allegarse, se sonrió con la sonrisa triste del que se sabe preso y acepta su condena, se levantó de la acera y se fue a su casa, y desde ese día se desentendió por completo del fútbol; hoy sus entecas piernas extintas de magia, huérfanas del balón, olvidadas de sus gambetas singulares y preciosas, están condenadas para siempre al procaz y simplón oficio de caminar, y eso lo hacen de un lado a otro, buscando un rincón alejado para trabarse y resistir ser el Ñoño en las largas noches en vela como celador de la urbanización donde lo consume su humilde oficio.

9. Ironía

La vida ampara y propicia las ironías: mi padre está enloqueciendo y a mí su demencia me está matando, mientras él deshabita su biografía, yo intento edificar sobre las ruinas que van quedando, juntando los escombros de sus recuerdos para alojarlo en ellos, para tenerlo ahí hasta que también yo me demuela en el olvido. Hay diferentes tipos de locura, está la locura lírica, que inspiró a poetas y artistas románticos, deseada por muchos porque veían en tal afectación el manantial de la inspiración, lo que llevó a más de un insípido trovador a fingirla para indultar la falta de talento y afectar sus ripiosos versos con algo de demencia; está la locura mística, que rapta de furor espiritual a quien la sufre hasta arrebatarlo de excitación beatífica y hacerlo ver y escuchar las voces de los dioses; está la locura egoísta del amor caníbal, que se alimenta del daño ajeno, imputando afuera lo que falla adentro, endosando culpas para falsear faltas, como la de mi amigo Walter, el pastor López; está la locura violenta, que desata furias asesinas y cobra víctimas en todos los lugares donde aparece y que conocemos bien en este país; está la locura cotidiana, camuflada en lo habitual, ominosa, constreñida, limitante, absurda y ciega que nos hace votar por los mismos de siempre, que nubla la vista, el entendimiento y la historia; y está la locura de mi padre, que es de todas la más tonta y mansa, la demencia a traición, cuando deserta la razón sin otro motivo que el desgaste, demencia de mierda, cobarde, estafadora y pusilánime, locura asquerosa, mendaz, locura hijueputa, una suerte de venganza pérfida de la vida contra los nobles, al no poderlos atacar con el odio, al no ser capaz de sumirlos en la culpa, al no poder llenarlos de resentimiento y mezquindad porque su nobleza los blinda, les endilga la demencia boba y mala como forma de conclusión vengativa, vida malparida. Soy mejor enfrentando el sufrimiento propio que el de las personas que quiero, este me supera, me sofoca de impotencia, me desequilibra por no poder hacer nada, el dolor propio endurece el carácter, afina la condición y modela el temple o destruye al que se deje, pero la aflicción ajena cuando el ajeno es tan de uno me entiesa, me pasma, me agobia y me desnutre, nunca he sido capaz de ver sufrir a los míos sin sentir la incompetencia del que se muere de hambre por no tener boca, me invade una culpa sorda y molesta que me susurra más adentro del oído y del cerebro, imputándome que algo en su dolor es mi culpa, no sé por qué ni de dónde me viene esa carga, pero me sugestiona tanto que logra paralizarme, me deja atónito, debiendo algo que no supe cuándo presté, pagando una apuesta que no realicé: así me sentía al llegar a mi casa con la botella de guaro recién empezada, pensando en mi padre, en su mala vejez, en su obtusa demencia y en su pasado, en cuando era joven y supongo que nunca se prefiguró que algún día sus músculos iban a menguar y su cabeza a colapsar, cuando, asegura mi madre, fumaba y bebía al mismo ritmo que yo, sin embargo yo no lo conocí borracho porque cuando sus hijos empezamos a crecer él abandonó para siempre la bebida; mis recuerdos más antiguos con respecto al alcohol son del día de mi primera borrachera, esa que ya mencioné, y que fue también la última borrachera de él:

yo tenía cinco años, y mi padre acostumbraba, cuando tenía un día libre entre viaje y viaje, y esos días eran escasos, a juntarse en la casa con su ayudante, con su amigo Wenceslao y con su hermano menor, mi tío Juaco, quien fue siempre su mejor amigo y el único tío al que crecimos queriendo y que por la vecindad de mi familia con la desventura terminó muerto a los tres años de este episodio, en el fatídico 13 de noviembre de 1985 en la explosión del volcán Nevado del Ruiz en Armero, Tolima, cuando cumplía una jornada de trabajo como chofer de una empresa eléctrica, y de quien nunca pudieron rescatar el cuerpo de entre los escombros de ese terrible lodazal de estropicios y deterioros en el que mi padre se internó durante una semana, con barro hasta en los dientes, intentando arrancarle a la muerte aunque fuera el cuerpo destrozado de su hermano para darle sepultura y cerrar la herida abierta con su desguazo. Cuánto comprendí a mi padre unos años más tarde cuando yo mismo sentí en carne propia la mutilación de la parte más buena y mejor de lo que uno es al enterrar a mi hermano, es decir a su hijo, pobre mi viejo, tanto dolor, tanta muerte de gente querida; al final su olvido tal vez no sea más que una esotérica manera del destino para protegerlo en sus horas postreras de las memorias de sus pérdidas y acercarlo pacíficamente a su fin, aunque eso es un consuelo insulso que me prefiguro en mi mente aturdida e indulgente, porque el destino y la vida son perros y, a más que perros, indolentes; quitarle a un viejo la morada vital que es su pasado, el único lugar que nos convalida, que nos permite pertenecer a algo y llegar al final con una sonrisa por lo vivido, arrebatarle los recuerdos a un hombre es dejarlo estéril de ayeres, insignificante para sí mismo, como un recién nacido de setenta y cinco años pero sin futuro, como si sus esfuerzos, sus batallas, sus dolores, sus alegrías, sus aciertos y sus múltiples errores hubieran sido en vano, tan solo el sueño inane de un esquizofrénico. Me duele universos solo pensar en su muerte y más me aflige cavilar en lo que dicen sobre el momento terminal, que nuestra vida se derrama en tropel frente a nuestros ojos como haciendo un recorrido final de lo que fuimos, ¿qué imágenes aparecerán en su mente ahora que está vacío de memorias? El día de mi primera borrachera estaba con sus amigos, animados todos, escuchando tangos en una vieja grabadora, que servía de guarida a una sociedad de cucarachas, mi madre les fritaba chorizos y chicharrones para que acompañaran los tragos de guaro, que cada vez repartían con mayor celeridad y entusiasmo, yo pasaba por su lado y los veía brindar alborozados con copas repletas de un líquido transparente que parecía ponerlos contentos aunque cada que lo ingerían hacían gestos de desaprobación con el rostro, pero inmediatamente los componían y remataban el trago con una sonrisa, un abrazo y cerraban tomando de un vaso de agua. En algún momento mi tío se fue al baño y mi padre aprovechó para ir a donde mi madre, a la cocina, a abrazarla mientras los demás salieron a tomar aire al patio, dejando la mesa de la sala sin vigilancia y con tres tragos servidos hasta el borde de las copas, me arrimé a uno de ellos y mirando para todos lados me animé a cogerlo, al acercármelo a la boca el olor me alteró el estómago y me produjo náuseas, pero esto no hizo que desistiera en mi empeño de tragármelo, me lo mandé de un solo golpe, un trago largo que casi se me devuelve, por lo que tuve que tomarme inmediatamente un vaso de agua y aun así seguí teniendo arcadas, que lograba controlar tragando bocanadas de saliva espesa; apenas dos minutos tardó el aguardiente en hacer efecto en mi cándido e infantil organismo, tirarme en la huerta con el mareo más monstruoso que hubiera tenido en mi corta vida y hacerme trasbocar acuciosamente todo lo que tenía adentro; mi madre acudió diligente ante la algazara que producía mi vómito y, al acercárseme y olerme el tufo alcohólico, se hizo un manojo de iras que supo descargar en la humanidad de mi padre, a mí me dejó tirado en la huerta y se fue hasta donde estaban reunidos los compinches, y gritando como nunca la había escuchado hacer, les dijo de todo, sinvergüenzas, borrachos, malparidos y los echó a los cuatro de la casa, mientras que mi padre, aturdido por el escándalo y el alcohol, viendo a su mujer posesa de rabia, se quedó atolondrado al igual que sus compañeros, y no supo qué hacer, así que mi mamá volvió a la carga y les dijo que si no se iban ella sí cogía a sus hijos y dos chiros y se largaba, a lo que mi padre reaccionó y se fue raudo con sus amigos, mi mamá se quedó llorando y fue por mí a la huerta, me llevó cargado hasta la cama a donde me arrimó al rato un vaso de agua hirviendo con limón; mi papá no volvió a la casa sino hasta tres días después. Mismos días en los que me sentí el ser más culpable y miserable del mundo, porque sabía que algo en mi actuación había provocado la separación y malestar de mis padres. Al retornar al hogar, se encerraron en la alcoba un rato que a mí se me hizo eterno, y cuando salieron sus rostros habían recuperado el color y el brillo de los días habituales, desde ese día mi padre abandonó para siempre la bebida, y yo en cambio no tenía cómo saber que esa lejana tarde de borrachera con mi primer guaro habría de ser el inicio de una nutrida y larguísima historia con la bebida, que me abocaría a miles de rupturas y definiría buena parte de mi vida futura, sin embargo lo de ese día respondió a otra sed que intentaba saciar, la de la curiosidad, que me hizo sospechar que en esa copa se escondía algún tipo de secreto arcano y feliz solo develado a los mayores, pero a la larga no pude entender a qué se debía tanto alboroto cuando recordé el sabor infecto y fermentado de ese líquido y el malestar subsecuente a su ingesta. Pasaron cerca de ocho años para que me animara a tomar otro trago de alcohol y ocurrió, como casi todo en mi vida a esa edad, cuando quise emular a mi hermano, y me animé a tomar de un mejunje infame con el que él y sus amigos vivificaban la charla que mantenían en el solar de mi casa a escondidas de mi mamá y que llamaban chamberlain, una mezcla de alcohol etílico con leche, huevos, malta y una vigorosa porción de leche condensada que le daba un sabor dulce que remataba agrio, como una malteada de alcanfor; el sabor se quedaba en las paredes de la boca mucho tiempo y turnaba sus dulzores con agrieras que de nuevo trajeron a mi estómago el recuerdo de mi primigenia borrachera e igual que ayer me dieron arcadas, pero como Alquívar y sus amigos parecían estar tan contentos con el trago, yo me tragué mis maluqueras y continué bebiendo con ellos esa bebida tosca. Los pobres suplen con inventiva sus precariedades, aunque a veces los simulacros salen más caros que los originales, como en este caso, pues el chamberlain requería tantos elementos para encubrir la impresión del alcohol crudo que la receta resultaba más costosa que cualquier licor destilado, lo que obligó con el tiempo a los consumidores a variar la fórmula restando ingredientes, hasta que al final los asiduos de este trago autóctono barriobajero lo consumían mezclando alcohol etílico con una papeleta de Frutiño, un refresco en polvo barato que no logra disimular ni siquiera el mal sabor de sí mismo, pero que en aquella época se estilaba robusto de ingredientes, una suerte de ponche agrio; como van los tiempos tal vez dentro de poco alguien depure la fórmula y lo venda como novedad refinada y legal, ofreciéndolo como cultivo popular perfeccionado, con esa extraña pirueta de vender lo barrial como moda para las élites que gustan de las expresiones y maneras de los pobres pero sin pobres, a la manera del ron, una bebida exclusiva de bucaneros durante algún tiempo hasta que un espíritu industrioso la legalizó y convirtió el agua bendita del mar en agua bendecida, quizás mañana entre los cocteles de las grandes discotecas de la ciudad y el mundo se venda el chámber al lado del daiquiri, el Mai Tai o el Calypso, sin que nadie se acuerde de que alguna vez endulzó con sus agruras a los nacientes borrachos de Aranjuez, como nosotros esa tarde en que bebimos hasta entrada la noche cuando todos se fueron tambaleantes de la casa y mi hermano y yo tuvimos que hacer esfuerzos inverosímiles para ocultarle la borrachera a mi madre, que con ojo avizor vigilaba nuestros movimientos, y en un descuido producto del aturdimiento se nos metió a la pieza y descubrió en nuestros ojos y en las palabras arrastradas de ambos qué era lo que en realidad ocurría, el regaño fue mayor pero corto porque vio que con eso no conseguía sino aumentar nuestro malestar, se fue con los ojos filosos de la pieza y no nos habló más en la noche, pero lo duro vino al otro día cuando nos despertó temprano sin los cariños que usaba siempre y nos obligó a barrer y trapear la casa en medio de la peor maluquera que recuerdo de mi vida adolescente, aderezada por la cantinela infatigable de ella, que cuando se lo proponía era imparable en los discursos, sobre lo descarados que éramos por habernos puesto a beber mientras ella se mataba trabajando día y noche en la casa para que estuviéramos bien, lo que de paso era verdad, para concluir con lágrimas con las que enfatizaba el lamento por lo perdidos que estábamos sus hijos, lágrimas que nos dolían más que el regaño y el castigo, para después hacernos un aguasal de huevo para el malestar; vomité todo el resto del día y terminé enfermo y deshidratado, tirado en la cama con dolor de todo y juré no volver a probar el alcohol en mi vida, pero las promesas que hacemos bajo el influjo de una molestia apenas son operativas durante el tiempo que dure el fastidio; a los pocos meses mataron a mi hermano y nuestra vida se hizo añicos, empecé a beber con firmeza y mis padres estaban tan destruidos por su muerte que no tuvieron fuerzas para reprenderme por mis borracheras constantes, supongo que comparados con su muerte mis lábiles excesos les parecían apenas una trastada juvenil, y tal vez al principio fue solo eso, la manera de encubrir una realidad de mierda, pero esas borracheras crearon el hábito nefasto del ocultamiento, esconderme en una botella paliativa cada que la vida desconcertaba se me volvió ritual, y como todo rito después de practicarlo por mucho tiempo pierde su valor simbólico trascendente y se convierte en un comportamiento compulsivo que apenas si logra aplacar transitoriamente nuestros demonios, aturdiendo y distorsionando un poco las voces increpantes de nuestra mente, abrigando en el exilio autoimpuesto. Lo malo de vivir tanto tiempo escondido es que fácilmente la trinchera se vuelve morada y ya no importa ser descubierto, sino haber olvidado el camino de regreso a casa, como me pasó cuando dejé a mi padre en el hospital; me pasé una semana larga detrás de una botella, comiendo poco y mal, y apenas fui a visitarlo una vez. Estaba en la cama con su mirada perdida mientras mi mamá le cambiaba el pañal, y al reconocerme sonrió y se dejó hacer como un bebé manso, pero era raro ver un bebé de setenta y cinco años que además era mi papá. Experimenté un escalofrío incómodo y contradictorio, mezcla de ternura y protesta, algo en la escena no cuadraba, como observar un arcoíris en medio de un torrencial aguacero o un árbol de navidad en un basurero; me le arrimé, él me tomó la mano y no nos dijimos nada. Mi mamá terminó su tarea y salimos al pasillo donde me reconvino por mi incipiente embriaguez, me retiré al final de la visita dejándolos a él sonriente sin motivo y a ella preocupada y molesta conmigo; en el trayecto a mi casa me vine pensando en lo irónico de su final: mi papá en su vida no conoció el descanso, y en la última etapa, cuando su cuerpo lo obligó a tenerlo, no podía reconocerlo, es injusto y denigrante que después de una vida de trabajo rudo y de fuerza terminara en una cama con mierda en los calzones y bañado en meados, asistido por la mujer que amaba. Es extraño el poder femenino, ese gesto maternal y amoroso de mi madre con el hombre que despertaba en ella pasiones y que ahora sosegado de impulsos lo tornaba casi un hijo recién nacido, gesto que la dota de grandeza y belleza como si siempre hubiera estado preparada para hacer lo que toca donde y como sea, como si además de mujer, esposa y madre estuviera compuesta para ser centro. A un hombre lo articula su capacidad para enfrentar las contrariedades y sus incertidumbres, yo desde los catorce las he enfrentado aferrado a una botella, que es como tratar de frenar una quema con un bidón de gasolina, alentando siempre la paradoja y la desarticulación, alivianar el dolor por la demencia de mi padre «amparado» en la locura del alcohol; así que antes de llegar me detuve en la tienda, compré media de guaro y me senté frente al computador a recordar estas historias, y mientras enciendo un cigarrillo, me llama mami para decirme que a mi papá le dieron de alta y ya van para la casa, yo suspiro, me tomo un guaro pensando que tal vez nuestros ataques autodestructivos sean el llamado hacia la muerte que nos hacen los muertos que nos precedieron, y que recordándolos acallamos un poco su grito mientras nos engulle el gran boquete de la historia; vuelvo a suspirar y empiezo a escribir: Walter no fue el pastor López toda la vida...

10. El pastor López

Walter no fue el pastor López toda la vida, antes cargaba con su nombre de pila a cuestas y su falta de fe intacta, y con ellos iba a donde lo llevaba la vida; era otro de los Sanos, un muchacho tranquilo que un día, después de transitar sin novedad la adolescencia incierta de un barrio como el nuestro, se enamoró de una muchacha de su misma edad y condición social llamada Marisa: fueron el primer amor el uno del otro y juntos encontraron las mieles del afecto, los abismos del deseo y la proyección temprana de una vida unidos, pero como todo se desgasta o se corrompe, un día, después de cinco años de noviazgo y una acumulación de planes conjuntos, la muchacha, que había ingresado a estudiar Enfermería en la universidad, se enamoró de un compañero de clase y abandonó rotunda e irreconciliablemente a Walter, dejándolo sumido en el más absoluto despecho y la más astrosa ruina afectiva. El amor es perro a veces y, después de mostrarnos su dulzura sin par durante un largo tiempo, instala de un momento a otro su corrosión mortal, sin aviso, sin retorno y sin que podamos entender su tránsito de un estado al otro, porque los síntomas estaban disfrazados de connivencia cotidiana y solo aparecieron como tales cuando ya eran enfermedad incurable. Walter quedó deshecho e hizo el largo y sinuoso periplo del desquerido: la buscó y le prometió mejorías de todo tipo, desatrasos económicos, correcciones de genio, rehabilitaciones románticas, abandonos de familia y amistades y hasta recomposiciones físicas, cualquier cosa con tal de retenerla a su lado, y en el colmo de la desesperación le propuso matrimonio, pero la mujer se mantuvo impertérrita y displicente frente a los envites del sufrido muchacho; en su haber ya no sentía casi nada por él y el poco afecto que albergaba en su corazón estaba nublado por el encanto que suscitaba el nuevo pretendiente. Hay gente que dice, cree y en ocasiones siente que puede querer con amor romántico a varias personas al tiempo y con igual intensidad, aunque esa solo sea una envoltura de su vanidad, que sirve para tranquilizar y pulimentar su ego, pero hay otras como Marisa que en lo profundo del alma solo tienen cabida para un amor, y es tanto su compromiso y tan alta su entrega a él que una vez concluye es igual de categórico y no hay manera de revivirlo, ni volviendo de revés el mundo, porque solo teniendo el terreno baldío puede arar alguien más en él. Reptando en sus lodos, mi amigo Walter pasó al odio cerrado y cruel pero mal dirigido, primero hacia el novio a quien decía que iba a matar en cuanto lo viera, y después a todo aquel que hubiera influido según su excéntrica sospecha en la decisión de abandonarlo; por su cabeza, en lista negra, pasaron sus suegros, los amigos y amigas de Marisa, los vecinos y sobre todo los compañeros de estudio, con esa particular manera que tenemos las personas de buscar culpables en todo el mundo excepto en uno mismo, y con eso hacer menos duro el afrontar nuestras culpas. Con el rencor le llegó la bebida, que tiene los brazos siempre dispuestos para el apenado, que sostiene cuando todo lo demás se ha cansado, que acompaña cuando todo lo restante es abandono, que cobija cuando no queda más que frío en el ánimo y que escolta cuando todo es soledad; ahí fue que nos reencontramos Walter y yo y nos hicimos amigos de verdad, yo llevaba algún tiempo de borracho consuetudinario y, como no frecuentaba la esquina hacía años, me había amigado con los Sanos, apelativo que siendo francos no los definía, al menos no literalmente, pues todos bebíamos mucho, y en ese momento Walter más que todos, de manera que encontré en su despecho una buena oportunidad de acompañar mis bebetas solitarias y él encontró en mí un oído dispuesto para aguantar sus interminables peroratas sobre lo puta que es la vida y lo miserable del amor. Aunque éramos dos borrachos distintos —mientras yo bebía porque anhelaba el recuerdo, él bebía porque quería el olvido—, nos convertimos en amigos ebrios e inseparables durante un tiempo brumoso que después ninguno de los dos recordaba muy bien, pero que sirvió para que mantuviéramos la amistad durante toda su vida; así pude conocer la transformación de Walter, de ser un muchacho borrachín y angustiado a ser el pastor López, líder de un grupo evangélico fanático y contumaz que tenía una iglesia de una manzana en el barrio y acogía cerca de mil feligreses.

Todo empezó en las noches de farra cuando, al terminarnos hasta la última gota de alcohol que podíamos granjearnos, yo me iba quedando dormido en el sofá de su casa y él retornaba a su dolor intenso por la pérdida de Marisa; una vez disipadas las nubes de alcohol con que lograba acallar por momentos las voces y las imágenes horrendas de su cabeza y se quedaba llorando en silencio, dejando que las lágrimas brotaran en raudales sordos que goteaban en el suelo, de un momento a otro se imaginaba a su amada en brazos extraños y se paraba a darle golpes a las paredes con la mano desnuda hasta que sangraba, yo me despertaba y algunas veces lograba contenerlo, otras era su madre quien domaba a medias a la fiera que se desataba en Walter cada que se imaginaba a su amor siendo amada por otro. Doña Virginia era una señora amable y evangélica que había empezado a serlo cuando su único hijo ya estaba grande, y si bien trató por todos los medios de la persuasión de atraerlo a su nuevo credo, al no conseguirlo lo dejó tranquilo y aprendieron a llevarse bien sin abordar temas álgidos para ambos: la religión de la madre y el noviazgo del hijo con Marisa, quien desde el principio levantó sospechas en la señora por considerarla una mujer brincona y desenvuelta, como debían parecerle a doña Virginia todas las muchachas de esa edad que no estuvieran en su iglesia. Esa precisamente es una de las primeras cosas en las que interviene la religión para conseguir adeptos: insufla un sentimiento de superioridad moral en sus miembros que los hace juzgar a los demás como inferiores por no compartir sus más primarios temores, expresados en bisutería ideológica contra el cuerpo y las libertades civiles. Cuando Walter cayó en desgracia, su madre se limitó a acompañarlo desde sus oraciones a la distancia y a alegrarse en secreto, pues creía, como en efecto aconteció, que ese dolor acercaría a su hijo a la religión si sabía hacer bien el trabajo de engancharlo y mostrarle a Dios como la cura para su mal o, si no, al menos como el auspiciador próvido de su venganza; cada que entraba en una de esas crisis, la madre se le acercaba con firmeza y suavidad a la vez y le decía que no se atormentara más, que después iba a conseguir una buena mujer y quizás terminaría queriéndola más que a esa Marisa, como se refería a ella, y hasta casándose, luego le reprochaba la manera de enfrentar el sentimiento, le decía que le hacía falta Dios y buscar los caminos de la fe, y esto lo decía segura pero sin insistencia, sabiamente, y al no encontrar rebote en el hijo, nos llamaba y nos daba plata para seguir bebiendo, pero con la condición de que yo llamara a mi casa y que tomáramos adentro de la suya bajo su vigilancia, y como en realidad nuestra única intención era atarantarnos, no importaba dónde fuera con tal de seguir dándole al chupe, y su mamá al tenernos patrullados lograba tranquilizarse un poco; supo hacer un trabajo fino, poco a poco fue derribando los diques de indolencia que el hijo le proponía, y este caía cada vez más bajo en su desolación, cuando el alcohol se le hizo insuficiente para el aturdimiento que requería, empezó a meter mariguana y luego perico, pepas y todo lo que le prometiera un mínimo de paz a su afiebrada recordación, hasta que llevó tanto al extremo el consumo que un día colapsó. Llevábamos bebiendo tres días con sus noches, suspendiendo apenas para tomarnos unas sopas destempladas que su madre dejaba hechas antes de irse para el trabajo o la iglesia, o para tomar una siesta minúscula entre dos borracheras, cuando me desperté en medio de un cementerio de botellas vacías y regueros de todo tipo y vi a Walter que de un momento a otro dio un grito extraño y cayó convulsionando y volteando los ojos, me invadió el espanto, creí que se estaba muriendo. Después del pasmo primero, logré acercármele y vi que estaba respirando, pero que tenía los ojos de revés y estaba botando un espumarajo de sangre por la boca, torpemente logré levantarlo y mientras lo hice pareció volver en sí, pero estaba desacertado y muy tembloroso, le dije que me lo iba a llevar para el hospital, pero él no lograba hilvanar palabras, entonces como pude lo saqué, tomé un taxi y lo llevé a la Policlínica, en donde, después de atenderlo, le dijeron a su madre, a quien avisé en cuanto pude, que había sufrido un ataque de epilepsia etílica por mezclar drogas con alcohol, el cerebro no aguantó el coctel y se desconectó; le dijeron también que por suerte estaba joven y todo se había saldado con un breve ataque, pero que si seguía así podría darle una embolia, una isquemia o un aneurisma, y cualquiera de los tres era fatal; la madre al escuchar el diagnóstico me miró como increpándome, pero al segundo volvió a cubrir su rostro con el manto de bondad con que siempre la conocí y apenas me dijo Ay, mijo, sí ve, si ustedes siguen así se van a salir matando, mi muchacho al menos tiene la disculpa del desespero por esa muchacha, pero ¿usted?, yo estaba empezando a sentirme amurado y apenas le contesté Sí, señora, usted tiene razón, era todo lo que podía decirle como respuesta. A los dos días salió Walter del hospital sin ninguna secuela física pero con el ánimo en lo profundo del abismo, se encerró en su casa y no quiso beber más, yo también volví a mi casa y consideré prudente alejarme un tiempo, me daba pena con su madre y con él, además, como él ya no quería beber y yo sí, creía que mi compañía en vez de ayudarle lo agobiaría. Tiempo después supe que durante esos días su mamá, valiéndose de la culpa del muchacho y de todo su empeño amoroso, logró conquistar el esquivo corazón del hijo y volverlo a su redil, encaminarlo en la ruta que ella creía que lo salvaría; empezó leyéndole salmos y oraciones que interpretaba excéntrica y acomodadamente como le había visto hacer a su pastor, y en una de esas obró el milagro y Walter vio con claridad lo que siempre había estado oscuro: su amor era una prueba y él tendría que superarla, pero también su desamor había sido una afrenta y la cobraría con odio. De verdad abandonó la borrachera, pero quedó palpitando rencor en estado puro, todos los otros síntomas del desafecto se le quitaron con el síncope, salvo el odio, que se mantuvo intacto, un aborrecimiento ciego y agrio, visceral y riguroso contra todo y contra todos, en especial contra Marisa y por extensión contra las mujeres. Cuando al fin lo visité aún convaleciente me dijo Dejo la bebida, no me pienso matar, no le voy a dar el gusto a esa hija de puta, voy a estar vivo y bien para verla caer; en otras palabras iba a mantenerse vivo para odiarla e iba a hacer de este sentimiento su proyecto motor en la vida, y encontró en la religión y en su iglesia el conducto más expedito para encaminar su propósito; se aficionó a leer la Biblia, en especial el Viejo Testamento, aunque era contrario a lo que su pastor predicaba, que se sustentaba en el Nuevo; a él, el Dios antiguo le encantaba por rencoroso y malvado. Renunció a cualquier contacto con su antigua vida y se entregó por completo a la religión y su iglesia, cambió sus rutinas, se vestía como aconsejaba su doctrina y hablaba ampuloso y alambicado, y aunque no nos veíamos con frecuencia, cuando coincidíamos en alguna calle me saludaba efusivo y yo le correspondía de igual manera, al parecer yo no había entrado en su lista de renuncias; un tiempo después me lo confesó cuando nos tomábamos un whisky en su nueva casa de un barrio lujoso a la que me invitó el día en que la compró, me dijo que siempre había guardado un grato recuerdo de nuestra amistad y que se consideraba en deuda eterna conmigo por haber estado con él en ese momento tan amargo de su vida y haberlo salvado trasladándolo al hospital. A los seis meses de estar asistiendo regularmente a su iglesia y de ser tenido como un miembro activo de la comunidad de feligreses, el pastor le ofreció ser su ayudante personal, él aceptó de inmediato, alborozado, era el primer escalón en su ascenso hacia lo que consideraba una mejor vida; ya había fraguado en su mente el plan maestro con que se cobraría la ofensa que su exnovia le había prodigado, se haría rico y conseguiría por medio de la religión la obediencia y el respeto que le había negado Marisa y, con ella, el mundo entero, de manera que volverse asistente del pastor era un paso de suma importancia y lo mejor que le había pasado desde el abandono de la exnovia, por eso se aplicó con devoción de discípulo a atender a su pastor hasta llegar a adelantarse a sus deseos, ganándose la estima y la confianza irrestricta del líder, aprendió de él los trucos para enganchar gente apelando a sus más oscuros deseos y profundizando en sus esperanzas, dándole largas a lo necesario y resolviendo por encima lo mediato, aderezando esto con discursos enfáticos y una robusta carga de oraciones repetitivas y sofocantes, se mantuvo siempre atendiendo a su pastor, copiándole los gestos y absorbiendo sus maneras, logrando así un nombre y un estatus en su comunidad; la gente de su fraternidad lo miraba con admiración por ser el alumno dilecto, y con respeto por ser una copia creíble del ministro, por eso cuando este último quiso expandir sus dominios y mandó a construir una sede de la iglesia de una hectárea en un barrio central, tan grande que hasta Dios sería difícil de encontrar y tan lujosa que al Espíritu Santo se le prohibiría hacer un nido, en donde atendería con holgura a una grey siempre en crecimiento, dejó la habitual sede del barrio en manos de su más entusiasta colaborador, y fue así como a los dos años de haber empezado a frecuentar la iglesia, Walter se volvió el pastor López, y comenzó un ministerio plagado de artificios, corrupciones, latrocinios y odios de todo tipo.

Durante ese tiempo nuestros encuentros fueron esporádicos pero amables, y a diferencia del resto de la barra de los Sanos —que le habían cogido la mala por santurrón y decían que se había vuelto muy creído y que los saludaba como si fuera de mejor familia, lo cual era cierto, pues desde que era pastor, y pese a que la gente se burlaba porque su título y su apellido recordaban a un cantante de música tropical, él caminaba por el barrio como perdonando al aire por darle de lleno en su mentón erguido—, conmigo mantuvo no solo una buena amistad, sino que de un tiempo en adelante nos frecuentamos mucho y siempre fue igual que cuando bebíamos, incluso conmigo se permitía, según él, el placer culposo de un par de whiskies; en esas charlas hablaba sin recelo de sus acciones, pues entendía que yo a pesar de estar en desacuerdo con casi todo lo que hacía en su nueva vida no lo juzgaba y, más importante que eso, no le representaba ningún peligro, creo que en el fondo él sabía que a pesar del dinero y el poder que estaba conquistando seguía siendo el mismo muchacho de barrio que se había enamorado y había perdido, que alguna vez tuvo otras ilusiones distintas a las de engatusar crédulos con engañifas retóricas y yo quizás le recordaba esa época «feliz». Yo nunca creí en su transformación ni en su Dios, y él nunca me quiso incluir en sus planes; teníamos una relación buena y formal en la que primaba el afecto por encima de cualquier filiación, las cuales, además, encontrábamos insuficientes para demeritar nuestra amistad y enturbiar el recuerdo del padecimiento conjunto, pues nada une más a dos personas que haber sufrido juntas. Algún día en su casa, tomándonos unos whiskies, después de gastarse tratando de explicarme que su misión con la gente en la iglesia era prepararlos para una vida mejor en este mundo y sobre todo en el otro, como notaba mi incredulidad, cosa que manifestaba en una sonrisa socarrona con la que remataba cada una de sus afirmaciones, terminó por reírse y preguntarme con un tono que los dos identificamos como una afirmación Vos no me creés ni una mierda, ¿cierto?, yo no aguanté más el fingimiento y por toda respuesta solté una estruendosa carcajada que me hizo esputar el trago que tenía en la boca y que Walter ripostó con otra de igual tenor, nos desternillamos como orates durante un par de minutos al cabo de los cuales, sirviendo otro trago, me dijo De verdad, güevón, ¿vos qué pensás de esto? Yo tomándome el whisky le dije Hermano, yo creo que es un timo, pero tus seguidores no, y yo no te juzgo ni me meto en eso, cada persona busca el engaño que mejor le parezca, yo por ejemplo busco aturdirme con trago y aunque sé que también es un ardid lo sigo haciendo, ellos creen en Dios y que vos sos su representante, una suerte de intermediario que les lleva sus recados; la verdad, todo el mundo necesita una ilusión, y considero que vos sabés vendérselas, es una transacción como cualquiera, como la de un banco o un almacén de cadena, solo que vos vendés espiritualidad, y tal vez esperanza, mientras que Flamingo vende muebles, pero es la misma vaina, y más a los viejos, la gente a medida que envejece se vuelve más creyente, debe ser la cercanía de la muerte que los hace sentir que la vida es corta y miserable y necesitan afianzar la ínfima gota de esperanza que les queda en la posibilidad de otra oportunidad después de muertos, pues lo contrario sería reconocer su fracaso y enfrentar su podre moral y física como la única recompensa por la vida baladí, falaz y absurda que han llevado, lo mismo nosotros: que seamos conscientes de que optamos por el engaño no nos exime de la frivolidad y el despropósito de la vida, la única diferencia de pronto es que nosotros nos estamos desengañando de la existencia en vida y ellos lo harán cuando mueran y lleguen al vacío perpetuo, a la nada impoluta y eterna, ahí sí la van a ver negra, vos te imaginás la desilusión, aunque creo que si bien vos tenés tus trucos de venta que sabés aplicar, ellos también se ayudan, se engañan solitos, prefieren creer en un disparate que heredaron y nunca cuestionaron qué hacer por mejorarse como seres humanos; es la pereza de pensar, vos pensás por ellos y les decís qué tienen que hacer y ellos obedecen, a la gente le encanta que le digan lo que tiene que hacer, cómo vestirse, qué música escuchar, qué comer y hasta cómo y cuándo dormir, son felices obedeciendo, siendo esclavos; entonces, parcero, te lo digo porque me lo preguntaste, no creo que pensés en su salvación sino en la tuya, y lo asumís como un trabajo y como todo trabajo se cobra, solo que en este caso vos te ponés el sueldo y lo mejor es que nunca te van a despedir porque clientes siempre va a haber, hay más desesperados en el mundo que arenas en el mar, vos vendés una falsa calma para ese desespero, pero calma al fin, vos les ponés un moño a sus nadas y se las vendés como si fueran todos, y no sos solo vos, la religión ha hecho eso desde que existe, es decir, desde que el mundo es tal, desde la anciana noche en que un hombre primitivo tuvo el primer miedo a la oscuridad y a la muerte, y se inventó un sitio luminoso y bueno en su mente para poder dormir, lo fue amoblando, dándole forma para luego trasmitírselo a otros miedosos como él y vio que con ese cuento se calmaban y que él en compañía no sentía miedo, y supo ahí que tenía un poder, empezó a ejercerlo y a sacar rédito de él; en última instancia, solo son unos buenos narradores de historias, unos buenos actores que cobran por la función. Walter se quedó en silencio y pude notar en su gesto que mis palabras le habían removido algo adentro, pero no supe descifrar si le molestaron o lo increparon, porque inmediatamente compuso su faz y sonriendo como si habláramos de cualquier trivialidad me dijo Uy, marica, qué discurso, parece que el pastor fueras vos, mejor bebamos y contame de tu mamá, desviando el tema hacia terrenos menos pantanosos en donde los dos nos moviéramos con idéntica holgura y ninguno pudiera hundir al otro, como el del afecto, que era justamente lo que nos mantenía unidos pese a nuestras palpables diferencias. Su vida iba en ascenso económico y social, la gente le creía y lo quería o, lo que era lo mismo para su propósito, lo respetaban y le temían, sin embargo, mantenía una rabia mala adentro que lograba disimular en su iglesia y con los particulares, pero que afloraba en cuanto saltaba a la conversación el nombre de su exnovia; con solo nombrarla se le afilaba la mirada y le brotaban palabras vinagres y teñidas de inquina, lo que denunciaba que, por más cortapisas y enjundias que se inventara o se pusiera, en realidad seguía tan enamorado de ella como en el momento en que lo había abandonado y su punto de quiebre llegó el día en que se enteró de que Marisa se iba a casar con un alemán que había conocido en un paseo. Un viernes a eso de las cuatro de la tarde sonó el teléfono de mi casa y al atenderlo me encontré con la voz de Walter que desde el otro lado de la línea reclamaba mi presencia imperiosamente, me comunicó la noticia en medio de llantos y furias torvas. Cuando llegué a su casa estaba medio ebrio tomando cuba libre y llorando, ni siquiera me saludó, de entrada me dijo Mucha malparida interesada esa, se va a casar con un hijueputa gamín ahí, extranjero el malparido. Traté de calmarlo y me puse a beber con él, las dos primeras horas fueron de improperios y llanto, al cabo de las cuales recuperó un poco la compostura y pudimos hablar con algo más de tranquilidad, me dijo ya muy borracho que no había dejado de extrañarla ni un solo día, que por más esfuerzos que hiciera no podía dejar de pensarla, ese amor lo superaba y enterarse de que se iba a casar lo tenía mal, con eso sí se le acababa la última gota de esperanza de reconquistarla que lo mantenía activo y con ganas de conseguir más plata y más cosas, porque él sospechó desde el principio que ella lo había dejado por arrastrado y al final era así, que además que ella se iba a casar con el extranjero ese por interés, por plata y un montón de argumentos de similar calidad en los que siempre se excluía él como persona, novio, amante o simplemente como el motivo de la desidia de ella, cuando todo hacía pensar en un desgaste natural de una relación juvenil, pero él se negaba empecinadamente a ver lo que para cualquier otro hubiera sido claro, que en la vida el amor se acaba, que nada ni nadie es suficiente para ser eterno y menos un amor adolescente; ella había llegado al punto de agobio al que todos los amantes tarde o temprano llegan y empezó a encontrar intereses distintos a los de él y estos le trajeron nuevas sensaciones, deleites desconocidos y aventuras veladas, y con esto, novedosos amores a los que llegado su momento también les tocaría su fin, pero para Walter nada de esto era real, en su mente solo estaban sus argumentos y lo demás era arar en el mar, de manera que al percibir su terquedad y empecinamiento teórico decidí hacer lo único que puede hacer un amigo ante una situación tal: acompañarlo en silencio y beber con él. La mañana nos cogió argumentando en bucle sobre el mismo tema hasta que por la borrachera nos venció el sueño. Al despertar me encontré con un hombre distinto, en sano juicio, recién bañado y hasta jovial, nada que ver con el guiñapo astroso de la noche anterior, sin embargo, en su mirada se había terminado de instalar algo artero, maligno, vil, que acompasaba con su sonrisa algo taimada y contraída. Nos sentamos a desayunar y sin poder probar bocado me fui tomando solamente un jugo de naranja huérfano de vodka, mientras él me decía Qué pena, hermano, toda la lora que le di anoche, uno borracho sí es mucha güeva, le dije Fresco, no fue nada, para eso estamos los amigos, entonces, algo desconcertado con su actitud cordial y satisfecha le pregunté ¿Qué pensás hacer? Él mirándome sorprendido a su vez me contestó con una pregunta ¿Hacer de qué, o con qué?, le dije de inmediato y con gesto de obviedad Pues, con el matrimonio de Marisa, él dejó ver por una milésima de segundo una molestia idéntica a la de la noche anterior, pero ahí mismo corrigió el gesto y me respondió sonriendo con sobradez como si no le afectara y como si no estuviera hablando con el tipo que le aguantó la monserga y el llanto durante toda la noche Pues qué voy a hacer, nada, desearles a ella y su esposo toda la suerte del mundo y encomendarlos a Dios para que los proteja y ayude, lo miré confundido y no dije nada, él no cambió su gesto arrogante y empezó a moverse hacia el lavaplatos diciendo que se nos hacía tarde para una cita que tenía, que dónde me dejaba, no quise ahondar en el tema porque estaba muy maluco por el guayabo y porque entendí que la mejor manera de vencer su pena y de limpiar su orgullo maltrecho era hacer de cuenta que nada había pasado la noche anterior y que nada pasaba en su vida; hay quienes negándose las cosas logran mantener su posición frente a sí mismos y disfrazan con jactancia sus quiebras interiores, para que el exterior no sospeche sus ruinas, se empañetan de altanería y sobriedad, lo que les basta para resguardarse de sí mismos y de los demás convirtiendo en vanidad todos sus miedos.

Me enteré después de que, a partir de ese momento, en su iglesia encendió aún más su discurso ya de por sí telúrico y fogoso, convirtiéndose en un vigilante moral de todos pero en especial de las mujeres de su feligresía, que no es que en realidad le importaran un carajo sus comportamientos, sino que de alguna manera velada quería cobrarse genéricamente su ofensa, cobrarse en la mujer sustantivo la afrenta que según él le debía la mujer objetivo, se volvió cáustico en sus sermones, en los que invitaba a las damas de su congregación a ser serviles y sumisas, pues abominaba cualquier tipo de poder o empoderamiento del género, llegó incluso a ordenarles cómo vestirse y motilarse, según lo que él consideraba adecuado, que no era otra cosa distinta a imitar la imagen y apariencia de su exnovia, y así pronto tuvo una cáfila de clones de Marisa, en las que intentó destruir lo que en ella no pudo: su ímpetu, su sustancia y su amor propio, las fue moldeando para que obedecieran a sus caprichos y pretensiones y fue cerniendo sobre ellas un manto de dependencia total de él a través de un discurso fuerte y persuasivo adobado con detalles puntuales y reconocimientos públicos de sus bondades y esfuerzos, hasta que las tuvo a su completa merced y disposición; se aplicó a recoger en serio lo que sentía como un reembolso de la vida por su sufrimiento en torno a la mujer.

La primera de sus seguidoras con la que se acostó fue Marta, una chica de dieciocho años venida de un pueblo, y que arribó a su iglesia de la mano de su padre, un devoto en toda ley, que vio con muy buenos ojos cómo el pastor prefería a su hija sobre otras aspirantes. Una tarde de agosto el pastor le pidió a la chica que fuera a la iglesia tres horas antes de la ceremonia de la noche para que le ayudara con unos quehaceres, y cuando la tuvo a solas en la oficina la atrajo hacia sí con dulzuras impostadas y proselitismo místico y devocional, diciéndole que Dios estaba mirando con buenos ojos su unión, que era el paso necesario para conquistar su beneplácito; la muchacha alienada por la retórica fácil y acomodada a lo habilitado en su cabeza por años de visitar iglesias y escuchar a sus padres avalar la palabra de los pastores, terminó cediendo con algo de aprensión a los deseos del hombre, que acabó de convencerla rezándole al oído mientras la besaba en el cuello y le acechaba el cuerpo, apenas terminó la cópula difícil y torpe por la doncellez de la mujer, sintió un asco premonitorio y le pidió a la joven que se fuera y que no volviera a la ceremonia de esa noche, ella salió adolorida y sumisa y él se quedó en su oficina, sin camisa, rumiando su triunfo que no sabía bien por qué traía el regusto de una derrota. El mal sabor se le quitó después de un par de whiskies que pusieron en orden su mente y limaron los bordes de culpa que se estuvieran asomando a su pérfido cerebro, salió a oficiar la ceremonia y nunca más volvió a sentir eso en la larga procesión de asedios en la que convirtió su vida, aunque siempre recordaría esa primera vez como algo sucio y repulsivo, pero a pesar de eso, cada semana se valía de un truco similar para atraer a alguna de sus seguidoras con un récord parejo de éxitos, hasta que repasó a todas las mujeres vírgenes y menores de veinte años de su congregación, más una que otra joven casada, a quienes proponía la infidelidad como una prueba exigida por Dios para afianzar su credo y con este sus matrimonios; todas cayeron en sus garras, en parte porque él mismo las había hecho presas fáciles, fabricando en ellas una inconsciencia construida a pulso, a base de fanatismo y repetición de ardides, había plantado en sus mentes con maestría de jardinero las semillas que ahora recogía, les había hinchado el ego repitiéndoles que eran las elegidas para encontrar la armonía con la divinidad encarnada en él a través del acto sexual, y también en parte porque todas eran mujeres culpadas por sus padres o sus esposos, de quienes habían aprendido que el sexo era sucio y que el deseo era un pecado que había que prevenir a como diera lugar, de manera que la exaltación de este por parte del pastor y su posterior exultación las liberaba y las higienizaba de alguna manera de sus delitos ancestrales y del señalamiento de sus padres, pues la enjundia cobijaba a toda la grey porque no solo había hecho presas de sus discursos amañados a las jóvenes inexpertas, orientadas aún por la inocencia casi infantil, y a las mujeres guapas recién casadas, sino también a sus progenitores y cónyuges que se sentían bienaventurados por concebir y ofrendar hijas y esposas para la gloria de Dios y su representante en la tierra, el Pastor. Es sencillo fomentar grandezas espurias en personas que nunca han practicado el pensamiento propio, que viven de la confianza primaria en un después provechoso porque no quieren enfrentar ni entender su precaria realidad como producto de la mínima reflexión y el menguado esfuerzo hecho en sus vidas, por eso es fácil que obedezcan a cualquier disparate, basta con que este se les presente como un aporte a su salvación o, mejor aún, como parte de una redención que será tenida en cuenta en otra vida después de esta; nunca nadie ha conseguido tanto con tan poco como la religión. Walter, apenas logró de sus partidarios la observancia y la sujeción, se sintió poderoso, y a su manera lo era, al menos en su exiguo y obtuso mundo de oropeles y faralaes demagógicos, pero como todo poder una vez que empieza no tarda mucho en ser insuficiente, pues al hacer posible lo imposible con facilidad se vuelve aspiracional y ahí está su trampa, cada vez pretende más y nunca alcanza con lo que se tiene, hasta que buscando suficiencias después del hastío se desborda; eso le pasó a Walter cuando conoció a Linita, una niña de doce años, inmaculada y tierna que llegó a su iglesia llevada por su madre, una joven que no llegaba a la treintena y que había encontrado en la religión la válvula de escape a una vida plagada de afugias económicas, sentimentales y de propósito, y buscaba la manera de redimirse por haber sido la esposa de un bandido temible del barrio con quien había tenido a su hija en plena adolescencia y que purgaba una pena por asesinato en una cárcel de otra ciudad. Apenas nació la niña, el bandido se olvidó de la madre para siempre, aunque en todo momento estaba pendiente y vigilante de su hija. La mujer creía que la religión y el pastor López eran la respuesta a sus oraciones y que servirían para salvar a su pequeña de un mundo confuso y brutal como el que le ofrecía su padre en cuotas mensuales y esporádicas llamadas. Walter quedó impactado el día que la vio por primera vez entre el público, le pareció el ser humano más hermoso que había contemplado, lo turbó al punto de olvidar la prédica y confundir pasajes del Nuevo Testamento que conocía de memoria. De ahí en adelante su vida se volvió un pensamiento constante en la niña, un imaginarse cercanías, un latir de deseos intestinos y contrapuestos; en esos días fue que nos vimos por última vez, una tarde que me llamó desde su iglesia y me pidió, todavía no sé bien por qué, que fuera a verlo. Su voz sonaba ahogada y desesperada, pero acudí a su llamado más por la curiosidad que me causaba ver la sede del templo por dentro, puesto que a pesar de quedar en una esquina central y vecina de mi casa y verla todos los días desde afuera, nunca había traspasado su enorme portón en donde con gigantes letras de molde se leía el nombre de la congregación; quise observar cómo estaba distribuida y qué contenía adentro, además de personas confundidas y menesterosas, pues la alerta que percibí en la voz de Walter me hacía pensar en una pataleta más, además hacía días había visto a lo lejos a Marisa, quien denunciaba una incipiente panza de embarazada y creí que se trataba de eso; llegué a la puerta y desde adentro, sin que alcanzara a tocar, me abrió un adolescente que me informó que en el despacho me esperaba el pastor, avancé por donde el muchacho me indicó y al abrir la puerta le vi la cara congestionada y los ojos vidriosos que denotaban un estado de embriaguez leve, se paró de su silla y me abrazó, algo completamente inusual en él, me ofreció un whisky que consumí de inmediato, y me llevó hasta el sofá en donde había llevado a cabo sus innúmeras pilatunas venéreas, y estando frente a frente me contó de golpe, casi sin respirar, sus padecimientos por cuenta de la infanta, rematando su narración con la frase casi exculpatoria de Mi hermano, desde que vi a esa niña no volví a pensar en Marisa, yo no sabía ni qué decir con su historia, apenas escuché el nombre de su exnovia quise comprobar qué tan veraz era su relato, entonces sirviéndome otro whisky de la botella en la mesa le dije Compa,

Marisa está en embarazo, la vi hace poco y se le nota la panza, él, sin sorpresa, me contestó que ya lo sabía y que muy bueno por ella y el marido, que sus oraciones estarían puestas en ellos, y se afanó a continuar con su cuento, me dijo Hermano, yo sé que aquí estoy hablando de otra cosa, Linita es una niña, pero la verdad mi viejo es que estoy locamente enamorado de ella, como nunca antes lo había estado, me pienso casar con ella, le dije ¿Casar? Pues muy bien, llave, pero ¿cuándo? Porque esa niña me decís que tiene doce años y eso ni en los tiempos de mi abuela que se casó como de quince, él me respondió Sí, lo sé, pero voy a esperar el tiempo que sea, ella será mi esposa, te lo aseguro, solo quería contártelo porque te aprecio y decirte que no te nombro padrino porque quedaría muy mal con mi gente, pero quería que lo supieras y que también supieras que por fin superé a Marisa y todo el rencor que tenía adentro, esto último lo dijo con una sonrisa de satisfacción en la cara, pero como notó que yo no acababa de darle crédito me dijo Esta mujercita me trajo la paz, por fin, hermano, lo miré y tomándome un sorbo respondí ¿Y la niña lo sabe?, ¿quiere casarse con vos? Mejor dicho, ¿ella te quiere? Él, esta vez sorprendido por mi pregunta, me respondió como si fuera una obviedad Pues claro, a mí todas me quieren.

Pero no, todas no lo querían y menos que todas la niña de sus desvelos, y él tampoco estaba temperado en esperas, de manera que apenas veintitrés días después de nuestra charla e idéntico número de noches afiebradas y en vela por cuenta de la muchachita, no resistió más el fuego interno que lo estaba consumiendo, y, entregado por completo a un impulso urticante que no lo dejaba hacer nada distinto a desear el cuerpo y el alma de Linita, se llenó de arrestos y de colonia fina y convocó a la niña que llegó a su oficina pasado el mediodía, llevada por su madre a la que impidió el ingreso aduciendo que era una cuestión espiritual entre él y la niña. Empezó con sus presunciones místicas y su ampulosidad catequizante que había rendido notables frutos en sus conquistas anteriores, pero la niña no entendía un carajo de lo que le decía, de manera que se pasó a la coquetería frontal y torpe que tampoco encontró eco en los oídos de la pequeña, más entusiasmada con los lápices de colores del escritorio que con la retórica almibarada y el galanteo bronco; cuando Linita empezó a bostezar como signo inequívoco de aburrimiento y fastidio, Walter se jugó su última carta y le ofreció un trago de whisky diciéndole que era bueno para los nervios, ella sintió curiosidad y lo recibió, mientras él le decía que lo que seguía era un ritual de amor con el que agradaría mucho a Dios, la niña no entendía nada pero le gustó la sensación quemante del licor bajando por su garganta y lo vivaz que llegaba al estómago, contrario a lo que le pasó a mi yo de cinco años, y le recibió una segunda dosis, él seguía hablándole de las bondades que estaba presta a recibir mientras le embutía más trago. Al cabo de un cuarto de hora la niña se paró de la silla y tambaleándose le dijo que se iba, él se apresuró a atajarle el avance y en un dos por tres la llevó hasta el sofá en donde empezó a besarla, a acariciarle los incipientes pechos, con lo que ella sintió asco y ganas de vomitar e intentó levantarse, pero el hombre la tenía asida por las muñecas y le hizo repulsa hacia abajo para que volviera a su lado, ya no le importaba nada distinto a la fuerza que se hacía tromba en su entrepierna y sin mediar palabra se desabrochó la bragueta e hizo que la niña le tocara la verga con la mano, pero la chiquilla no quiso hacerlo y él le forzó la nuca hasta que la tuvo encima de su pene, le dijo que se lo metiera en la boca, ella volvió a rehusar el envite, entonces él, preso de un desenfreno lascivo y dañino, la estrujó junto al mueble, le arrancó el vestido dejándola desnuda en un santiamén y se le fue encima con su pértiga vejatoria en ristre, la penetró sin darle tiempo a nada, repitió la acción un par de veces en medio de un grito infernal emitido por la exdoncella, grito que convocó a los pocos asistentes a la sede en esa hora, él acabó de inmediato con una expresión de júbilo cortada apenas por la percepción del escándalo que atraía las voces de reclamo del exterior inquiriendo si todo estaba bien, a las que él despachó en un segundo gritando, desde el suelo donde había caído extenuado, que no era nada que no se preocuparan, pero la niña volvió a gritar y a pedir que la ayudaran, esta nueva alerta llevó a que los agrupados en la puerta decidieran entrar a ver cómo estaban el pastor y su acompañante. Apenas entraron vieron a la niña ultrajada y desnuda llorando en un rincón donde había ido a dar después del acto, sosteniendo el vestido dañado, y al pastor que intentaba levantarse del suelo, enredado en los pantalones que tenía en las rodillas; los que entraron, entre quienes estaba una mujer que había sido amante de ocasión de Walter, se demoraron un poco para comprender la escena, pero al final todo fue diáfano como el agua de una cascada, y la mujer que había sido tratada de igual manera en una jornada anterior fue la primera en emitir un veredicto que todos veían pero nadie quería aceptar: el pastor violó a la niña Lina. Walter sintió el odio en la mirada de los concurrentes y con velocidad de atleta se vistió y salió por un lado de la puerta, mientras sentía que detrás se arremolinaban los gritos y los ayes de la gente que le decía maldito, violador y cobarde, salió de la iglesia y tomó el primer taxi hacia su casa dejando atrás su auto, el escándalo y, como pensó en el trayecto, su vida; al llegar se zampó de dos tragos media botella de whisky, se sentó a pensar y a maldecir su suerte, recordó por qué había empezado todo, puteó mentalmente a Marisa y se dijo que sin remedio tendría que huir, se tomó otro trago y con calma, confiado en que nadie de la congregación sabía de su residencia, se puso a empacar y a juntar el dinero en efectivo y las joyas que tenía a buen resguardo en una caja fuerte en su cuarto, hizo una llamada a su superior que le devolvió la sonrisa, se bañó tranquilo y con su mejor pinta y un maletín de mano salió de su casa con rumbo a la iglesia grande, donde se encontraría con su pastor, quien ya le tenía lista una salida del país y un puesto como adjunto en otra sede de otra tierra donde podría empezar de cero; al traspasar el umbral que desemboca a la calle sintió el estruendo que dos hombres recién bajados de una moto emitían por las bocas de sus revólveres que descargaron íntegros en su humanidad, pues apenas fugado de su iglesia el rumor se corrió en el barrio y dos antiguos compañeros del padre de la niña se enteraron del asunto, y ofendidos en lo más íntimo de su sinrazón, puesto que ambos habían participado en innúmeros ataques de similar calado, decidieron hacer justicia por mano propia, con la hipocresía conveniente del malvado que encuentra atroces los actos ajenos pero nunca los propios por idénticos que sean y se arrogan el derecho natural de recomponer lo inadecuado en otros, así coincida plenamente con lo impropio de ellos, porque media humanidad prefiere las ventanas a los espejos; en menos de lo que canta un gallo dieron con la dirección del pastor López y fueron a cobrar con sangre la ofensa que a estas alturas se sentía en todo el barrio. A su entierro nadie fue porque nunca nos enteramos cuándo ni dónde lo oficiaron. Al mes volví a pasar por fuera de su iglesia y vi en la entrada a su cabal rebaño, entre quienes se encontraba la niña Linita mirando con fervor a su madre, quien, como compensación por haber superado el impase con el pastor López con la misma fe inquebrantable de Abraham, había sido designada por el pastor superior para guiar aquel ministerio, que renovado en fervores celebraba la devoción y entrega de la nueva pastora. No sé qué cosa sea Dios y desconozco dónde se encuentra, pero sí estoy seguro de que no es en una iglesia, y mucho menos en los corazones de los hombres.

11. Bucle

A las personas nos determinan más claramente las historias que guardamos que aquellas que revelamos, todos tenemos secretos profundos que solo la nada de la muerte con su improbabilidad de esencia y materia y su arcano silencio llegará a conocer. A mi padre la muerte le develó su hermetismo con antelación, suprimiendo sus culpas recónditas y sus miedos insondables, pero también deshaciendo su historia, el archivo de lo vivido, adelantándole la nulidad perpetua en donde se guardan todos nuestros secretos, como si la Parca hubiera decidido traspasar los dominios de su reino a través de él, haciendo una avanzada temeraria en territorio enemigo, volviéndolo un muerto en vida, un ente congelado en un instante de nada, girando en rizos de nadas, muerte bellaca, dañina y avara que no se contenta con imponer su negación en su momento y viene a arañar los últimos instantes de existencia de un hombre con sus pérfidas garras, pelando la olla de la vida, robándose el pegao, que es lo único que tienen los perros, los pobres y los hambrientos del mundo para alimentarse, muerte hijueputa.

La vida de un hombre es insignificante en realidad, aunque tiene dos o tres ocasiones que la dignifican y le dan sentido, solo que no sabemos qué son cuando ocurren, sino mucho después cuando las contemplamos desde la distancia y con la pátina indulgente de los años, por lo tanto somos melancólicos y anacrónicos y vivimos de un pasado que ni siquiera sabemos si fue real o si nuestra mente profiláctica limpió de bajezas. A veces vuelvo y me miento y digo que es justa su demencia porque vino a salvarlo de un pasado en el que celaba algo atroz, alguna injuria horrenda, un pecado inconfesable que validara su desmemoria y la invasión de la muerte en su vida para decirle al oído Tus secretos están bien guardados, pero sé que me miento por mi incapacidad de aceptar lo inaceptable de su borrón, y me enojo conmigo por mezquino y miserable, y siento que en vez de pensar en sus desaciertos, que de seguro los tuvo, debo dignificar su pasado y, con este, su paso por el mundo, contando lo que sé de él y lo que intuyo para echarle una mano, como lo hizo él tantas veces con nosotros, ahora que está desamparado en ese valle baldío que es su cabeza.

Qué recuerdos quisiera conservar él, cómo saberlo, quizás la primera cara que le vio a mi madre cuando le salió al encuentro en Ituango, esa mirada que lo conturbó, como me contó un día mientras esperábamos en una infame sala de hospital a que nos dejaran ver a mi mamá después de que le sacaron la matriz y que él, sumido en un nerviosismo inédito, me dijo casi a punto de llorar cuando le inquirí por su estado Es que si su mamá se muere yo me muero, y ahí se soltó a contarme cómo la había conocido y cómo con esa mirada negra profunda que tiene ella lo había hechizado, porque desde ese día no quiso mirar otra mirada que no fuera la suya, y cómo se casaron y se amaron todos los días de su vida, vida que ahora le propone un final adelantado y al que él se resiste con ahínco, puesto que cuando ya casi todo en él es olvido, a mi madre y a mí nos sigue recordando y llamándonos por el nombre; o tal vez debería conservar el recuerdo de cuando conoció a su hijo mayor y la alegría con llanto que le produjo cogerlo entre sus manos y cómo le echó la bendición y le agradeció a Dios porque estaba sano y completo; o las alegrías pares de los nacimientos de sus otros dos hijos; quizás quiera guardar en su mente el día que nos trajo un pollo asado a mi hermano mayor y a mí para que almorzáramos mientras mi madre daba a luz a mi hermano menor y, ante mi protesta constante por el abandono materno, se inventó una historia con la que consiguió aplacar mi reclamo sobre cómo nacen los niños que hasta hoy me parece imaginativa y algo espeluznante: nos dijo que mi madre tenía una cita en una montaña de Hoyorrico con la virgen María, pues era quien hacía a los niños, los construía y los tenía de niño Jesús durante un tiempo mientras se acostumbraban a tener mamá y después se los pasaba a las señoras para que los criaran a cambio de un tesoro que ellas guardaban en su barriga y que por eso era que les crecía, que aguardáramos y veríamos que la mamá volvía al otro día sin barriga y con un hermanito, como en efecto ocurrió, por eso durante algunos años pensé que mi hermano menor había sido uno de los tantos niños Jesús que veía en los cuadros y las láminas de casa y, como además era un bebé monito y muy lindo, a medida que crecía se confirmaba mi apreciación. Solo ahora que traigo a estas hojas ese recuerdo, pienso en cómo haría mi padre para crear esa historia, me lo imagino acudiendo a lo que tenía a mano para calmar nuestros reproches y me acuerdo del cuadro de la Virgen que había en la cabecera de su cama, que era donde estábamos cuando se inventó esa historia, que fomentó sin quererlo mi temprano descreimiento en la infantil divinidad, que era además la que se suponía nos traía los regalos de diciembre, y al sentirme ignorado y burlado cuando, en vez del boogy boogy o la catapila que pedía como recompensa a la vigilancia atenta de mis actos y mis oraciones, me sorprendieron en Navidad primero con un plato idéntico a los que había en casa envuelto en papel de regalo y luego con un corte para una camisa que mi madre debía terminar de hacer, y me dije que ese niño Jesús era malvado y que nunca debió reemplazar a mi hermanito, quien de seguro usando su influencia y el cariño que nos tenía nos hubiera traído lo deseado, me olvidé de él y nunca volví a pedirle nada ni a rezarle, y hoy lo que siento es rabia de ver que la mente que creó esa fantasía para cumplimentar a sus hijos ahora esté deshecha en un barrizal nebuloso sin creatividad ni orientación.

Yo he callado muchas historias a mi manera, o lo que es peor, las he transferido tergiversadas a mis personajes, soterrándome en ellos para que las cuenten a su modo, dejando solo lo que mi corazón, y no mi cabeza, retiene y poniendo lo que hubiera querido que pasara para no develar mi vida al pie de la letra, para mejorar mi pasado y convalidarme conmigo en mis indignidades añejas. A veces creo que vivir no es más que rectificar amañadamente el pasado para darle sentido al presente y así esquivar un futuro plagado de vergüenzas viejas, futuro que cada vez está más cerca y es más corto. Qué acrimonia y qué torpeza la mía, tuve que tener a mi padre ad portas de la muerte y volverlo un personaje de uno de mis libros para darle valor a su vida, ¿será esto muestra de cierta inutilidad del ser humano? Al menos lo es de nosotros, los que fuimos mal educados en el afecto, pues nos lo infundieron a fuego en el alma, pero nos impidieron demostrarlo.

Con más de cuarenta años a cuestas, la vida adquiere otro sentido, se tiene más pasado que futuro y se empieza a hacer cuentas de todo, una sola proyectada al futuro, ¿cuántos días me quedan si vivo ochenta o setenta, o quizás cincuenta?, el resto tiende a revisar el pasado en cifras y listas: las cosas que no hice, las que quedaron inconclusas, las que ya definitivamente no podré realizar, los amores idos y los que quedaron en punta, los amigos muertos o perdidos, los sueños que se ajaron de estar guardados y desistieron de ser sueños, como otras tantas cosas que antes eran primordiales y ya casi nada vale la pena —qué expresión tan denodadamente precisa para definir la vida, que en nuestra habla coloquial mutó de la punición latina de Poena al significado local de tristeza, esfuerzo y dolor que produce determinado acontecimiento, que, anudado al valor que precede al vocablo en el enunciado, expresa con rigor lo que la vida misma nos plantea: al parecer todo lo importante en la existencia viene de una pena y dependiendo de la potencia del dolor se confirma y se tasa su valía, atando la realización al sufrimiento, proponiendo una realidad victimizante y victimizada, atroz y mendaz a la vez, farsante, tartufa e inexacta, puesto que la vida es y ya, no hay que ponerle un valor doloro distinto al que cada uno consigne en ella con sus acciones, es decir, viviéndola, enunciar que tal cosa en la vida, o la vida misma, vale la pena me suena a otra extrapolación exculpatoria de las muchas con que nos engañamos cotidianamente, como si la vida fuera un ente que reparte dolores y sanaciones según los méritos del esfuerzo, igualándola a la entelequia de Dios—. Vivir es aceptar que a las personas nos pasan unas cosas buenas y otras malas; no es la energía ni el aura ni ninguna de esas puerilidades del crecimiento personal y la demagogia existencial, que venden el bienestar como un producto y no como un resultado, porque encima cuando la vida te aplasta como lo hace con todos —como lo hizo con otros de mis amigos: los Monos, cuya historia es tan desatinada como absurda y donde el destino realizó todo un trabajo de hijueputez de dimensiones siderales, un tremedal de desilusión, afecto contrito y vanidad, un desencuentro— dicen que es tu culpa por no haber puesto mejor cara o no haber canalizado la energía, o cualquier otra mierda con términos de moda. Nada de eso. La vida tiene su propia dialéctica, es azarosa y contingente con meneos hipercinéticos e ilógicos, y a veces se está en la cresta de la ola y otras debajo del mar. Nos pasa a todos, no a unos sí y a otros no, y lo único que puede hacerse es aprovechar el momento de brillo para brillar y el de oscuridad para oscurecerse, con la misma dignidad en el sol como en la sombra, porque la dignidad es lo único que nos permite zurcir los desgarros que nos habitan y que se manifiestan tanto en la buena como en la mala. Esto lo entiendo ahora que pasé la cuarta década de mi vida, una edad difícil, de limbo, en que se está demasiado joven para ser viejo y demasiado viejo para ser joven, y la muerte propia se siente aún lejana pero se tiene una consciencia vívida de ella, y no es que la desconociera en la juventud, es que en esa edad uno es inmortal y la muerte es algo ajeno, incluso teniéndola cerca de la vida y los amores diarios. En cambio ahora, irónicamente la muerte que nos rodea —la inminente de mi padre, que a estas alturas es casi un dictamen, o aquellas que fueron un decreto como la de Giovany o la muerte en vida de John Wilson, su hermano, e incluso la de la gente lejana pero que uno conoció— nos acerca de manera contundente a la certeza de la muerte propia, hace ver que no solo es posible, probable, sino y sobre todo pronta; por más dilaciones que pongamos en el tránsito vamos a llegar al final y ese fin se vuelve un punto en el horizonte que contemplamos a diario, como un atleta cansado que sabe que por más vueltas que dé su destino es llegar a la meta que paradójicamente fue el mismo punto de donde salió, un bucle extraño. Ahora que mi padre en su demencia y su vejez se está infantilizando siento que todo adelanto en nuestra vida es a su vez un progreso de nuestra muerte, y que toda prospección es un atraso, puesto que nos acerca de nuevo a la nada de donde venimos, quizás por eso tengo esta imperiosa necesidad de volver atrás en mis recuerdos para avanzar en mi continuidad, que siento estancada, agotándose con cada día en los que mi padre retrocede en lo que es.

Otros Sanos venidos del pasado fueron los Monos.

12. Los Monos

Hay personas a quienes el destino trata bien de entrada; vienen ganados desde el vamos, traen algo así como una buena estrella genética que no responde a la lógica, sino más bien a un azar lustroso que consiguió cruzar en el camino a dos especímenes corrientes y opacos, como la mayoría de la población, pero otorgó al producto de este empalme, a los hijos, lo más potente y sobresaliente de cada uno, convirtiéndolos a estos en ejemplares notables e insólitos dentro de la menesterosa fisionomía general en un país de gente genérica y estándar. En una sociedad donde abunda la asimetría y la tosquedad, los Monos destacaban con facciones pulidas y armónicas, sus cabellos y sus dientes eran rubios, y los ojos claros como agua de borrascas, ponderando el ideal estético europeo que ha imperado en Occidente como epítome de belleza, solo que los ojos de John Wilson, el mayor, eran azules como el zafiro crudo y los de Giovany, el menor, verdes como esmeraldas. Se llevaban apenas un año de diferencia y eran altos como dos cariátides en medio de una comunidad de bolardos y para nosotros siempre fueron raros esos muchachos dorados; eran como dos pececillos de oro en el arrecife brumoso que es un barrio popular, un triunfo de la genética en un mundo de derrotas biológicas. Resaltaban con su belleza limpia, lo que, además de extrañar, molesta a quienes no la tienen; es como un juguete caro con el agravante de que no se puede comprar y además es perenne en la juventud. Nosotros los veíamos con una mezcla de admiración y rencor, por eso nunca los sonsacamos para el combo, porque tácitamente sabíamos que tenerlos cerca era opacarnos, de manera que desde niños se hicieron inseparables como dos islas contiguas, que a falta de compañía se van juntando hasta hacerse casi una sola, y así crecieron alejados del resto pero fundidos entre ellos, pese a sus diferencias, que eran muchas, y de las que supe cuando, por cuestiones académicas, terminé siendo amigo de Giovany y los conocí en su intimidad. Mientras John Wilson era vivaz y entrador con todo el mundo y en especial con las mujeres, su hermano era incapaz de modular palabra en su presencia, tenía una timidez rayana en lo patológico que le impedía hacer amigos y sobre todo amigas. Cuando las mujeres lo buscaban o se le insinuaban, él se apocaba y huía; tenía belleza pero carecía de encanto, que es de alguna manera la revancha de los feos y lo único que equilibra un poco el universo seductor de la adolescencia; un feo encantador incrementa las posibilidades y en ocasiones arrasa contra un bonito lerdo, que no era el caso de Giovany, porque no era torpe sino más bien miedoso; en tanto su hermano era, además de atractivo, un feroz conquistador, porque tenía encanto y buena parla, gracia y simpatía: era lo que en lenguaje popular se dice un bombón con el paquete completo, además sabía usarlo; desde muy joven supo que su belleza era un instrumento, que con ella podía conseguir muchas cosas y abrir muchas puertas, desde el favor de las mujeres, al que se hizo adicto, hasta preferencias sociales. En los momentos cruciales sabía utilizar su gracia, ponía la sonrisa perfecta en el instante indicado y como por ensalmo se le daba el sí. La belleza trae consigo poder, un poder no pedido ni merecido que no responde al esfuerzo ni a la maquinación, pero poder al fin y al cabo, y como tal trae compromisos y estos, aunque tampoco fueron pedidos, hay que cumplirlos porque el poder es implacable con el anarquista y el desobediente, y siempre cobra los dones conferidos.

Apenas siendo un adolescente John Wilson supo de su inusitado magnetismo con el sexo contrario cuando, sin mediar palabra, una vecina amiga de su mamá se le abalanzó encima y le arrancó a tarascazos la ropa y con ella su virginidad. El muchacho después del susto inicial se dejó conducir por la voraz mujer y al cabo de un par de minutos quedó exhausto y vaciado, mientras su asaltante gemía en mitad de un espasmo inconcluso, pero a pesar de lo furtivo del encuentro, y de que el acto le provocó más dudas que satisfacción, logró despertar en él una sed de placer que crecía día con día; a la vecina la siguieron las compañeras del colegio, las muchachas del vecindario y una profesora que no pudo resistir la tentación de ese muchacho glorioso, que después de una clase inventó una excusa cualquiera para hacerse invitar a su casa y se volvieron amantes al instante, así empezó un trepidante recorrido por las camas más pretendidas del barrio y sus alrededores, y con esto creció la ojeriza que nosotros le teníamos y que por extensión e injustamente cobijaba a su hermano, quien no solo era tímido sino muy buena persona, como pude comprobarlo el día en que por no asistir a clase quedé emparejado con él en una exposición en la que los presentes no quisieron acompañarlo y por la que tuve que ir a su casa a prepararla el fin de semana. Ahí supe que su padre estaba en otro país y que no lo conocían y que su madre los había criado sola, que su hermano era su mejor amigo y a quien más quería en el mundo e intentaba imitarlo en todo, lográndolo apenas parcialmente. Mientras a todos los muchachos del barrio nos interesaba el fútbol, ellos dos habían optado por el básquetbol, siguiendo la inicua ecuación que dicta que todo aquel que sea alto es por decreto apto para este deporte; gracias a su hermano lo practicaba y les iba bien, además quería estudiar Administración como él. Me confesó también que no era capaz de emularlo en las conquistas porque no se le daba bien vincularse con las mujeres, y como yo padecía la misma afección, pero en mi caso no por timidez sino por haber sido mirado con rabia por la belleza, nos entendimos de entrada y después de esa primera reunión nuestros caminos se juntaron y nos hicimos amigos. Por él empecé a jugar su deporte y llegué a tener un nivel aceptable, y desde ese día en el colegio y en la calle empezamos a compartir el tiempo que su hermano le negaba por andar de conquista en conquista, y así en pocos días estaba yo yendo a sus partidos, haciendo barras con él en el parque en los tiempos libres que nos dejaba el colegio y sus entrenamientos, y de a poco lo fui vinculando con los Sanos, quienes al principio no podían ocultar su recelo y su envidia, pues mientras nuestras pieles mostraban los trazos infames del acné, la de él rebosaba tersura, y hasta las cicatrices, que en nosotros eran remiendos mal cosidos que recordaban al observador la enfermedad o el daño que las produjeron, en él, que solo tenía una que le atravesaba la ceja izquierda, incrementaba su guapura y enmarcaba su mirada verde con un bisel pícaro y artero. Los feos, por ser mayoría, aprendemos a tolerarnos e incluso llegamos a encontrar lindezas en medio de la fealdad o las inventamos para podernos soportar y persistimos tanto en aceptarnos que al final nos gustamos y por eso la belleza gratuita nos incomoda, y nos fastidia su presencia porque delata nuestras miserias. Giovany tuvo que resistir afrentas y desprecios para ser admitido en el combo, pero estaba tan contento de pertenecer a algo distinto a los gustos de su hermano que con estoicismo y paciencia se convirtió en uno de los Sanos, con igualdad de derechos y deberes, mientras que John Wilson, cada vez más absorbido por su vida seductiva y mujeriega, fue abandonando a su hermano y solo se veían en los entrenamientos y en la casa, eso sí, se seguían adorando con contundencia, solo que estaban atravesando una edad difícil en donde las distancias se abisman por incompatibilidades nimias, las sensibilidades se agudizan y las aficiones vinculan o alejan, y en ellos, salvo el deporte, los gustos eran diferentes y en ocasiones hasta antagónicos. John Wilson había empezado a relajar la disciplina en los entrenamientos mientras Giovany, justo lo contrario, había encontrado que la dedicación era lo único que le permitía desarrollarse y sobresalir en el equipo, iban en barcos distintos al acercarse a la orilla final de la adolescencia. Pese a esto, juntos llegaron a la liga semiprofesional de básquet de la ciudad, pero les tocó disputar el torneo en equipos diferentes, que más temprano que tarde tuvieron que enfrentarse. Yo estaba en la tribuna del coliseo el día en que esto sucedió, pues Giovany era mi amigo y yo su fanático más consistente, no solo porque disfrutaba verlo jugar sino porque tenía mucho tiempo libre y los Sanos ya empezaban a trabajar o habían hecho sus vidas cada cual por su lado, unos con novia, otros en la universidad y otros dejaron de ser Sanos y se tiraron al otro lado, de manera que ahí estaba observando un partido que en el segundo cuarto estaba parejo y en el que los Monos estaban haciendo un buen papel, cada uno en su equipo, cuando de pronto un compañero de John Wilson en un salto voleó los codos con mala intención y le zampó tremendo golpe en la cara a Giovany dejándolo sin sentido por unos segundos. El partido se detuvo hasta que él recuperó el conocimiento y apenas abrió los ojos pudo contemplar cómo en medio del barullo que se había formado a su alrededor su hermano se levantó al verlo repuesto y, sin que el agresor lo sospechara por ser su compañero, le metió una puñiza histórica que nadie se esperaba y de la que solo pudo zafarse porque todo el equipo con el entrenador a bordo se le abalanzaron a John Wilson para quitárselo de encima antes de que lo acabara a golpes. Desde ese día el mayor de los Monos abandonó para siempre el deporte de la cesta.

Ya desvinculado de la rutina y la práctica diaria de ejercicio y con tiempo y energía de sobra se aplicó con denuedo y bastante éxito a la coquetería y los asaltos amorosos. Nunca conocí a nadie con tantas mujeres prendadas, y como empecé a pasar tiempo en su casa me tocó ser testigo de las largas horas que pasaba al teléfono atendiendo una tras otra las llamadas de sus pretendientes, parecía la secretaria de una empresa en quiebra, su hermano y yo nos burlábamos y él nos hacía gestos con el dedo desde el teléfono para luego decirnos que si conociéramos a las chicas con que se estaba metiendo se nos acabaría la risa, porque eran según él unas mamacitas. Al caer el día salía de visita donde una distinta, y muchas noches mientras él estaba en la casa de alguna, en la puerta de la suya se daban cita dos o tres preguntando por él, y los fines de semana se hacía negar al teléfono y en vivo porque no daba abasto con la cantidad de muchachas requiriendo su presencia:

era un conquistador nato pero descuidado, porque no sabía mantener el interés mucho tiempo, se cansaba rápido de las atenciones de una chica y sin mediar palabra la abandonaba y punto, lo que trasformaba a la desatendida en un alma en pena siempre en su procura, entonces lo llamaban insistentemente, lo buscaban, le mandaban recados con su hermano o conmigo, e incluso en el máximo del desespero acudían ante su madre, quien, con suavidad pero implacable, las despachaba argumentando que en los enredos de sus hijos ella no se metía, que si él no quería nada con ellas, era únicamente su problema. Nosotros dos las veíamos irse cabizbajas y desilusionadas calle abajo, con una pena tan grande que se les arrastraba detrás como si llevaran colgada una cola de novia abandonada en el altar. Lo más increíble es que a todas las que vimos desfilar sus despechos eran mujeres despampanantes, hermosas hasta la molestia, jóvenes y amables que cualquiera de nosotros hubiéramos querido querer o que al menos nos pararan alguito de bolas, pero a John Wilson no lograba conmoverlo ni su belleza ni mucho menos su dolor, porque una vez que había perdido el interés no había forma de que lo recuperara. No lo hacía de mala gente ni porque quisiera dañar, sino porque como todo gran conquistador una vez ha tomado posesión de lo deseado y lo siente propio pierde rendimiento, porque en el fondo la aventura está en la conquista, no en lo conquistado, el vértigo lo da la búsqueda, es el camino lo que aporta, no su llegada, y por eso creo que cuando alguien es consciente del poder que tiene sobre los demás se vuelve un aspirador impenitente; siempre quiere algo más de lo que tiene, nunca le es suficiente lo poseído y va por más, pero lo extravagante es que ese más es difuso, pues no está definido en cláusulas racionales, ni en fundamentos estáticos y alcanzables, con lo que al lograr un fin se difumina de nuevo el propósito y tiene que volver a empezar la pesquisa de lo ignoto, cada nuevo avance es un bucle de incertidumbre que a la larga solo conduce a una incesante desestabilidad y un irremediable desencanto y vacío. Eso era justamente lo que empezaba a manifestar John Wilson, un desaliento gradual por todo lo concerniente a su apostura; creo que en el fondo él sabía que su belleza era solo una cubierta llamativa y empezó a tratar de ensuciarla, se dejó crecer el pelo y la incipiente barba, relajó su vestimenta y comenzó a fumar, pero hay personas que nacieron para bonitas sin enmienda y todos sus esfuerzos por afearse redundaban contrariando su deseo en mayor gracia; su nueva pinta lo dotó de un donaire distinto pero igual de atractivo o más, porque sumó a su físico pulido un rasgo de rudeza que le quedaba muy bien al decir de las observadoras. No había remedio, como John Wilson se quisiera mostrar era bello en serio, y en esta sociedad se admira lo bello por escaso, intentando una suerte de sinécdoque del deseo, en la que la parte sea el todo y cobije con su belleza lo que toque y a quienes toque, así que sin otra salida aceptó su designio y se repartió entre cuantas mujeres pudo. Su hermano y yo lo envidiábamos mientras le ayudábamos en lo que podíamos: lo negábamos al teléfono, inventábamos enfermedades, sosteníamos mentiras o íbamos por él donde alguna novia con un falso recado de la mamá cuando necesitaba ausentarse para asistir a otro encuentro. Sin embargo, y a pesar de que para nosotros era casi un superhéroe, el cansancio de tanto trajín le iba agriando el humor y se mantenía azorado y malgeniado. Nosotros no podíamos entenderlo, y menos en ese momento porque era como quejarse de llenura, pero una insaciable demanda es la cuota de superficialidad que la vanidad cobra por haberte arropado. Apenas salió del colegio, ingresó de inmediato a la Universidad de Antioquia a estudiar Administración de Empresas y no fue sino pisar las aulas para extender sus dominios seductores. En el primer semestre conquistó a dos compañeras de carrera y a otras seis de otras facultades, más una secretaria; todas fueron mujeres de ocasión no por deseo expreso de ellas que hubieran querido amarrarse a él, sino porque estaba visto que él no era hombre de una sola relación y menos después de comprobar el poder de su belleza, también en canchas forasteras. Cuando entendió que su atractivo no estaba delimitado por las fronteras del barrio, sino que en todo lugar revolcaba con su presencia, se convirtió en un galán obsequioso pero exiguo, no se daba más de una vez y solo a las mujeres que él considerara interesantes porque tuvieran algo que no hubiera tenido antes, un color de ojos extraordinario, una piel más oscura o más clara, una profesión sugestiva, una nacionalidad diferente o un rasgo distintivo, cualquiera que las separara del ordinario redil asequible. Sin decirlo y sin ostentarlo se había vuelto un coleccionista de mujeres, y como en cualquier compilación que se precie siempre habrá una pieza que haga falta, que es casi imposible de conseguir y que por su escasez conseguirla se vuelve el motivo primordial de la colección; esta pieza en el repelente muestrario de John Wilson fue Simona, la modelo medio hippie, como le decíamos Giovany y yo.

La había conocido en el gimnasio de la Universidad un día en que los dos hacían ejercicio y coincidieron en una máquina que iban a usar, John Wilson, galante como siempre, le cedió el aparato a ella pero aprovechó la oportunidad para escamotearle el nombre y el número telefónico. Era una mujer extraña para su edad y su entorno, pues trabajaba como modelo pero su aspiración profesional era ser socióloga, mientras que sus compañeras de oficio escogían carreras más afines a su ocupación como Publicidad o Comunicación Social, para empatar los dos oficios o al menos mantenerse al tanto de las novedades de las industrias de la moda y el espectáculo, pero ella no quería eso, sabía que su carrera era efímera y como tal la tomaba, como un tránsito que le permitiría agenciarse unos pesos mientras terminaba la carrera y podía dedicarse de lleno a ejercer la profesión estudiada, la que además tuvo clara desde muy chica y por eso se esforzó por pasar a la universidad pública, sin importarle que tuviera los medios económicos para pagar una privada, pues había investigado y sabía que el más alto nivel académico estaba en la Universidad de Antioquia. Tal vez esto fue lo que cautivó a John Wilson, que Simona era una chica con una claridad sorprendente, que parecía saber con certeza todas las cosas que quería y la manera de alcanzarlas, y que se interesó en él y le dio el teléfono porque le pareció buena onda, como se lo manifestó, y no porque quisiera revolcarse con él, como le había sucedido siempre a este. A veces lo único que desea una persona es que le conmuevan el mundo sin tocarlo, porque cuando se ha sido el conmovedor universal, que el entorno pese más que el epicentro en un cataclismo no deja de ser fascinante. Con su frescura en la cabeza y una sonrisa imborrable llegó a su casa a pensar en la mujer que acababa de conocer y esa misma noche, después de pensarla todo el día, la llamó y hablaron de todo y de nada durante más de dos horas. Nosotros, que vigilábamos todos sus movimientos, lo veíamos sonreírse con ganas y de un momento al otro mudar su mueca en una de seriedad que estuviera acorde con lo que estaba escuchando; nunca lo habíamos visto poner atención en una charla telefónica. Antes de colgar, mientras sentía un calor desconocido en el pecho, como un azul nítido que pintaba cosas bonitas en su interior, escuchó a Simona decirle que debían colgar porque su novio había llegado a recogerla. La palabra novio le sonó como una cachetada; en tanto rato de conversación cómo no se le había ocurrido preguntarle si tenía una relación. No pudo ocultar su molestia y, embrollado con la voz cortada, se despidió tosco y de afán, y se metió en su alcoba con la cara rabiosa dando un portazo tras de sí. Desde esa noche Simona se le volvió una obsesión; la llamaba, le llevaba regalos e incluso la invitó a comer a su casa y la esperó afeitado y recién motilado, de veras le quería agradar, y ella pasando por alto su noviazgo parecía corresponderle, pues también lo llamaba y lo invitaba a sus parches con sus amigos de Facultad, lo que al parecer no hacía con su novio. Aunque oficialmente eran solo amigos, nosotros que sabíamos de sus desafueros, desde que lo vimos tan entusiasmado con ella, le empezamos a decir que era la novia, y cada que se lo mencionábamos él se sonreía tímidamente y contestaba Ojalá, maricas, ojalá. Cuando la conocimos el día de la cena, teníamos una expectativa tan alta de sus atributos que nos decepcionamos un poco al verla llegar con él del brazo: en definitiva, era una mujer guapa pero sin aspavientos, no obstante, al poco tiempo de saludarnos nos tejió con su charla amena y franca un manto con el que todos nos arropamos; hasta la madre de mis amigos, que nunca opinaba nada de las compañeras de su hijo, dijo en medio de la cena cuando la acompañé por el postre Qué muchacha tan agradable, parece limpia de espíritu, como franca en todo lo que hace y dice, y lo era, pero, por más claridad que alguien despida, todos tenemos un pasado lleno de oscuridades que siempre enturbian el diáfano y luminoso presente, y esa nebulosa en la vida de Simona estaba relacionada directamente con sus padres y su novio, un tipo mayor, casi de la misma edad de su padre, amigo y contertulio de este, que no bien hubo conseguido plata de la noche a la mañana, y de forma harto sospechosa, se encaprichó con la hija mayor de su amigo en una visita a su casa para llevarles una nevera y un mercado, cuando Simona contaba con apenas trece años recién cumplidos.

La empezó a asediar con regalos que ella ni comprendía siquiera —una vez le regaló un gallo de pelea que según él era campeón de las galleras más virulentas y exitosas del país, y ni ella ni sus padres supieron qué hacer con ese animal y terminaron regalándoselo a una señora que él mismo mandaba por días para ayudar en los quehaceres de su casa y que tenía un corral de gallinas a donde fue a parar el campeón, después de llenar de rila el pequeño apartamento de la muchacha—, y gracias a su apoyo, el padre pudo levantar un almacén de venta de ropa en el centro que al poco tiempo y por el patrocinio de Sigifredo, como se llamaba su amigo, se volvió un negocio próspero que les daba con qué vivir holgadamente, pero los ataba al favorecedor. Para la fiesta de quince de la niña prácticamente los obligó a celebrarla en su finca de Llano Grande e hizo que la quinceañera desfilara en medio de la reunión montada en un caballo blanco, que adornó con faralaes nacarados que continuaban su cola y tapaban sus patas para dar la sensación de vuelo, mientras ella forzada por sus padres tuvo que llevar un vestido inmaculado y volantozo, que la hacía ver más parecida a una novia en el día de su boda que a una señorita recién salida de la niñez. La fiesta fue fastuosa y machacona, con mariachis, bebidas y comidas típicas y empalagosas, al final Sigifredo remató el jolgorio entregándole a su padre la llave de un apartamento en un barrio de ricos, que le había puesto a nombre de la hija y al cual se mudaron a la semana. No bien habían desempacado, apareció Sigifredo diciéndole a la chica que le tenía reservado cupo en una agencia de modelos donde le iban a pulir la belleza natural que tenía y además le enseñarían algunas cosas propias de la profesión; sus padres estaban tan deslumbrados por los regalos y las invitaciones que apenas pudieron mover la cabeza en señal de aprobación y la conminaron a agradecerle por la oportunidad, así fue como Simona llegó a su profesión siguiendo los designios que Sigifredo trazó y que sus padres aceptaron de buena gana. Los tres años que la separaban de la mayoría de edad los vivió entre desfiles de modas, la mayoría patrocinados u organizados directamente por Sigifredo, y algunos viajes, unos relacionados con su ocupación y otros, como acompañante del hombre al que todo el mundo en la familia y en los círculos de conocidos llamaban su novio, aunque el tipo nunca la había tocado y su relación se basaba en muchos regalos y disposiciones de él que ella cumplía obediente, más que nada porque el hombre se valía siempre de sus padres para que la presionaran a aceptar, pero que cuando estaban solos al tipo le costaba encontrar las palabras para hablarle y se embrollaba en tartamudeos y desaciertos cuando quería galantearla. Ella terminó aceptando que era su novio, aunque no supiera qué significaba eso exactamente, y lo decía como todo el mundo de manera nominal, pero al cumplir los dieciocho algo cambió para todos: ella que siempre había sido dócil y sumisa impuso su voluntad de estudiar en la universidad pública la carrera que quería, contrariando a sus padres y a su benefactor, que le insistían que estudiara algo con más proyección y en una universidad privada, acorde con la forma de vida adoptada gracias a su patrocinio, pero de nada valieron esos argumentos. Su férrea determinación la condujo a la de Antioquia y de rebote a los brazos de John Wilson. Para Sigifredo la mayoría de edad de la muchacha derribaba las barreras que se había autoimpuesto y empezó a cortejarla en serio, tratándola con más confianza y familiaridad. En esta sociedad, las mujeres han sido vistas desde siempre como una posesión, tratadas como objetos, subestimadas como entidades de uso y a veces de intercambio, manoseadas, agredidas, burladas, ridiculizadas y despreciadas, conformando una amalgama de maltratos y un despropósito que para cualquier otro grupo serían inaceptables, pero que en este caso no solo se aceptan por lo bajo en las instituciones familiares, gubernamentales y religiosas, sino que para colmo se normaliza esta barbaridad llamándola tradición, costumbre, cultura, o se convalida llamándola derecho. Sigifredo llevaba casi cinco años esperando e invirtiendo en ella y en su familia, y creía ganado el derecho a percibir ganancia, por lo que se inventó un viaje a San Andrés para ellos solos. De ese viaje le quedó a Simona la pérdida de la virginidad en una noche turbia, y la trasformación del agradecimiento y algo de cariño que le tenía a Sigifredo en un sentimiento de temor venido de la manera en que empezó a tratarla apenas concluido el coito inicial con que él sintió abonada en parte su inversión. El acto en sí fue torpe y más molesto que gozoso para ambos pero de maneras distintas; para ella, que venía instruida por su madre —una mujer interesada y ambiciosa que vio en su yerno la posibilidad del ascenso social que su esposo, a quien trataba de pusilánime y resignado, le había negado—, representó la visión desnuda de la realidad en la que se había sumergido desde que su familia y ella aceptaron las dádivas del hombre, entonces, sentirlo cerca, respirar su aliento, acariciar su cuerpo y entregar el suyo fue un sofoco que fue mutando en aversión hasta transformarse gradualmente en aborrecimiento y fue bullendo en su interior tal repugnancia que estuvo a punto de vomitar, y para repeler ese impulso tuvo que permanecer quieta y pensar que todo era un mal sueño hasta que el hombre fragoso y repulsivo se desmadejó a su lado, pesado y asqueroso, y ella, mientras se asfixiaba con los vapores mezclados de ambos, deseó por vez primera en su vida la muerte, la de él o la suya, no importaba, tan solo quería que todo se borrara de golpe, que al abrir los ojos despertara en su casa sola; para él, acostumbrado a tratar mujeres fáciles y con experiencia, la vivencia resultó espinosa, pues desconocía por completo lo que era desflorar a una señorita y se había figurado su cuerpo como algo inmaculado pero diestro en el sexo, anhelaba la imposible mixtura de un ser virginal con la experticia de una prostituta bragada, empero Simona, a pesar de conocer lo que cualquier muchacha de su edad sabe sobre el sexo y de vivir en un entorno en que esta práctica era moneda corriente, era rematadamente virgen, nunca había tenido siquiera cercanía a una experiencia sexual y llegó a su primera relación con un montón de imágenes atropelladas vacilando en su cabeza que, sumadas a lo que iba contemplando en el desarrollo de la misma, la tornaron en una mujer indócil, acoquinada, inexpresiva y sufriente que no demostraba el más mínimo interés en lo que sucedía, antes bien, parecía despreciar todos los intentos del hombre por llevar a buen puerto lo que estaban viviendo, y las caricias sin encontrar asidero se fueron haciendo brusquedades y lo que debía ser reguero fue desierto, y lo que debía ser comunión fue desolado paisaje, hasta que del acto solo quedó un despliegue de fuerzas malhechas y torpes y la desazón de ambos por el otro. No volvieron a tener contacto en el viaje y de vuelta a la ciudad su relación se trasformó en una extensión del tórrido episodio, y en ambos crecían los sentimientos despertados esa noche; él se volvió dominante, pesado y grosero, y ante el más minúsculo estímulo la trataba mal y cada vez la requería más como acompañante en sus reuniones sociales, aunque no volvió a tocarla y evitó quedarse a solas con ella. La tenía como un adorno que le gustaba mostrar pero que después de usado le estorbaba, sin embargo, esto no impidió que se volviera posesivo y celoso, no porque en verdad le importara la muchacha, que para él no fue más que un mal polvo carente de sentido e interés, sino por lo que dijera la gente, ya que todo el mundo sabía que era su novia, y por más tiesa y recatada que le pareciera, no iba a permitir que anduviera con otros o levantara cualquier sospecha que lo hiciera quedar como un cornudo y un güevón. Había terminado así preso en un hermoso castillo que él mismo levantó pero que le parecía solitario y aburrido. Antes del viaje, utilizaba a sus padres para comunicarle cualquiera de sus eventualidades, pero ahora lo hacía en persona y de mala manera: le dirigía el horario y le decía cómo vestirse, qué comer y hasta cuánto tiempo dormir, y ella obedecía porque le temía y, aunque tarde, había entendido que Sigifredo más que su novio era su dueño, pues al aceptar sus dádivas y regalos ella y sus padres no habían hecho otra cosa que poner precio a un destino que no le pertenecía más, salvo en el ínfimo reducto de su vida que representaba la universidad, en donde lejos de la nefasta influencia de sus padres y del horror que le suscitaba el novio podía ser ella y recabar algo de la rebeldía natural que tenía mutilada. A pesar de que muchas veces tuvo que faltar a clases para fungir de satélite de Sigifredo en sus eventos sociales, logró mantener a flote la carrera, como único resquicio de confianza y libertad en medio de la incertidumbre que era su vida. En el campus era ella, las clases le encantaban, los profesores y los compañeros eran personas alejadas de su mundo, gente con la que le gustaba estar y conversar, con la que lograba proyectar un clima de seguridad y esperanza que nada tenía que ver con el resto de su vida, y a esa, a la chica luminosa y rebelde de la universidad, fue a quien conoció y de quien se enamoró John Wilson. Ella vio en él a un muchacho sencillo, algo indolente y apático pero noble, y guapo hasta decir basta. Al principio solo fue un interlocutor interesante que proponía temas graciosos y frívolos pero que fluían sin afán y divertían, todo lo contrario al monólogo inclemente y la obediencia debida de su trato con Sigifredo, pero a medida que pasaban tiempo juntos y se adentraba en la vida del Mono fue surgiendo el amor y ella lo dejó ser; por no haber conocido antes este sentimiento no supo cómo detenerlo y tampoco quiso hacerlo, le hacía bien, la reivindicaba consigo misma, la hacía sonreír frente al espejo y le daba los mejores momentos de paz con solo traer su imagen a la memoria. A pesar de haber tenido novio desde los trece años nunca había querido a un hombre, y algo similar le ocurrió a él, había tenido muchas mujeres pero nunca un amor, por eso su encuentro fundó en ambos el afecto auténtico y la pasión de doble vía que legitima el verdadero amor; después de estar juntos supieron que nunca más necesitarían a nadie. La primera tarde después de la llenura amorosa, se quedaron dormidos soldados en un abrazo que quería trasmitir que los puntos suspensivos en sus ayeres habían llegado a su punto final, pero al despertar volvieron al dictado de la realidad y ella se hizo punto aparte, se despegó del abrazo y se levantó afanada sacudiéndose con pesadumbre los últimos restos del amor, y mirando fijo a los ojos del Mono le dijo Me tengo que ir, mis papás deben estar como locos porque no he llegado, él le dijo restregándose los ojos ¿Tus papás o tu novio? A ella la pregunta la oscureció por dentro y con tristeza en la mirada le respondió Los dos, y se puso a llorar sentada, medio desnuda en el borde de la cama, John Wilson la abrazó y le dijo sereno Mona, mi amor, tranquila, eso lo solucionamos, hay que hablar con el man y decirle que encontraste a alguien, que esas cosas pasan y que tienen que terminar, ella, correspondiendo el abrazo, le dijo Vos no entendés nada, después de un corto silencio le contó entre sollozos toda la historia, le dijo quién era su novio y cómo estaba amarrada a él por lazos imposibles de soltar que trascendían la propia voluntad, al final los dos guardaron silencio, no había palabras para desenredar la abigarrada incertidumbre que bullía en sus infiernos interiores: el de él compuesto de celos, indignación y rabia, el de ella, de tristeza, temor y amor. Se apartaron dejando en el otro la insuficiencia necesaria para que ninguno pudiera dormir, se pensaban con tanto dolor y angustia que no pudieron resistir más de un día de ausencia, y al volverse a ver, ambos traían el corazón de la intemperie de una noche de lluvias íntimas, y después de comerse a besos, los dos estaban resueltos a estar juntos al coste que fuera; lo que ninguno sabía es que ese coste estaba tasado por el destino y su cobro involucraba un monto que no iban a alcanzar a pagar en el resto de sus vidas. Simona le dijo que iba a hacer lo que fuera necesario para recuperar su libertad, hablaría con sus padres y con Sigifredo, le devolvería o le pagaría lo que fuera, los convencería de que ya era hora de darle fin a ese enredo, cosa que dijo pensando con el deseo, concibiendo que la historia que estaba construyendo con John Wilson era posible y válida; eso que estaba sintiendo le daba los arrestos para enfrentar a su familia y a su novio. Él le dijo que enderezaran todo juntos y por primera vez en su vida le dijo a una mujer que la amaba, pero ella contestó que debía hacerlo sola. Se despidieron pulsando angustias, ella fue a su casa, reunió a sus padres y cuando les iba a decir que había conocido a alguien y que tenía que terminar su relación con Sigifredo sintió una punzada aguda en el pecho y le faltó el aire. La madre la observó extrañada y el padre se apresuró a ayudarla, ella se sentó y sin poderse contener se deshizo en llanto, los padres expectantes la atropellaron a preguntas por su estado, que ella no lograba hilvanar atacada en lágrimas, hasta pasado un momento, cuando su madre soltó una pregunta abrupta y cortó la escena: Simo, ¿vos estás embarazada? Ella reaccionó y aplacando el sollozo le contestó ¿Cómo se te ocurre, mamá? Qué embarazada voy a estar, lo que estoy es enamorada. La madre hizo un mohín de vacilación sin comprender muy bien lo que escuchaba y ella continuó Es un muchacho de la Universidad, se llama John Wilson y nos amamos, la madre mirando al padre con rigor dijo Qué tontería es esa, si vos tenés novio, y ella volviendo a llorar pasito le dijo Ese señor no es mi novio, yo no lo quiero, me he mantenido con él por ustedes y porque le tengo miedo, la mamá, tomándose la cabeza, le dijo Qué vas a saber vos del amor, y, mirando al papá, lo retó diciéndole Abelardo, decile algo vos, esta muchacha nos va a desgraciar la vida, el padre incómodo no sabía qué decir y la mamá continuó Vos no podés dejar a Sigifredo por un capricho, Simona le replicó con fuerza creciente No es un capricho, nos amamos, y ¿por qué no puedo dejar a ese viejo maldito, a ver? El papá dijo bajito, como hablándose a sí mismo, Porque nos condenás a todos, la muchacha escuchó las palabras de su padre y fueron suficientes para que sintiera un reflujo de ira que le subía desde el estómago y se le instalaba en la frente para filtrarse por su boca, cuando les contestó casi gritando Se condenaron ustedes, viejos hijueputas, dizque papás, ustedes lo que son es vendedores, y los dejó trepidando angustias, incertidumbres, vacilaciones y odios para encerrarse en su habitación de donde no volvió a salir en toda la noche. Al siguiente día fue hasta la oficina de su novio y lo encontró sonriente hablando con sus ayudantes, al verla parada en la puerta la miró con desprecio, gesto que corrigió de inmediato diciéndole a sus acompañantes que vaciaran el lugar. Ella entró y se sentó, y al verlo notó en su mirada algo extraño, un gesto que no le había visto en tantos años de conocerlo, una mezcla de soberbia y perversidad que armonizaba con una sonrisa afilada y que dejaba entrever unos dientes como uñas, una sonrisa rara, cortante, que mantuvo intacta durante la charla que tuvieron. Ella palideció y temblaba mientras trataba de encontrar la manera de suavizar las palabras que quería trasmitirle, él la miró acechándola y torciendo la boca en esa sonrisa fingida, la llamó mi amor por primera vez en la vida y le preguntó con suavidad irreal ¿Qué querés decirme?, ella venciendo el nudo que se le había instalado en la garganta, sacando las palabras lijadas, con un hilo de voz le contestó Es que tengo que decirle algo importante, él alargando la agonía le ripostó, mientras se acomodaba en la silla, Dígame no más, y ella suspirando le dijo Yo quiero que me deje ir, no quiero seguir con usted porque conocí a alguien. Él la miró por fin limpio de simulaciones, feroz, como si alguien adentro de su rostro hubiera apagado una lámpara y solo quedara el candil de sus ojos con filos de silicio, que brillaban más por contraste ante tanta oscuridad, mientras le decía, enfatizando las sílabas, Eso no va a ser posible, mi amor.

Lo que ella no sabía, ni podía siquiera imaginar, era que el hombre que tenía en frente conocía todo de ella, desde que entró a la Universidad la había hecho seguir por uno de sus hombres y supo antes que ella del muchacho hermoso que la miraba con ojos ávidos y estuvo al corriente cuando ella empezó a verlo. Después del viaje pensó en dejarla en libertad, pero cambió de parecer al verlo en vivo un día en que lo esperó afuera de la Universidad; la contemplación de la estampa del hombre con quien creía competir lo llenó de rabia y nulidad, se sintió agredido por la belleza ajena, como si no tenerla fuera una ofensa. Entre más lo examinaba más crecía el resentimiento, desde que lo vio pensó cada día en matarlo, pero se contuvo sin saber por qué, había algo en ese muchacho radiante que le impedía agredirlo, pero lo obligaba a odiarlo en igual proporción. Muchas veces fue hasta su casa con la firme intención de acabar con él, pero al último instante desistía y se iba furioso consigo mismo, sintiéndose en deuda con algo que no podía definir, y solo conseguía calmarse siendo déspota con Simona, como si tiranizándola pudiera trastornarlo a él, disminuirlo, afearlo, hacerle algo que le permitiera respirar sin sentirse inferior. Al no conseguirlo se aferraba a la idea de que él la tenía y el otro no; intentó superar a su competidor con el dinero, con el poder, con la obediencia, pero a cada propiedad le encontraba insuficiencias: el dinero podría conseguirlo el otro algún día y por lo que veía no lo necesitaba, y por lo que conocía de John Wilson deducía que el poder no le interesaba y menos la obediencia, en cambio tenía juventud y belleza, dos cosas que no se podían comprar y que solo el tiempo podía corromper, como le había pasado a él. Muchas veces se debatió entre dejarlos libres o matarlos, finalmente la muerte acortaría el trabajo del tiempo, pero se sentía indigno de apelar a eso por no ser capaz de equiparar al otro, y mientras tanto seguía pensando en ellos día y noche y, sin hallar mejor forma de significarse, se apegaba a su codicia como un avaro a un costalado de plata. Aunque no la quisiera, ni ella a él, tenerla era mejor que dejarla, y esto le daba un margen aparente de ventaja, así no le importara el amor de ella, ni siquiera la transacción con que la había conseguido, solo quería ganar una apuesta de una sola vía que su oponente desconocía y en la que su único as era retenerla y con esa carta enfrentar el full house de su contrincante. Hasta que su amigo, el padre de Simona, lo llamó para contarle la charla que había tenido con su hija y prevenirlo de su decisión de abandonarlo. Apenas colgó, un manto negro se le instaló en el cerebro y no pudo pensar sino en destruir a su oponente, llamó a sus hombres y les dio la orden tanto tiempo dilatada y que todos estaban esperando Vayan y maten a ese hijueputa, los hombres salieron y él se quedó pensando Qué va ni qué hijueputas, al final la casa gana, siempre la casa gana, se te acabó el reinado mariconcito bonito, y encendió un cigarrillo que solo fumaba cuando las cosas le salían bien en los negocios, se lo fumó despacio, contemplando abstraído cómo las volutas de humo se difuminaban en el espacio, sintiendo la calma del fullero cobarde que sabe que venció con trampa, se golpeó las sienes con ambas manos como sacudiéndose los pensamientos increpantes que reverberaban en su cabeza y que le hablaban de flaqueza y pavura. Se levantó y sirvió un guaro doble que se tomó de un tirón mientras decía en voz alta A la mierda esta maricada, lo que fue, fue, la belleza mata, encendió otro cigarro que fumó dando vueltas en su oficina, hasta que sintió llegar el carro de sus mandaderos y salió a recibirlos. Lo que Simona vio al llegar fue la rendición de cuentas que le daban sus hombres y que le afiló la sonrisa que ella no supo descifrar hasta que, después de su plática, él hizo un gesto y tres de los muchachos que habían salido hacía un momento entraron por ella para conducirla a una de sus fincas mientras él le repetía con ironía No, mamita, lo que usted dice no es posible y menos ahora que su noviecito se murió, y volvió a poner la razia en su sonrisa que ella entre gritos de dolor supo descifrar como la imagen del cinismo.

Lo que ninguno de los dos supo nunca fue que a quien alcanzaron las balas mortales no fue a John Wilson, sino a su hermano menor, Giovany, que ese día, finalmente y gracias al empuje que todos los Sanos le hicimos, había aceptado salir con una compañera del colegio que botaba la baba por él. Hacia la casa de ella se dirigía ataviado con una chaqueta Epifanio que le había pedido prestada a su hermano mayor, cuando se encontró en la esquina contigua a su casa con el convoy asesino, que, confundiéndolo, disparó a la cabeza sin percatarse, por el afán con que el matador efectúa su actuar, cómo se apagaban sus ojos verdes como esmeraldas. Al velorio que realizaron en el coliseo del colegio, después de que todos sus compañeros convenciéramos al rector, solo asistió su madre. Su hermano, al deducir su culpabilidad cuando no encontró a su novia, fue obligado por su madre a abandonar el país. En la ceremonia le entregaron los grados póstumos de bachiller a Giovany, ya que solo nos faltaba un mes y medio para salir de once, mientras que su hermano deshecho de dolor se paró frente a la puerta de vidrio del aeropuerto y contempló cómo se había hecho feo de golpe. Esa muerte reconfirmó una vez más que la violencia es la negación absoluta de la belleza, y que la belleza en una sociedad tan fea es una maldición.

13. Rasquiña

Después de cumplir cuarenta años todo me empezó a picar. Una rasquiña persistente me agobia en todas partes, la espalda, las piernas, el culo, la cara; debe ser que a mí los años en vez de pesarme me pican e intento quitármelos a arañazos y cada vez fastidian más. Lo extraño es que me busco y me rebusco y no encuentro ninguna roncha, ningún brote, nada, es un escozor fantasma que además se desplaza por todo el cuerpo, ora pica allí, ora allá, pero nunca deja de picar. He llegado a ulcerarme la espalda de tanto rascarme con una de esas manos de madera que venden en los remates para tales fines y alguna vez he tenido que buscar desesperadamente un poste o el filo de una pared para frotarme de arriba abajo, rascándome en algún sitio al que no llegan mis brazos, mientras la gente me contempla con ojos de sorpresa e intentando disimular la sonrisa; otras veces la piquiña es interna: siento una molestia que no logro inhibir y no hay palo ni pared que sirva para rascarme, como una rasquiñita de la vida, que he intentado aplacar con trago, pero desde que cumplí cuarenta, este en vez de rascarme profundiza la punzada; durante muchos años el alcohol en mi interior tenía el mismo efecto que en la epidermis, después de un ligero ardor aplacaba la piquiña, pero ya en vez de aliviar incrementa la molestia, privándome del único lenitivo transitorio que amainaba mis rasquiñas, y si persisto en tomarlo cada vez que algo me pica es por costumbre, aunque soy consciente de su efecto placebo y lo ineficaz de su alivio. Debe ser esta edad en que las pérdidas se acumulan y pasan factura y los vicios se hicieron viejos con uno y castigan, o no divierten porque se volvieron resabios, o lo que es peor, se convirtieron en conductas. Los amigos de la infancia se murieron o se fueron; los de la adolescencia y el deporte se casaron, solo viven para sus familias y descartan la amistad, como si una cosa implicara irremediablemente renunciar a la otra; otros también se marcharon, emigraron a otros países u otras ciudades; el último fue Daniel que se mudó a Australia porque no se aguantaba esta ciudad, su mala educación, su viveza. Yo tampoco me las aguanto pero no me voy, yo soy de aquí, creo que podría estar bien y vivir tranquilo en cualquier lugar del mundo, y aunque no me gustan los cambios, me adapto fácilmente, pero a esta edad he llegado a la conclusión de que uno vive de pequeñeces y esas son las que se extrañan y por las que uno se queda, las que hacen que un sitio tenga valor emocional para uno y crean pertenencia porque completan; fuera del barrio estaría incompleto, incluso, y esto es lo más raro, echaría en falta sobre todo lo que me molesta, porque estas molestias son tan mías que reivindican, el no tenerlas paradójicamente me desacomodaría. En otro sitio me faltaría la bulla, la mañana caótica en que a lo lejos suena algún radio trasnochado de la farra amanecida que me hizo pasar una noche de mierda, la incertidumbre de la calle con la desconfianza sigilosa de todos y todo, la tienda abierta hasta tarde, la locura de la gente, las peleas entre vecinos, la indisciplina del transporte, cosas que podría encontrar en otro barrio popular de la misma ciudad o de otra, pues todos se parecen, pero a mí me hacen falta los míos, no otros por idénticos que sean, es extraño pero así es. Sin embargo, con los años que porto encima aprendí a comulgar con mis propios achaques y a respetarlos, por eso no jodo al que tenga otros y entiendo al que se va. Creo que los que se van lo hacen buscando lo que su corazón reclama como felicidad cuando su entorno no se las brinda y que todo el mundo debe estar donde encuentre la pega para juntar los retazos de su propia felicidad; los que parten lo hacen buscando esa pega que el país no les da ni les permite buscar, sino que antes les frena los deseos que palpitan en sus almas; si ansían alta cultura se van a encontrarla en Italia o Francia, si anhelan civilización se van a Australia o Nueva Zelanda, si ambicionan aventura, África o Asia, si codician consumo se van para la USA; yo en cambio ya no busco esas cosas, ahora mis búsquedas y deseos son simples porque no dependen más que de mi cabeza, un lápiz y un papel, y a la vez complejos porque lo que busco está adentro y ese terreno es sinuoso y difícil, de ahí que no quiera ni necesite irme. Mi corazón rebosa calle y mi alma esquinas, si el país y el Gobierno no me brindan la saciedad de mis ansias, mi barrio sí; Aranjuez es el dispositivo que hace funcionar mis mecanismos internos, además creo que uno debe estar donde perdió lo querido y donde quiso lo perdido, y aquí están mis muertos que son lo que más quise y perdí, de manera que debo quedarme donde mis muertos sepan donde hallarme, irme sería cambiar de geografía pero mantener la mente y el corazón en estas esquinas a las que extrañaría a diario, y soy malo extrañando, ya con extrañar a los amigos, a mis muertos y la juventud perdida es suficiente como para adicionarle extrañarme a mí mismo. Estoy en la época de mi vida en la que lo mejor de viajar es regresar y al único sitio a donde quiero volver es aquí, edad en la que los padres se hacen viejos y cansados y los amigos nuevos y jóvenes son eso, jóvenes, y tienen otras preocupaciones, otros gustos y otros quereres y que por más que uno se sienta joven y bregue por estar a la altura, hay abismos insondables, cosas que ya no despiertan el interés de uno y que hacerlas es forzar demasiado la ya de por sí incómoda existencia, de manera que uno se va quedando solo irremisiblemente, con la música y los libros y las series y el cine y el alcohol, que ya no abriga ni acompaña pero mantiene, y con un montón de recuerdos a cuestas, que también se han aislado y envejecido con uno y ni se parecen a los recuerdos jóvenes de cuando ocurrieron; hay una suerte de escala temporal en los recuerdos, al principio solo reproducen idénticos los sucesos que acabaron de acontecer, siendo tan similares a los hechos que ni recuerdos son, más parecen repeticiones proyectadas de estos, como ver la misma película dos veces seguidas en la época del cine continuado, luego a medida que se alejan del suceso van adquiriendo un regusto a felicidad ida que se incrementa con el tiempo y ahí empiezan a agarrar carácter, pero también se van llenando de tristeza, puesto que evocan algo que fue y ya no es, de manera que todo recuerdo es antes que nada añoranza, pues está habitado de luto por lo perdido, y entre más pasa el tiempo, más triste se hace la memoria porque está más lejos y más extraviado lo que la suscita y es ahí donde empieza la distorsión del hecho, cada nueva revisión adiciona valor a lo acontecido para validarnos nosotros como memoriosos válidos, y entre más viejo sea el recordador más heroico será su recuerdo porque en el fondo no se extraña el hecho vivido sino la juventud con que se vivió. Todas nuestras memorias son el lamento intenso por la juventud perdida, y su deformación o enmohecimiento es el nuestro, como nuestra es la vejez que pretendemos enaltecer con una historia portentosa. Tanta precariedad esconde esa distorsión de nuestra memoria, que solo con la soberbia del presente logramos disimularla, considerando a nuestra generación anterior como inepta y a la posterior como tonta, cuando en realidad lo único que se está es viejo y la vejez trae consigo una impotencia que solo se conjura con la arrogancia o la resignación, y nadie quiere resignarse a que fracasó, a que su vida empezó una recta final sin atenuantes, y a que el pasado por notorio que sea es insignificante porque ya pasó, otra opción es guardársela, que es lo que uno debe hacer con la impotencia y el miedo, resguardárselos bien adentro y con doble llave para atajarles la salida altanera o resignada, pero la impotencia es tenaz e intenta escaparse cada tanto, con un hormigueo profundo, afinado; la rasquiña inoportuna que mantengo. Muchos años me rasqué tomando porque los fracasos se deslíen mejor en alcohol, ahora me rasco escribiendo sobre lo que me trajo hasta aquí, porque los recuerdos se diluyen mejor en tinta; hoy, que el tiempo muele los minutos y los segundos que le quedan a mi padre, mientras yo intento recoger los regueros de lo que he sido, estoy seguro de que solo el amor y la amistad trascienden la insignificancia de la vida, le dan sentido, cuadran, rascan y soban, todo lo que avizoro del porvenir es de nuevo el pasado recordado en renglones una y otra vez, como la historia de mi querida Leonor. Mi futuro es aplicarme la mitad de vida que me queda a recordar la mitad que ya viví.

14. Leonor

Su vida fue una lucha desde el origen: en su pueblo, estando en el vientre de su madre, una mano negra la enlistó como subversiva antes de nacer. Sus padres, labriegos pobres, habían tenido la mala suerte de encontrarse un día con un comando guerrillero que iba de paso y, obligados por su presencia armada e intimidante, les brindaron un par de litros de leche que acababan de ordeñar y que los hombres se comprometieron a pagar en un próximo encuentro. Esta desafortunada casualidad sirvió para que en menos de un mes, cuando el pueblo fue tomado por los paramilitares, fueran considerados como auxiliadores de la guerrilla y tuvieran que salir huyendo con lo que tenían puesto, sin mirar atrás y con el futuro en ascuas. Llegaron sin un peso en el bolsillo y con siete meses de embarazo encima a una ciudad desafiante, enorme y ajetreada, y ante la incertidumbre del paso del tiempo que en esas circunstancias de apremio se agigantaba y carcomía, no tuvieron más remedio que apelar a la mendicidad; la abultada barriga ayudaba a que la gente al pasar se conmoviera y soltara de vez en cuando una moneda al desgaire, que juntas al final del día alcanzaban apenas para mal comer, también para la dormida improvisada cada noche en un cambuche distinto. Sin saber muy bien cómo, goteando cada jornada, arañando rincones cada noche, lograron sobrevivir un mes largo, cuando en un mediodía de agosto, después de pasar una noche de perros sin casa y una mañana de hambre, su madre sintió las punzadas que anunciaban el inminente alumbramiento, y su padre, sin saber qué hacer, gritaba como loco pidiendo auxilio. Dos vendedores ambulantes y una señora que pasaba se acercaron a ver qué ocurría y como pudieron levantaron a la madre en ciernes y la llevaron hasta una residencia cercana, la acostaron en una cama terca de promiscuidades, en donde luego de pujar por más de dos horas, socorrida por la dueña del lugar, una mujer robusta, curtida en las bregas de partos repentinos, pues había atendido tantos como muchachas de la vida habían transitado por su pensión, dio a luz a una niña clara y rosada que arribó a la vida entre llantos prefigurando angustias. Sus padres la tomaron en brazos sin más argumentos que las lágrimas, y sin otro regalo que darle, le echaron la bendición y le entregaron su nombre: Leonor. La dueña de la pensión al contemplar a la niña se emocionó y les dijo que podían quedarse un tiempo, al menos mientras el padre conseguía trabajo, y así fue como el primer mes de vida se la pasó de brazo en brazo de todas las muchachas que habitaban la residencia, mujeres de la noche que llegaban destruidas cada mañana y encontraron en la niña un motivo de alegría para restituir un poco la integridad arruinada en noches sórdidas de malos tratos y embestidas brutas; todas se turnaban para comprarle la leche y nunca le faltó nada; su padre entretanto había empezado a trabajar en la residencia cambiando tendidos, barriendo, trapeando y limpiando los baños como una manera de compensar la atención de la dueña con él y su familia, y como hacía bien su trabajo y era bastante acomedido se ganó el aprecio y la confianza de todos. Pasado un tiempo, una de las muchachas le dijo que un cliente suyo tenía un taller de mecánica y necesitaba un ayudante, el hombre casi le arranca la propuesta de la boca, era la oportunidad de tener un trabajo de verdad. Al otro día conoció a su futuro jefe y para la noche era parte de la nómina. El taller quedaba en Aranjuez y sus labores consistían en hacer los mandados, asear el local, servirle de asistente a todos los mecánicos y los sábados cocinar unos sancochos poderosos con los que remataban la semana, que corrían por cuenta del jefe y que además servían de marco al pago de los empleados. Su presencia afable y su disposición inquebrantable hicieron que los muchachos del taller le cogieran cariño y en corto tiempo todos lo consideraban indispensable y cercano. Con su primer sueldo canceló los días de pieza que debía en la pensión y que la dueña recibió a regañadientes cuando el hombre se puso serio y le dijo que una cosa era haber aceptado los favores que él nunca iba a olvidar y otra era la conchudez, que con el pago él y su familia se sentirían mejor y que esos pocos pesos no cubrían lo mucho que ella y las muchachas habían hecho por ellos, y con el resto compró algo de mercado y la primera muda de ropa nueva y propia para su hija que hasta el momento se había vestido con trapos que su mujer acondicionaba para que parecieran vestiditos y con una que otra blusita que las muchachas le regalaban o que se encontraban en la pensión de alguna colega que había dejado el oficio después de parir.

A los dos meses de estar trabajando se enteró sin quererlo de la realidad que rodeaba al taller: una mañana temprano recién llegado al trabajo fue a la tienda a comprar café porque había encontrado el tarro vacío cuando lo iba a montar al fogón, y al regresar vio una patrulla y tres motos de policía afuera del local; al acercarse contempló cómo su jefe, con cara resignada, le entregaba un paquete grande a uno de ellos, el policía revisó el contenido y el hombre pudo ver con ojos asombrados el fajo de billetes más grande que había visto en su vida. El oficial devolvió el fajo al paquete y se marchó sonriendo. Su jefe, al ver la cara de espanto con que quedó, lo sentó y le contó que el taller funcionaba como fachada para empapelar carros robados, y que el negocio tenía diferentes modalidades: en una cogían un carro nuevo y le cambiaban los números del motor y del chasís y le conseguían papeles nuevos en el tránsito con agentes infiltrados que cobraban solo un poquito más por hacer la vuelta que por un trámite legal; otra era comprar siniestros, autos destruidos en un accidente, por el precio de una bicoca, y robarse uno igual pero nuevo y montarlo en el coco del chocado, y también crear carros gemelos, es decir montarles las mismas placas y los papeles a dos carros iguales y venderlos por separado, en ciudades distintas. Cuando el hombre acabó de escuchar la historia se quedó callado y pensativo, su jefe le dijo Vea, hermano, ya que sabe la verdad, yo entiendo que usted es un hombre legal y si quiere irse está en todo su derecho, solo le pido que esto que acabamos de hablar no se lo diga a nadie. Hay momentos en la vida en los que pesan más las emociones que las razones y el buen juicio, y el hombre había encontrado en esta gente, que ahora sabía ilegal, tanto cariño y aceptación que se sentía parte del taller, le habían dado un lugar en el mundo, convalidándolo consigo mismo, y por eso levantó la cabeza y en vez de respuesta elaboró una pregunta ¿Y qué pasa con la Policía?, el jefe le contestó Cada vez están más hambrientos esos hijueputas, antes había que darles su tajada cada seis meses para que nos dejaran camellar tranquilos, pero desde que llegó ese nuevo comandante, hay que liquidarlos mensualmente y eso está putiando el trabajo, hay que trabajar más para ellos y eso así no sale, el hombre se quedó pensando y luego le dijo Jefe, la verdad es que a mí sí me da un poquito de miedo jalarle a cosas ilegales porque nunca he estado metido en nada de eso, pero si usted me garantiza que no me va a pasar nada, yo sigo trabajando para usted como hasta ahora y le aseguro que no he visto ni veré nada y nunca tuvimos ni esta ni ninguna otra conversación al respecto, el jefe sonriendo le dijo Sí, mijo, yo sabía que usted era de los míos, fresco que aquí el único enredo es con esos hijueputas tombos, pero desde que se arregle con plata tampoco es un problema, hágale, mijo, siga en lo suyo, que a mí no se me olvida la gente leal, vaya mejor y ponga a hacer ese tinto y me trae uno, y le dio la mano antes de despedirse. El hombre quedó asustado pero contento de sentirse más cercano al jefe y de hacer parte de algo, a la semana su jefe le dijo Vea, mijo, yo estoy necesitando un celador para esta vaina que ya se nos está creciendo mucho y usted sabe que las herramientas y los repuestos son caros y yo aquí pensando que en vez de contratar a alguien más por qué usted no se viene y se instala aquí atrás del taller, en la pieza que hay, donde está la cocina, levantamos con los muchachos un par de piezas y usted se instala con su mujer y su hija y se viene de ese cuchitril de pieza en el centro y de una vez me cuida el chuzo. El hombre no lo podía creer de la emoción, este era un sueño hecho realidad, tener una casa para él y su familia y además ahorrándose el arriendo y los pasajes pensaba que iban a conseguir plata, por eso le dijo casi llorando al jefe que aceptaba su propuesta, y a los dos meses con las piezas recién levantadas llegaron su esposa y su hija para habitar la casa detrás del taller, y así fue como con un año largo arribó Leonor al barrio de Aranjuez. La esposa se volvió la cocinera oficial del taller y les vendía los almuerzos a los trabajadores, que dejaron de cargar coca cuando probaron la sazón de la mujer; el hombre en menos de un año ya se defendía en el oficio de mecánico, amén de sus labores de mandadero y celador, y en poco tiempo era la persona más importante del taller después del jefe, porque conocía todos los oficios y todo lo que allí se hacía pasaba por sus manos en algún momento; su hija fue creciendo entre mecánicos y grasa y aprendió a desarmar un alternador antes que a leer y escribir.

Cuando Leonor contaba con seis años, la madre quedó encinta de nuevo, sin que sus padres supieran cómo porque después de mucho intentarlo, habían desistido, ambos creyendo por su lado que la culpa era propia, él porque pensaba que se había secado de alguna manera y ella porque pensaba que la niña la había estropeado, sin embargo, milagrosamente, a los nueve meses nació su hermanito Albertico, y este al parecer renovó la fertilidad de los padres porque al año exacto nació Julián, el último de la camada y quien a la postre sería un fotógrafo maravilloso, mi amigo y uno más de los Sanos. A Leonor el nacimiento de sus hermanos le trastocó su realidad a cercén, pasó de ser el centro de atención de sus padres y del taller a ser una niña inquieta y estorbosa, que en poco tiempo se encerró en sí misma y comenzó un habitar de rincones que le duraría toda la vida; aprendió a esconderse, a estar sin estar, pasando desapercibida, cercana a las sombras, y se aficionó a juegos solitarios y a ejercicios huraños; por suerte un taller es un sitio espléndido para alguien que repele la figuración, pues todo el mundo anda ajetreado y está ocupado con algo, además está lleno de aparatos, de herramientas, de tuercas y tornillos que sirven para armar cosas, por lo que sus juguetes eran más precisos y variados que los de todo el mundo; mientras nosotros nos soñábamos con un lego, ella tenía un arsenal de piezas que aprendió a montar y desmontar de todas las maneras posibles, por eso al llegar la época escolar no se sintió atraída por los números o las letras y apenas pasó raspando la primaria, pero cada vez era más diestra en el uso de las herramientas; a los doce era capaz de montar sola una llanta de un carro pequeño y conocía casi todas las piezas de un motor y su uso y reparación. El bachillerato, que fue cuando nosotros la empezamos a notar antes de ser amigos de sus hermanos, fue aún más tedioso para ella por lo que perdió séptimo grado, y cuando se aprestaba a repetirlo, la desgracia se le atravesó en el camino y cambió para siempre sus planes y la dinámica cotidiana de su vida. Una noche su padre se quedó trabajando hasta tarde, cuando pasadas las doce sintió que unos carros se detenían afuera del local y que varios hombres se bajaban de ellos, cuando fue a comprobar de qué se trataba se encontró de frente con una ráfaga de metralleta que no tenía intención de herirlo ya que se trataba de una amenaza para el dueño del local de parte de los Policías por no cumplir con los pagos a tiempo, y habían escogido la medianoche por creer deshabitado el sitio. Murió instantáneamente, y cuando su esposa y los niños pequeños acudieron a socorrerlo encontraron el cuerpo ensangrentado con una mueca de espanto que no se le borró más. Después del entierro, el jefe y dueño del local llamó a la esposa y, como forma de limpiar su culpa o a manera de cesantías por los servicios del hombre, le dijo que se podían quedar en la casa, se la iba a escriturar para que no tuvieran problemas nunca más, independiente de lo que pasara con el taller, y así lo hizo. La amenaza surtió efecto y el jefe decidió trasladar el taller a otro barrio al mes siguiente, dejando a la madre y los hijos con la propiedad, pero sin la fuente primaria de ingresos, así que de un momento a otro la señora quedó viuda, con tres hijos y sin con qué mantenerlos; la vida se le volvió una brega constante por agenciarse el sustento, con un líchigo que le dejó el jefe el día de la mudanza se compró una tanda de gallinas ponedoras para asegurar el huevo diario, pero en menos de lo que canta un gallo se comió el negocio, de manera que se ofreció como cocinera entre los vecinos o como ayudante de oficios varios en las casas, pero en nuestro barrio esas profesiones no se usan y cada quien hace su trabajo; pensó en ofrecerse en otros barrios, pero no podía dejar a sus hijos solos, así que como última opción puso en venta un pedazo de su casa, la parte más grande en donde había funcionado el taller. La venta de la mitad del local fue el peor negocio del mundo porque firmó las escrituras confiando en la palabra de los compradores cuando todavía le adeudaban la mitad de lo pactado, dinero que recibió en ínfimas cuotas que se gastaba en cuanto las recibía debido al esmirriado monto. Con el abono primero pudo montar una tienda sin futuro, pues quedaba escondida detrás del local que había vendido y apenas tenía como clientes a cuatro o cinco vecinos que sabían de su existencia, y en menos de un año se comió casi por completo el surtido y para la época en que Leonor consiguió trabajo de sirvienta apenas tenía una chaza donde vendía tintos, cigarrillos y papas rellenas en las afueras del centro de salud. Leonor, que andaba cercana a los quince años, contempló con espanto y pesar a su madre deshacerse en luchas por conseguirse lo mínimo para vivir, y como pudo se consiguió la dirección del dueño del taller y le contó lo que estaba sucediendo mientras se le ofrecía como mecánica, diciéndole que ella sabía reparar casi de todo, pero al hombre, que era decente pese a la ilegalidad de su haber, le pareció que una mujer adolescente como ella no debía andar entre mecánicos zafios y malhablados y que el oficio no era para damas, porque en cualquier momento las cosas se podían ir al traste y una cosa era manejar y responder por hombres hechos y derechos que sabían en qué se habían metido y otra muy distinta era una niña a la que además estimaba mucho por haberla visto crecer, de manera que en vez de eso le ofreció un puesto de ayudante de oficios varios en su casa, pues su mujer acababa de dar a luz y la muchacha podría servir como asistente, aunque la verdad era que no necesitaban a nadie porque su esposa tenía de todo, sirvientas, chofer y hasta un jardinero para cuatro matas que había en el jardín, pero era mejor tenerla allá que en el taller; Leonor sin mucho entusiasmo aceptó, no tenía de otra, a pesar de que su vida y su deseo era más de afueras que de adentros, era la oportunidad de ayudar a su madre y sus hermanos, de esa manera, en plena adolescencia, la muchacha se volvió la proveedora y el sustento de los suyos y en menos de un año aprendió todo sobre el oficio a la par que se le iba opacando el genio; llegaba a su casa sin ánimo y cansada, dormía poco y su único aliciente eran los aparatos que seguía construyendo —se gastaba el escaso excedente de su sueldo, después de sacar la comida de su familia y las mesadas de sus hermanitos, en repuestos viejos con los que construía toda suerte de armatostes, carritos de juguete, muñecos mecánicos, carretillas y robots inservibles que regalaba a los hermanitos y a nosotros sus amigos, que en parte tuvimos una infancia lúdica gracias a ella y sus creaciones—. Para ella nunca se compró una camisa ni un par de zapatos, ni maquillaje, todo lo poco que tenía era porque la mujer del jefe se lo obsequiaba de segunda mano; aunque la suya no era una hermosura de destacar, sí tenía un porte y unas facciones nobles que bien llevadas pasarían por belleza, pero la falta de gusto por su oficio, su descuido natural y el genio opaco la fueron afeando, además, porque después de la adolescencia se engordó, y esto sumado al desinterés por lo mundano la condujeron a ser una veinteañera que parecía mucho mayor, gastada, desangelada y seriota, que nunca tuvo novio ni siquiera alguien que le coqueteara, pues su vida se le iba entre el trabajo diurno y sus aparatos nocturnos. Hasta su madre y sus hermanos que transitaban la adolescencia le decían que se consiguiera un novio, ella los miraba despectiva y no les hacía caso. A los veintiún años su vida de nuevo dio un vuelco, primero perdió su empleo cuando metieron preso a su jefe y la esposa de este tuvo que prescindir de los lujos, entre los cuales estaba la sirvienta efectiva pero innecesaria que habían tenido los últimos años. Leonor de nuevo sintió la opresión en el pecho de la época en la que veía a su madre madrugar a hacer las papas rellenas, segura de que era cuestión de días para que todo se fuera al carajo por la falta de dinero, pero esta vez era peor; sus hermanos ya no eran niños sino adolescentes proclives a las seducciones de la esquina y deseosos de lo que no tenían, pues ella había suplido sus necesidades básicas hasta el momento, pero hay otras necesidades en la adolescencia que son tan prioritarias como las básicas, y más urgentes, como la aceptación, la pertenencia, la afirmación y el afecto de los iguales, y esto solo lo brindan la calle y los amigos.

Julián fue un niño tranquilo y su círculo cercano fueron los niños como él, los buenos estudiantes que nunca perdían un año, los deportistas, los que pedían permiso, los que sabían aguantar y esperar, los de la catequesis, los boy scouts, los que iban con sus madres a misa, a los que les hacían piñatas, los que creían en el Niño Dios y soportaban que no les trajera lo que habían pedido, los que iban a piscina pagando, los que nunca pedían aventón por la puerta de atrás de los buses, a los que cascaban en la escuela, a los que les prohibían las amistades y hacían caso, los Sanos; en cambio Albertico fue un niño sin calma, impaciente, todo lo quería en un ya, y cuando no lo alcanzaba armaba unas pataletas de los mil diablos que hicieron sonrojar a su madre más de una vez cuando se emperraba a llorar afuera de la tienda porque no le daban el dulce que quería, o cuando en la escuela se guindaba a puño limpio con algún compañerito porque tenía un cuaderno que él deseaba y su envidia la volvía riña. Al cumplir los catorce años se encontró de frente con la manera más expedita de hacer realidad sus ambiciones incumplidas, con la vía alterna de rellenar sus huracos, con el fin de sus afanes, cuando vio a los muchachos de la esquina retornar de un robo a un almacén de ropa y bajar de un camión cajas llenas de camisetas y zapatos que repartían entre ellos y sus familiares. Albertico contempló atónito y envidioso los tenis con los que había soñado cada día durante los últimos seis meses, unos Adidas Country, los vio pasar de mano en mano de los bandidos, desechándolos porque había otros mejores; él no podía creer que lo que para él significaba el deseo más encumbrado, para ellos fuera una nadería. Se arrimó de a poco a donde se llevaba a cabo la repartija y con voz inaudible le dijo a uno de los Pillos, que lo miró de soslayo sin escuchar casi lo que decía, Hermano, usted me puede vender unos de esos tenis, lo dijo por decirlo, porque no tenía encima una moneda partida en dos, hablando con el anhelo, las palabras le salieron sin poderlas contener, el hombre lo miró a los ojos despectivamente y sosteniendo con una mano la caja que traía al hombro, sacó con la otra mano un par de tenis y se los tiró a los pies diciendo Vea, pelao, cortesía de la casa, y se acomodó de nuevo el fardo a la espalda, dando media vuelta y dejando a Albertico con los ojos grandes como globos, musitando un agradecimiento lastimero al aire que el otro no escuchó. El muchacho se agachó y tomó los tenis con ambas manos mirando asustado para todos lados, y sin poder creer que tanta belleza fuera cierta, salió corriendo con su tesoro en andas. Antes de llegar a su casa se detuvo en una acera y contempló de nuevo extasiado los tenis, los acariciaba, los devoraba con las manos, hasta que se los midió, le quedaron algo grandes, pero eso no importaba, eran los tenis que quería, originales y gratis. Desde ese día su vida fue hacerse amigo de los de la esquina, a pesar de la mala cara de su madre cuando lo vio llegar con los tenis y de que su hermana le retiró el saludo durante una semana por no devolverle los tenis al benefactor; él soportó con gallardía sus castigos, pues en su espíritu se había instalado algo más fuerte que cualquier reprimenda: el deseo de ser un bandido. De tanto andar en su procura, a los pocos días los Pillos empezaron a notarlo y poco a poco lo fueron acercando al combo; primero hizo mandados, después sirvió de cantonero hasta que finalmente le encomendaron un trabajo: llevar un par de fusiles desarmados hasta otro barrio, pues por ser casi un niño era más fácil que pasara desapercibido. Las cosas salieron bien y él recibió algún dinero por el encargo, nunca en su vida había tenido tanta plata junta, y después de contarla una y otra vez hasta casi desgastar los billetes, sacó una mínima parte para comprarse una muda de ropa y el resto se lo llevó íntegro a su madre. Cuando su hermana se enteró del suceso entró en cólera contra su hermano por haberse vuelto un pillo, le dijo delincuente, mal hermano, desgraciado y malhechor, a su madre la trató de alcahueta, vendida y cómplice y hasta a Julián, que no tenía nada que ver, le dijo que si él hacía algo similar lo colgaba de las güevas, aunque era una amenaza vacua porque al niño las aventuras de su hermano le producían más miedo que interés, sin embargo Albertico, después de que su hermana se encerrara a llorar por él, fue y le compró un chococono y la esperó afuera de la habitación, hablándole ternuras desde la puerta hasta que ella le abrió y le recibió el regalo, mientras le decía con lágrimas en los ojos que abandonara ese destino, que ella no quería que nada malo le pasara, y al final él le dijo Tranquila, hermanita, a mí nada malo me va a pasar, yo apenas hice un mandado y mire que la platica nos cayó muy bien, yo ya estoy grande y entre los dos va a ser más fácil mantener a la familia, ella lo miraba entre incrédula y rabiosa y le decía No, Betico, póngase a estudiar o si no le gusta hágale al trabajo, pero no ve que si se mete con esos muchachos me lo van a matar y eso sí que no ayuda a la familia, y sobre todo eso acabaría con nosotros de la tristeza, el muchacho la abrazó sin decir más nada y se sonrió quedo, ella siguió llorando mientras sus lágrimas se mezclaban con la crema del helado en sus manos; ambos sabían que las cartas ya estaban echadas y que Albertico había sido tomado por la vorágine de la esquina, de la que solo se sale en una caja fría con los pies para adelante; en un mes su siguiente trabajo fue un asesinato, y el siguiente no se dio porque, a quince días de muerto mi hermano, Albertico fue alcanzado por las balas de la Policía cuando intentaba huir de un robo a un carro de valores en el centro de la ciudad. Como lo había predicho Leonor, su muerte dejó a su familia en la ruina económica y anímica y para colmo coincidió con el arresto de su jefe y su posterior despido. Sin saber qué camino coger y sin ganas de nada, Leonor se dedicó a recorrer el barrio huyéndole a la tristeza que se respiraba en cada rincón de su casa, y como por ese tiempo yo andaba en las mismas, vagando sin rumbo, ensimismado en los recuerdos, nos encontramos un día en un parque devastado, donde apenas quedaban un par de pasamanos carcomidos por el óxido como dos esqueletos tambaleantes que amenazaban con venirse abajo en cualquier momento, y que a mí me gustaba porque nunca había nadie por allí y podía uno estarse en silencio, rumiando sus tristezas sin ser interrumpido por las condolencias vacuas de los conocidos. La vi en la esquina posterior a donde yo estaba, con la cabeza entre las manos y la mirada perdida, llorando para adentro, y como la conocía de vieja data por ser hermana de sus hermanos y por los trastes y muñecos que nos regalaba en la niñez, y como siempre le tuve respeto por su seriedad y su circunspección intimidante y porque, como todo el mundo, conocía lo que le había sucedido a Betico, pensé en buscar otro sitio donde pasear mi tristeza en soledad y no compartir ni interponerme en ese diálogo con las sombras que es la congoja auténtica, cuando ella me llamó con la mano y me abrió campo a su lado. Nos sentamos en un silencio que solo se interrumpía con un gesto cerrado de ella con el que me solicitaba una fumada de mi cigarrillo; al principio me extrañó porque no sabía que fumara, pero pronto dejó de importarme, estábamos tan ocupados cada quien con sus honduras que haberle insinuado siquiera una aclaración hubiera sido un irrespeto imperdonable con el dolor y la máxima expresión de frivolidad. Esa tarde, sin hablar una sola palabra, nos hicimos amigos, porque hay mensajes que solo pueden leerse con los ojos cerrados, que se trasmiten con voces sin sonidos, salidas de más adentro del alma y que solo comprenden quienes han sido emparentados por el sufrimiento; el desconsuelo nos acercó de una manera extraña, ella encontró en mí a alguien con quien podía sentir en paz sin ser juzgada ni aplacada, nunca se me ocurrió intentar consolarla, ni atiborrarla de motivaciones o frases como «no sufra mire que donde está su hermano está mejor» o «Dios tiene un plan para él» o cualquier pendejada por el estilo, pura palabrería trivial con la que la gente sin angustias ni tormentos intenta amainar el dolor de quien está cocido en sufrimiento, como si la vecindad del dolor contagiara y temieran ser untados del padecimiento ajeno, entonces se empecinan en aplacarlo con insensateces y sandeces espurias. Como yo andaba transido igual que ella, fuimos desde ese día dos sombras respirando angustias, evocando cada uno por su lado una pena afín, entroncada en el silencio compartido que nos mantenía unidos, entrelazados por un nudo de dolor como dos puntas de un mismo lazo; así aprendimos a querernos, a amistarnos, y para mí ella se fue volviendo como una hermana que me entendía y de la que no quería nada distinto que compañía, nos hicimos dos desiertos conllevando soledades, aunque en un barrio como el nuestro es difícil escapar a los juicios y, en cuanto nuestra amistad fue detectada, la gente empezó a hablar; de ella decían que era una atracacunas, que por eso nunca se le había conocido un novio, porque le gustaban los críos, que meterse con un muchachito como yo que era casi un niño era una aberración, que eso era sinvergüencería, y por mi lado, aunque me gustaba mantenerme con ella o solo, las veces que coincidía en alguna esquina con un amigo el tema obligado era Leonor, y me decían que muy bacano que me comiera a esa vieja, que ahí iba a hacer escuela porque estaba experimentada; luego supe de boca de otros que, apenas me retiraba, los que alababan mi conquista se quedaban burlándose, diciendo que me había metido con la vieja más fea del barrio, que era una vaca y además una santurrona, que seguro ni me lo había dado, pero en realidad nuestra relación era muy intensa en la amistad y a la vez muy casta. Ahora que lo pienso, Leonor carecía de interés por el sexo, nunca le sentí malicia alguna conmigo ni con nadie, ni siquiera una mirada furtiva a algún reputado fulano guapo en el vecindario, además de que nunca hablamos de este tema; lo nuestro era una amistad pura y dura, su hermano Julián se nos juntaba a veces, pero ella lo sacaba suavemente, y ahora entiendo que su desprecio era una manera de alejarlo de sus actuares, no fuera a ser que resultara salpicado por sus consecuencias, en cambio a mí me contaba todo lo que tenía en mente y así fue como supe que cada día crecía en ella un odio cerrado y feroz contra los bandidos y todo lo que rodeara la esquina; decía que ellos eran los culpables de la muerte de Betico y yo intentaba decirle que no, que cada uno labra su destino y que cuando la muerte se empecina no hay manera de atajarla, pues era lo que yo pensaba con mi hermano, pero ella que conmigo siempre era formal apenas sentía en mis palabras el intento de ir en contravía de su pensamiento, me miraba con severidad y cambiaba de tema, fingiendo más molestia de la que sentía en realidad.

Las cosas pasaron como sin querer. Leonor cada tanto me pedía que fuéramos a tal o cual parte a sentarnos a fumar y me hacía pasar por la esquina solamente para escupir en ella cuando los Pillos no estaban ahí parados y con ese salivazo conseguía descargar un poco de su rabia sorda, alivianar en algo el enorme peso de su resentimiento que cargaba como una lapa. Un día estando en esas vimos a dos bandidos reputados examinando una moto TT 500, una maravilla con tanque cromado y sonido enfático. Los hombres a quienes todos conocíamos como Cainita y Patas revisaban la moto de arriba abajo, buscando quién sabe qué, Leonor se quedó mirándolos con una mezcla de curiosidad y soberbia, me jaló del brazo y sin mediar palabra me obligó a sentarnos en la acera contraria a donde estaban ellos, concentrada en sus palabras y movimientos, cuando Patas le dijo al otro No, hermano, a esta mierda no sé qué le pasa, a lo bien, Cainita le dijo Vuélvale a dar estarte, yo pillo, Patas se trepó en la moto y pateó con fuerza el cran, la moto tosió un gangoso cof y del mofle le salió un humo negro, sin lograr arrancarla, el otro le dijo que se detuviera y que era mejor llevarla al mecánico, que eso parecía un daño del motor, Patas se bajó molesto y dijo Ahora sí me jodí, cómo hago para llevar esta maricada por allá tan lejos, vamos a tener que conseguir una grúa porque yo no camino con esta mierda en la mano ni por el putas. Leonor, que había estado mirando golosa el desarrollo de la escena como un gato hambriento frente a una carnicería, con una decisión que no le conocía, se levantó de la acera y les dijo a los bandidos con una sonrisa jugosa en la cara Oigan, la moto lo que tiene es agua en el carburador, es un daño maluco pero no grave, si quieren yo se las puedo arreglar si me traen estopa y gasolina, mientras tanto yo traigo unas llaves que tengo en mi casa para bajarles eso, los hombres la miraron azorados y en un segundo los invadió una risa entre incrédula y nerviosa que pronto se transformó en carcajada y estertor. Leonor aguantó las burlas estoicamente sin moverse y sin mudar un ápice su gesto de mujer segura de sí misma; cuando pasó la risa, Patas se quedó mirándola con curiosidad volteando la cabeza hacia un lado como acabándola de percibir, y le dijo Ah, mujer, ¿usted no es la hermana del difunto Betico?, el nombre de su hermanito la descompuso y más por haber salido de la boca de quien ella consideraba uno de los responsables de que su hermano se hubiera metido a la banda, pero no demostró enfado, pues hay sentimientos que son tan fuertes que superan en ahogo a los urgentes, además necesitaba tiempo para tejer la caída de los bandidos de la manera en la que se lo había propuesto en su cabeza por lo que se abstuvo de llorar o brincarle a la cara y en vez de eso esbozó una sonrisa cuadrada y falsa, que el otro no notó por no conocer la original, y le contestó sin darle mucha importancia al asunto Sí, la misma, me llamo Leonor y si quieren yo les arreglo esa moto. Los hombres aún incrédulos se miraron y Cainita le dijo al otro Pues, nada se pierde, marica, la moto ya está vuelta mierda, y volteando a donde la muchacha le dijo Vaya, pues, a ver de qué es capaz, Leonor me miró con luces de colores estallándole en los ojos y me convidó a seguirla. Desbarató el carburador en un instante y con una habilidad asombrosa que a todos nos dejó perplejos prendió una llamarada con la estopa en donde puso el artefacto, mientras se secaba; los Pillos la miraban absortos, ellos, que eran duchos para manejar moto hasta el punto de convertirlo en arte cuando la ciudad se llenó de muertos venidos de la cruenta amalgama de chofer y parrillero —mientras este disparaba con puntería de cazador, aquel concebía las piruetas más asombrosas para el escape a velocidad de trueno, imposible de alcanzar por la Policía o los enemigos, siendo la junta más letal que recuerda la sociedad y la más utilizada por el hampa en la época brutal de guerra total—, no conocían el funcionamiento interno de sus letales herramientas, Leonor en cambio era diestra en el manejo de los mecanismos. Las motos, para algunos hombres, son un artilugio extraño, competencia del sexo en fruición, por ellas logran desarrollar una pasión inaudita de afecto real, ningún otro aparato logra despertar tal ardor, ni un carro, ni una casa, nada, sin importar el precio o lo lujosa que sea; el hombre que tiene una moto por lo general la cuida y la mima como si de una persona se tratara, los abuelos contaban que así era antes con los caballos, algo debe tener el hecho de que en ambos se entra a horcadas, que ambos se cabalgan y que su funcionamiento está en contacto directo con el sexo, para crear este vínculo tan estrecho. Los motonetos, como se les dice en el barrio, logran una simbiosis tal con su máquina que parecen un solo cuerpo, una suerte de centauro biónico posmoderno, hay gente a la que no se la conoce sin su moto, a la que nunca se la ha visto andar a pie, y desde la moto realizan todas las funciones; saludan desde ahí, se parchan en los sitios apostados en la moto, levantan muchachas que después adhieren a su vehículo y viven ahí sentados, y sin embargo, por más que las escudriñen al igual que a las personas, por más que las manoseen, algunos nunca llegan a entenderlas. Leonor en cambio las veía como otro dispositivo más de los que disfrutaba trajinar, encontrarles las vueltas y, como con las personas, su frialdad y su temperancia en el trato hacían que viera en ellas cosas que los demás obviaban. Cuando se secó el carburador lo limpió y lo montó en un dos por tres, y ante la admiración de los bandidos la moto prendió en el primer envión y desde ese día se convirtió en la mecánica oficial de los Pillos, con lo que remedió su falta de empleo y urdió el tejido de su venganza.

Fue la época en la que los bandidos se aficionaron a hacer competencias de piques, como le llamaban a la cabriola en la que el conductor lograba levantar la llanta delantera de la moto y avanzar apoyado únicamente en la de atrás, cuanto más lograra desplazarse, mejor, era un espectáculo público que convocaba multitudes e inundaba de adulaciones al ganador, y por ser tan popular fue llenándose cada vez más de exigencias, ya no solo era avanzar sino que tenían que esquivar obstáculos, como canecas de basura, topes en el suelo y a veces personas apostadas en sitios estratégicos, lo que volvió a la calle principal del barrio en una pista de competencias; las motos también mutaron y pasaron de pequeños vehículos de bajo cilindraje a portentosos aparatos con voces broncas y motores gigantes, la Yamaha Calimatic 175 y la DT 200 eran las más utilizadas para estas prácticas y la aspiración máxima de cualquier incipiente bandido, entre más grandes y más bullosas, mejor, pues las motos parecían gritar lo que ellos no podían, que existían, que eran importantes, y de ahí que entre más roncas y potentes, mejor el grito, más significativo; por eso les adherían resonadores a los ya de por sí estruendosos mofles que anunciaban su presencia a kilómetros a la redonda, tanta era la afición por estos vehículos que, como con el fútbol, muchos tomaron para sí el epíteto de su modelo, recuerdo a Bato 500, al Zurdo TT y a Calimatic. Los patrones empezaron a apostar en estas competencias y pronto se volvió el entretenimiento prioritario del barrio, compitiendo con el fútbol. Los días de piques la gente se apostaba en las aceras con bancas portátiles y termos de tinto y no pocos montaron negocios de comidas callejeras en los alrededores para suplir la creciente demanda de aficionados a este autóctono deporte extremo, en una época en la que tal denominación ni se conocía. Los pilotos pronto se fueron depurando y después de unos meses solo había competencia entre Patas, Cainita y Bato 500; ellos tres eran los más diestros y atrevidos y los que tenían mejores aparatos, de manera que en poco tiempo alrededor de estos tres pilotos se conformó un equipo con mecánico, patinador, que era el que hacía los mandados, ayudante, patrocinador y fanáticos. Patas, que ganaba siempre dos de cinco carreras, enlistó con exclusividad a Leonor, que recibió el nombramiento con una sonrisa que buscaba rebasarle el rostro y que todos atribuimos al ascenso, pero después supe por su boca que fue la respuesta a sus plegarias, pues todas las noches le rogaba al Dios congestionado y turbio que le habían enseñado a adorar desde niña y con el que mantenía una relación lejana y rencorosa porque ante cada petición se empecinaba en cumplirla a la contra, como cuando pidió protección para su familia y a cambio recibió la muerte primero de su padre y luego de su hermano, o como cuando pidió empleo y bienestar y detuvieron a su jefe y la dejaron a la vera, en la inopia, pero pese a los desencuentros con la divinidad, la costumbre la obligaba a la obcecación de la petitoria y dirigía sus oraciones a que pudiera acercarse al hombre que había provocado la perdición de su hermano, y cuando lo consiguió administró sus plegarias a tener acceso total y monopólico a la moto, por eso cuando fue nombrada mecánica oficial del equipo de Patas no cabía en la ropa de la dicha; sus plegarias al fin habían sido escuchadas, esa noche se arrodilló y rezó llorando de contenta, segura de entender a un Dios sordo a las súplicas de clemencia y a los ruegos por atraer el bien, pero efectivo y presto a los reclamos de venganza y a los convenios del rencor, se durmió sonriendo, pues la puerta al éxito de su plan se había abierto. Desde el otro día aplicó toda la curia y la paciencia en llevar a cabo su empresa, y sí que lo consiguió, de todo el talento que le conocí arreglando desperfectos, donde más ingenio desplegó fue en la manera en que ejecutó su venganza. Se encerraba desde temprano en el taller que habían montado en la trastienda de una cerrajería del barrio a poner a punto la moto Calimatic 175, que su nuevo jefe usaba exclusivamente para los piques y que llamaban La Consentida, y la envenenó, es decir le cambió el carburador por uno de mayor tamaño, le puso una radiografía como flaper, alteró el exosto, y la dejó listica para la competencia. Con su destreza y la plata de Patas en poco tiempo tuvieron un vehículo invencible, con aumento de cilindrada, desbaste de volanda, corte de pistón para evitar inercias, acelerador de un cuarto, cambio de relación por trasmisión para que tuviera más torque y, sobre todo y más importante, tanqueada con una mezcla robusta de combustible de avión con naftalina para aumentar el octanaje y, con este, las revoluciones y potencia de la moto. Incrementaron así el promedio de triunfos: de cada cinco competencias el equipo de Patas ganaba cuatro, el hombre tenía plena confianza en su mecánica y podría decirse que llegó a estimarla, le pagaba bien y además le daba un porcentaje de las apuestas. Ella consiguió conocer tan bien a la moto que desde que terminaba una carrera, apenas con escucharla, sabía cuáles eran sus dolencias, qué heridas le había dejado el recorrido o el maltrato y las curaba acertadamente y con prontitud para dejarla lista el mismo día para la siguiente carrera. Cuando llevaban un semestre de triunfos, interrumpidos apenas por las casuales victorias de los contrincantes que habían tenido un día de inspiración o porque Patas había fallado en el manejo, se anunció una competición importante, y es que la verdad las carreras de piques como todo en esta vida habían empezado a volverse monótonas, ya no convocaban tanta gente y por más que se emplearan en hacerlas interesantes, poniendo obstáculos más complicados e incrementando las apuestas, este deporte vernáculo y temerario iba entrando poco a poco a hacer parte de la rutina del barrio, es decir, se estaba volviendo aburrido y en las últimas justas solo los apostadores concurrieron y uno que otro desprevenido; la mayoría ya habíamos visto suficiente de lo mismo y nos devolvimos a los partidos de fútbol televisados en blanco y negro, al remis y al billar de siempre que, aunque aburridores también, al menos todos podíamos participar activamente de ellos. Frente a esta eventualidad Leonor fue la más preocupada porque sabía que sin los piques su propósito se iba al diablo. Los patrones y patrocinadores de los otros equipos viendo esta situación decidieron jugársela a fondo en una última competencia y mandaron traer sendas motos nuevecitas de Bogotá, una Honda XR 250 R tricolor y una Yamaha WR 500, que además engallaron con los más sofisticados accesorios del mercado en velocidad. Patas se sentía más confiado que nunca y vio en el afán de los contrincantes por vencerlo una ventaja, en una reunión con Leonor le dijo Sí ves, Leo, cómo están de locos esos hijueputas, creen que trayendo aparatos nuevos pueden conmigo, se les olvida que para estas —dijo agarrándose los testículos— no hay aparatos que valgan, Leonor le dijo azuzando con malicia que el otro no entendió Sí, hombre, pero igual tenés que metérsela toda contra una XR 250, a mí la otra no me preocupa por envenenada que esté, pero la dos cincuenta sí es mucho aparato esa hijueputa y aunque no tengan un piloto como vos, esa moto con cualquier marrano que al menos no se caiga de ella es muy peligrosa. Patas riéndose se le arrimó y la levantó abrazándola en un gesto que la incomodó y sorprendió por lo efusivo y cercano, mientras le decía riéndose a carcajada batiente Y tampoco te tienen a vos, querida, ella disimuló una sonrisa maluca y se despegó el abrazo como quitándose una cobija caliente en una noche de verano, porque el hombre que la tenía agarrada era el motivo de su odio prolijo y en ese instante por primera vez en la vida había sentido por él algo distinto al rencor. Turbada por el novel sentimiento se dirigió a la puerta pretextando una urgencia que Patas entendió como molestia por el gesto y en un segundo recordó que a Leonor nunca se le había conocido un novio, ni siquiera un amigo, salvo yo, y en su cabeza simple se le aclaró todo en ese instante y sin dejar de reír, mientras ella salía, le gritó desde donde estaba Leíto, después de que ganemos te llevo a pasear y te consigo un novio para que vaya con vos, y bajando la voz para que ella no lo escuchara O una novia, que te vendría mejor, y todavía con la cara pintada de alegría se arrimó a la moto a revisarla. Leonor se encerró en su pieza a llorar, pues no sabía qué le estaba pasando, siempre había sentido una inquina feroz contra Patas, lo veía como el culpable de la muerte de Betico por haber sido él quien los envió al robo, porque además fue siguiendo los pasos con los que su hermano se sintió seducido por la esquina cuando le regaló los tenis de su perdición, y ahora lo entendía: el tipo, aunque un bandido en toda ley, era querido con la gente a su alrededor, era bondadoso a su manera y atraía, a ella le daba más de lo pactado y vivía pendiente de su madre y de su hermanito, siempre le preguntaba por ellos, y ahora que definitivamente confiaba en ella, le demostraba afecto seguido y la había convertido en una mecánica respetada en el barrio, sin embargo, y pese a las atenciones y los cuidados que él le dispensaba, ella siempre vio en su relación una conveniencia para su venganza, pero con ese abrazo fraternal y honesto sintió que en el fondo ella también lo apreciaba. No sabía qué hacer, deseaba con todas las fuerzas poderse vengar del hombre que perjudicó a su hermano, pero no lograba hacer coincidir el odio que le tenía a esa figura difusa que fue Patas cuando mataron a Beto con la del hombre, jefe y compañero de bregas en los piques; además sabía que en la próxima carrera tendría su última oportunidad, puesto que ya nadie quería más piques y de hecho la estaban publicitando como la carrera definitiva, después de esta tendría el barrio que encontrar una nueva manera de esparcimiento y los competidores acostumbrarse a vivir del renombre retrospectivo y el lustre desteñido de antaño, hasta que una mala noche terminaran como terminaron todos, tirados en una zanja boqueando angustias sin laurel, sin fama, purgando con su sangre tanta sangre vertida por sus manos, y sin más poder que el que perdieron, porque al final no hay más que un único vencedor eternamente glorioso: la muerte. Leonor repasaba en su mente las infamias que sabía del hombre y las sopesaba con sus virtudes, intentando encontrar un motivo más fuerte que su afecto para llevar a cabo lo que tantas veces pensó y planeó. No pudo dormir en toda la noche repensando su intención, trasponiendo la imagen de su hermano muerto a la del hombre a quien quería dañar pero que ya estimaba, fusionándolas para intentar que la primera le ganara a la segunda sin conseguirlo; se acordaba de las charlas con Betico que tanto extrañaba, intentando sacar de esos recuerdos los motivos que parecían abandonarla cuando de pronto se sorprendía rememorando a Patas y sus carcajadas estridentes, su andar sobrado, su indolencia y su desprecio por la vida, que no era más que una máscara con que disimulaba su tremendo temor a la muerte, y que ella le conocía por haberlo acompañado en los momentos en que pálido después de una carrera temeraria y precipitada se tenía que bogar media botella de aguardiente y fumarse un bareto en la soledad del taller para calmar el susto de una mala jugada en el manejo y de haberse arriesgado demasiado. Al día siguiente la sombra de la incertidumbre la persiguió todo el tiempo y no quiso arrimar al taller a pesar de saber que tenían el tiempo en contra y cada minuto era valioso para dejar la moto a tono para la carrera; al anochecer, Patas, que nunca la había visitado, fue a su casa y, cuando ella quería huir, su madre se adelantó a abrirle y lo hizo pasar a la sala, mientras llamaba a Leonor; ella bajó de su cuarto y lo vio charlando animado con su madre y su hermano, no supo por qué el estómago se le revolvió y tuvo que vomitar en el baño ubicado en la sala, informando a todos los presentes de su malestar con el sonido de sus arcadas. Al salir del baño y ver la cara de su socio y la de su madre yuxtapuestas volvió a ser la de antes y brotó de nuevo el odio intacto en su interior, lo saludó y esquivando las preguntas por su bienestar con un simple Frescos que no pasa nada, se dirigió a la puerta desde donde le dijo ¿Qué hubo pues, hermano?, ¿vamos a terminar de dejar lista la moto o se va a quedar haciendo visita? La moto estuvo a punto para el día del encuentro, faltando un par de horas para la carrera; Patas se fue del taller a bañarse y Leonor sola con la moto a la que acababa de alinear se quedó mirándola, se le arrimó a sobarla con un trapo, y mientras le repasaba el tanque gris grafito le decía cosas pasitico, como hablándole al oído, le decía belleza, muñeca, cómo estás de linda y le repasaba con el trapo las barras, el manubrio, el asiento, mientras le soltaba otro rimero de ternezas. Al final se agachó y, tomando el depósito del líquido de frenos, le abrió con la punta de un punzón un hueco diminuto en el fondo por el que vio cómo se derramaba el contenido gota a gota, sostuvo el depósito en la mano hasta que se vació mientras tomaba el tiempo en su reloj de pulsera, comprobó el segundero y se sonrió al aire, taponó el huequito con un trozo de plastilina que sacó del bolsillo del pantalón y volvió a rellenar el recipiente colocándolo en su lugar, antes de irse se le acercó de nuevo a la moto y dándole un beso al tanque le dijo Gracias.

A las seis en punto de la tarde de un viernes de septiembre, una de las novias del patrón del barrio dio el grito de inicio de la que sería la última carrera de piques que se dio en la calle 92 del barrio Aranjuez; todos estábamos pendientes de los pilotos y sus máquinas. La subida fue trepidante, con Patas en la delantera pero con una pequeñísima ventaja, que perdió frente a Bato 500; en cuanto llegaron al parque y se disponían a bajar tomando la misma principal, pero a la inversa, en descenso, y que era donde verdaderamente se demostraba quién era el mejor —pues la subida tomaba la calle limpia sin obstáculos solo para demostrar velocidad pero la bajada estaba llena de estorbos, de topes, barriles con agua y conos de plástico que los pilotos tenían que sortear y para lo que tendrían que bajar la velocidad—, al tomar la curva, Leonor, que no había prestado atención a la subida por estar pendiente del reloj, puso la cara blanca como cal de revoque, pues sabía que si Patas frenaba iba a descubrir el desperfecto, pero confiaba en que su ambición de triunfo era enorme y no se iba a detener y menos viendo que el otro piloto le había cogido ventaja; al ver que abordó la cuesta como un quemado sin poner el zapato en el freno, volvió el color a sus mejillas, y más aún cuando lo vio sortear los dos primeros baches con velocidad de infarto, supo que no le iba a dar; el hombre era un excelente piloto y pudo con todos los obstáculos, pero en el último la bajada le ganó la partida y cuando mandó el pie al pedal que atenuaría su marcha se encontró dando patadas al aire, como los ahorcados, no tuvo tiempo de pensar en su vida, ni en las vidas que quitó, aunque dicen que en el último segundo a todos nos pasarán las imágenes atropelladas de lo que fuimos y produjimos, pero no creo que con el susto le diera tiempo de una revisión antes de estallar su cabeza contra el muro del colegio en donde concluía la calle y donde quedó estampado, confundido con las ruinas de la moto que tantos triunfos le había brindado. Todo el mundo corrió a auxiliar a Patas, y en medio del barullo de gente vi a Leonor rezagada del grupo aletargando el paso con lasitud plena, intentando ocultar la sonrisa sardónica que amenazaba con escapársele de la boca, mientras jugaba con una diminuta bolita de plastilina a la que daba vueltas entre sus dedos. Entre tanto Aranjuez se empezaba a consumir en lo nocturno.

15. Aranjuez

Mi padre ha muerto y yo no encuentro cómo lidiar con el boquete creciente que se va expandiendo desde adentro, tomándome todo, volviéndome cóncavo, engulléndome en su vacío hasta hacerme hueco, sintiendo que ya no me siento ni siento, huraco total, sin bordes, la nada. Mi madre me dice que llore que el llanto alivia un poco, pero yo no sé llorar, y aunque llore, porque hoy me deshago en llanto por él, ese llanto no limpia, ni cura ni ayuda; es lamentable querer saber llorar y llorar sin saber hacerlo, por imposibilidad de detener el llanto, por impulso o costumbre, por poner algo adentro de los ojos que los anegue para no contemplar la caja que contiene el cuerpo de mi padre, segundos antes de que lo metan al horno crematorio en donde el fuego purificador consumirá su carne y solo quedará de él un talego pequeño de cenizas como prueba física de su paso por el mundo, y su familia como transitoria morada de su haber en la tierra, porque los tres lo llevaremos adentro hasta que duremos. No quise verlo en la caja durante el velorio para no enfrentar su quietud de porcelana, el gesto genérico diseñado en la funeraria para enmascarar la ausencia de gestos que impone la muerte. Sin embargo, en el último momento cambié de parecer, atraído por el adiós categórico de su cuerpo a las puertas del crematorio, fui hasta el féretro y contemplé su cara enmarcada en la ventana de la caja, no lo reconocí hasta que en el reflejo que me devolvía el vidrio se sobrepusieron mis rasgos a los suyos dentro del cajón y supe que lo que quedaba de él era yo, y no solo vi su última cara sino mi futuro y mi muerte que empezaban con la suya; su rostro muerto revivió en mi semblante, su cara puesta sobre la mía se fue fusionando para crear la máscara residual que porto hoy en día y con la que camino por este barrio hacia el final, porque la muerte del padre cuando se lo ha tenido tan cerca tanto tiempo precisa el principio de la propia extinción, corta la sangre que nos dio origen y que debería seguir fluyendo en un conducto perdurable a través de nosotros y nuestros hijos, pero como no tengo descendencia, fluirá por el tiempo limitado de las gotas que me quedan, agotando poco a poco el caudal hasta la sequía, sin heredad, ni trascendencia, ni perpetuidad.

Después de dejar a mi mamá y a mi hermano en su casa y despedirme de los amigos que nos acompañaron en el velorio, me dirijo a mi casa para estar solo, pero me oprimen mis paredes, me repele la quietud de mis cosas, se me hace agobiante, y lo sé, no es mi casa, soy yo que estoy vacío; agarro un paquete de cigarrillos y me voy a caminar el barrio, a llenar con las calles el foso de mi padre, a buscarlo en los sitios en donde vivió: la acera donde nos enseñó a pelar unos mangos que nos traía de sus viajes en camión y que empezamos regalando y después vendimos a los vecinos cuando mi padre, que veía una oportunidad de lucro en cualquier cosa, nos indicó cómo pelarlos para hacerlos vendibles, y como mi hermano mayor le paró bolas, en el siguiente viaje nos trajo además de mangos, aguacates, bananos y guamas para que montáramos un puesto de frutas afuera de la casa que terminó fracasando cuando nuestros amigos y clientes habituales, quienes habían acogido con entusiasmo el emprendimiento, se cansaron de consumir los mismos productos y empezaron a esquivarnos porque mi hermano los braveaba para que compraran y, ante la excusa de falta de dinero que aducían, instalamos el fiado que es la moneda más corriente y menos confiable de estos barrios, hasta que finalmente se nos pudrió el surtido y volvimos a ser aceptados en el grupo de amigos en igualdad de pobreza a los demás; la calle donde nos enseñó a manejar; la heladería Consuelo donde probé por primera vez un helado que él me compró mientras se tomaba algo con mi mamá y sonreía, lo que creó otro vínculo entre nosotros asociado al helado y que fue lo último a lo que lo invité, cuando ya la demencia bosquejaba en su mente lo que iba a ser su desolado paisaje y que recuerdo con alegría porque pudimos mantener una charla consistente durante la media hora que nos sentamos en un local de helados de estos nuevos e impersonales que hay en el barrio, tan distinto a las heladerías de antaño, acogedoras y familiares; esta vez fuimos solos porque mi madre estaba ocupada y caminamos despacio porque ya le pesaba el ritmo acelerado que mantuvo en su vida, nos reímos y conversamos, pero ya se le sentían rudos los trazos de la vejez y se le asomaba recelosa la demencia niña que lo fue aniñando a él y que descubrí cuando después de pedir un helado para llevarle a mi mamá se empeñó en que le comprara un pollito de juguete; al principio creí que era una broma, pero observando su determinación supe que algo en él había retrocedido; se lo compré y noté cómo se olvidó de todo a su alrededor abstraído en su juguete y nos devolvimos a la casa en donde dejó el pollito en su nochero y nunca más habló de él ni lo volvió a mirar siquiera, pero fue el indicio de lo que se lo terminaría devorando. Mi padre fue un hombre agradecido, se consideraba afortunado por vivir aquí; supongo que, para él, que venía de una vereda, Aranjuez representaba un ascenso, como lo fue también cambiar su destino de mayordomo en una finca a chofer. Hay gente que solo se conoce a sí misma luchando, y aquello que aquiete un poco sus bregas lo considera una mejoría intangible, para mi padre el barrio fue la civilización, la ciudad, el mundo que quería para sus hijos, qué calidoso fue el viejo. Como lo que para unos son las sobras de la sociedad, para otros es el contenido, nunca se sintió un excluido por ser del barrio, antes consideraba que el barrio era su inclusión en la Sociedad mayúscula, y nosotros crecimos sintiendo eso, que vivir en Aranjuez era lo máximo, que la ciudad era un Aranjuez grandote sin diferencias profundas y solo cuando crecimos supimos que estábamos en los márgenes, y al saberlo nos empezamos a sentir marginales, pero él no, pese a sus pérdidas y sus batallas se murió sintiendo a Aranjuez como meta. Caminando estas calles con él en mi cabeza le agradezco también por eso, su herencia de amor por el barrio, aunque el mío se dé por otros motivos; mi afecto por esta topografía es igual al suyo, estas casas que veo, estas esquinas que cruzo tienen su aroma y el de tantos como él, olor a sudor, a gente que luchó este barrio, que lo sintieron su hogar, porque infatigablemente levantaron sus familias aquí, entre afanes, dolores y bregas, gentes anónimas que ganaron y perdieron parejo, y que siguen luchando por agenciarse un mañana; este barrio como cualquier otro es la gente que lo habita y la que yo conocí y conozco, es la que me hace sentir parte de algo, de ellos, y ellos de mí; por eso escribo su historia, porque al hacerlo me estoy contando a mí mismo, a mis dos familias: la de sangre y la de la calle, ambas abreviadas por la muerte, reviso en mi cabeza las historias que porto aún guardadas y las que he narrado y todas están plagadas de muerte. Estoy solo en una esquina pensando en los muertos para sentirlos cerquita, el Chino, Giovany, Patas, Alquívar, Wence, mi padre, hoy hechos historias de los libros que escribo, y me pregunto cuántas pérdidas, cuánto dolor necesita un libro, si de verdad se escriben libros con dolor o si estos son unas excusas para gritar mis dolores, porque si estuvieran vivos no existirían mis libros, al menos no estos que escribo: la pérdida ha sido y es el tema, y toda la literatura que me interesa está compuesta de pérdidas y de muerte, pero no es solo la literatura, el arte, la historia y la vida misma se componen de eso, y me pregunto si estos son los temas que se repiten porque nada lo prepara a uno para afrontarlos, porque cada que aparecen en la vida real lo desguazan a uno de esta manera, tal vez el único propósito del arte sea acompañarnos, y no queda sino seguir su rastro en los renglones emborronados, en las partituras, en los trazos, el arte como manera de juntar los pedazos rotos de uno mismo después de las pérdidas; enciendo otro cigarrillo y veo a la gente que pasa, me miran con miradas esquivas, agachan la cabeza imponiendo distancia con el dolor que transpiro, algunos me saludan de lejos, sigo caminando y pienso en este barrio, en todas las muertes que ha atestiguado; durante mi adolescencia la gente hablaba con recelo de Aranjuez, le tenían pánico, los taxistas se negaban a traernos en la noche, los periódicos lo desfavorecían, la ciudad nos tenía desconfianza y para nosotros era la casa, el calor, el abrigo, un barrio hostil titulaban, y para nosotros lo hostil era que dijeran eso, porque ahí, entre la balacera de los que solo sabían gritar su impotencia a tiros, estaba el afecto, la alegría, la compañía y la esperanza. En este barrio contradictorio como la caricia de una mano callosa crecí, he sido feliz y he perdido, aquí están inscritas mis impresiones del mundo, mis propias contradicciones —el día más feliz de mi vida fue cuando gané un premio por escribir un libro sobre el día más triste de mi vida, y tanto el libro como ambos días pasaron en Aranjuez—, mis más profundos afectos, mis aspiraciones, estas lomas discordantes que han soportado tantos años de amores y de daños siguen en pie albergando al que mata y al muerto, porque como el dolor, y a diferencia de la sociedad, no juzga, solo acoge; durante mucho tiempo solo se habló de este lugar como la cuna de la muerte, el sitio donde nacieron asesinos, bandidos y ladrones, el epicentro del crimen, y en alguna medida lo fue, pero también fue la luz amarilla que iluminaba las casas cuando caía la tarde, hoy en día cada vez más escasa en un mundo de luz blanca y led, y para mí esa luz nunca ha dejado de ser sinónimo de tibieza y abrigo, de cosa dulce y abarcante, de hogar, este barrio fue el sitio de los primeros amores, de la inocencia y de la pérdida de esta, de la amistad que funde, y al fundir funda cosas enormes adentro de uno que no desaparecen nunca, y fue el sitio de mitologías propias e idiosincrasias puntales que solo los oriundos conocemos, de lenguajes arcanos para los forasteros, de olores a jazmín, a pólvora en diciembre, a mariguana y a alcohol, a calle, a las cosas que lo componen a uno y que permanecen en la memoria para recordarnos cada tanto de dónde venimos y, en algunos casos, para dónde vamos, porque yo creo que las personas al crecer nos dividimos entre los que deploran su origen y hacen cuanto puedan para negarlo, alineándose en la antípoda de lo que fueron, utilizando modos y formas contrarios a los endémicos, y los que buscamos a toda costa enaltecerlo; somos ramas del mismo tronco crecidas en sentidos opuestos, aquellos atacan cualquier cosa que les recuerde su cuna y nosotros acunamos memorias para defender el nido primigenio, el orgullo nos impulsa a unos y a otros, nosotros lo tenemos como inspiración, ellos como aspiración, pero en ambos es el eje; es cosa rara el orgullo, ese instinto que nos hace valer, su forma es la que nos guía, la diferencia entre lo que fue y lo que será, al comerciante lo conduce al futuro, al artista al pasado, y mientras ellos tapan, nosotros escarbamos, porque en nuestra entraña está portarlo como jactancia o dignidad. Este barrio es un oxímoron, como la vida misma, sus calles, como renglones de su historia, cuentan la vida y la muerte con idéntica intensidad, hoy es mi padre, ayer fue mi hermano, y el dolor por sus muertes como un rizoma extendiéndose durante las épocas, transitando bajo la superficie, abarcando todo con sus raíces; a uno lo mató la enfermedad, al otro, la calle, pero la muerte no discrimina en sus modos, iguala con su dolor, porque en el fondo eso es lo que importa, que ya no están y los que quedamos sufrimos porque se fueron, a eso se remite todo lo importante, a que ya no están, a que tendremos que vivir con su presencia difusa en la memoria que los mantiene a nuestro lado y nos hace sentirlos en cada calle y en cada cosa que habitaron y andar con ellos el resto del camino, historiándonos desde el recuerdo. Es inevitable pensar en todos los muertos que conocí y ya hoy no están, mis amigos, mis vecinos, mis parientes, hoy no son más que historias de este barrio, miro a la gente que pasa y pienso que mañana todos seremos tan solo eso, relatos distorsionados en los cuadernos futuros de algún muchacho de barrio que quiera contarse contándonos, resúmenes de absolutos. No tengo otra manera de resistir sus muertes que escribiendo, recreándolos en historias que los contengan para contenerme yo, historias de este barrio que es el gran escenario que nos unió, un protagonista que nos precedió y nos sucederá, que conoce el derramamiento de sangre y la transfusión, el afecto y el rencor, la esperanza y la desilusión, la vida y la muerte; es un barrio popular y como tal la contradicción es su acervo, un barrio gris lleno de muchos otros grises, y aunque muchas veces solo se vean sus negros, hay blancos que lo definen, pero a la sociedad le es dado mirar las superficies y no los fondos, porque es más fácil hablar de los problemas que solucionarlos, y combatir los ladrones, no la pobreza, como dice un amigo mío, y porque vista desde afuera, sin untarse, la sangre entretiene, por eso somos tan dados a comprometer la sangre ajena, nunca la propia, a volver cualquier conflicto espectáculo, pero la sangre real no divierte, impide, y la violencia efectiva trasforma: muta a la presa en cazador, a la víctima en victimario, al robado en ladrón, al doliente en asesino, porque no conoce otro lenguaje distinto al recobro, porque el poder nos engañó redirigiendo la naturaleza del odio que crea hacia lo que no cobija, creando rivalidades entre los desabrigados, manteniéndolos ocupados en rencores puntuales por los bordes de la colcha que les impida descubrir al que acapara la manta del poder, pero a veces hay gente que se desabriga del todo y entiende que la cobija no es lo único que da calor y encuentra efectivo el abrazo, dejando solo al poderoso arropado y buscando en la comunión con sus iguales la calidez necesaria para resistir la realidad, y alzan sus voces que gritan más alto que el sonido de las balas.

Este barrio gritó sus dolores, sus rencores, su rabia durante mucho tiempo con cañones, con balas, con llantos, con alaridos de furia, con putazos de desesperación, y no consiguió más que destrozos y pérdidas; hoy unos raperos consiguieron enfatizar ese grito, levantarlo hasta alturas que no alcanzaron las balas para reclamar por lo mismo, se llaman Alcolirykoz y son la banda sonora de la generación ardiente, que mantiene la furia intacta, pero aclarando el reclamo con inteligencia, conocen a fondo el barrio porque han braceado en sus profundidades y lo están contando como nadie lo ha hecho, resaltando la bulla, el afecto, la valentía y la triste alegría que lo han hecho posible; son otros de mis hermanos de la calle, con legados gemelos, pulimentados en asfalto, orgullosos y agradecidos de su herencia familiar y callejera, la cual dignifican siendo honestos y leales a sus vidas, a su tierra y a su oficio. Al final triunfaron los Sanos, los hijos de la luz, demostrando que en el grito hay un estallido más importante que en las detonaciones, que no hay que matar a nadie para ser escuchado, que la música nacida de la sangre se impone sobre la sangre vertida y es más fuerte que la muerte; ellos levantan ese grito para hacerlo la voz de los que fueron obligados al silencio, de los que forzaron a mantener acalladas sus estridencias en el interior; ellos gritan por los que no pueden hacerlo y nos invitan a levantar tanto ese grito que supere el bullicio de los que mandan, de los que dirigen el poder y manipulan la Historia y la información, para que a través de ese alarido total y conjunto por fin la Historia se oiga en su propia voz y sea contada por los actores reales de ella, es decir, nosotros, la gente de estos barrios que aprendimos a llevar nuestras ensordecedoras estridencias en el alma.

Enciendo otro cigarrillo y mientras aspiro contemplo a una niña que va del brazo de su madre, se queda mirándome y en sus ojos descifro las miradas que desde que murió mi padre he visto en los demás sin lograr entenderlas, al principio creí que me miraban así porque reconocían su cara en la mía y eso los confundía, pero con la pequeña entiendo que es la mirada de un barrio feroz que se hace indulgente con la muerte; en su mirada y en la de los demás se refleja mi orfandad, mi soledad y nuestra humanidad, fumándome este cigarrillo mientras observo a esa niña entiendo que de aquí en adelante tendré que acostumbrarme a advertir en los ojos de los demás el brillo triste y compasivo de quien mira al que ya no tiene padre.

Agradecimientos

A mi padre, mi madre, mi abuela y mis hermanos, a Nataly, porque esta novela también es suya, a Beatriz por sus lecturas y correcciones, a Julián Gaviria por su ojo listo y su talento maestro, a Jesús Ovallos por su lectura y comentarios, a Salomé Cohen por su mirada atenta y dedicación, a Z de Zapata por su ilustración y talento, a Chavo, Garro, Fredo, Mafe, Dieguito, Gordete, Juliana Restrepo Santamaria, Gambeta, Kaztro, Fazeta, la Bruja, Mango y toda la familia AZ, David Molano, Juan Diego, Sebastián Estrada, Gabriel y Natalia Iriarte, Sabina, Yair y Marcelita, al Balayron por las campanas, Familia Pemberty Londoño, Laurin, Lianna, Luis Miguel Rivas, Pablo Montoya, Santiago Gamboa, Fernanda Melchor, John, Juani, Jean Paul, Diony, Alejo y Lida, Mauro y Natalia, Giovanny y John Wilson, Augusto, Chiquilladas y Kristhian, Cathe, Álvaro Alzate, David Gil, Héctor, Yéssica Prado, Pablo Gallego, Sara Kapkin, Luis Fernando González y Lili, Pipe Muñoz, Tavo Mesa, Lokillo, La Guama, Alfonso Buitrago, Dany Hoyos, Dubay, Fredy Ortiz, Jorge Uribe, Cusca, Jorge Sambato, Santiago y Juliana, La mona Paola, Juan David Barrera, Chepe, Alex, Mario Escobar, Rubén Blades, Vivi, Eliza, Guty, Mario y Nico Viana, Daniel Jara, a mis estudiantes, a la literatura, a *La cuadrita* y por supuesto al Barrio Aranjuez.

MAPA DE LAS LENGUAS UN MAPA SIN FRONTERAS 2024

RANDOM HOUSE / CHILE
Tierra de campeones
Diego Zúñiga

RANDOM HOUSE / ESPAÑA
La historia de los vertebrados
Mar García Puig

ALFAGUARA / CHILE
Inacabada
Ariel Florencia Richards

RANDOM HOUSE / COLOMBIA
Contradeseo
Gloria Susana Esquivel

ALFAGUARA / MÉXICO
La Soledad en tres actos
Gisela Leal

RANDOM HOUSE / ARGENTINA
Ese tiempo que tuvimos por corazón
Marie Gouiric

ALFAGUARA / ESPAÑA
Los astronautas
Laura Ferrero

RANDOM HOUSE / COLOMBIA
Aranjuez
Gilmer Mesa

ALFAGUARA / PERÚ
No juzgarás
Rodrigo Murillo

ALFAGUARA / ARGENTINA
Por qué te vas
Iván Hochman

RANDOM HOUSE / MÉXICO
Todo pueblo es cicatriz
Hiram Ruvalcaba

RANDOM HOUSE / PERÚ
Infértil
Rosario Yori

RANDOM HOUSE / URUGUAY
El cielo visible
Diego Recoba